일본 근현대문학과 애니메이션

진명순

지식과교양

저자의 말

　우리나라의 문학작품을 비롯하여 각 나라의 문학작품을 접하여 읽고 연구하는 과정에서 독자나 연구자들 각자에 따라 그 시점과 주안점에 있어서 여러 양상으로 나타나며 관점의 이해도도 다양하다고 볼 수 있다. 특히 그 나라의 제반적인 문화의 이해 및 해석과 더불어 번역의 문제가 따르는 외국의 문학작품들은 한층 그러한 점이 수반된다고 생각된다. 따라서 한 작가 한 작품에 있어서도 수많은 견해와 주제로 읽혀지고 고찰되는 경향은 문학 연구에 있어서 어쩌면 지극히 당연한 과정일 것이다.

　독자나 연구자의 관심도를 비롯하여 이러한 작품 이해를 위해 숙지해야 하는 시대성과 사회성 그리고 작가의 작의(作意)와 배경을 비롯한 작가의 사상 등 역시 주요한 요소로 주지되기도 한다. 또한 작가와 문학작품의 분류에 있어서도 작품성향에 따른 문예사조, 시대별의 구분은 더더욱 그러하여 한 시기를 두고 정확하게 선을 그을 수는 없을 것이다. 근대문학과 현대문학을 구분함에 있어서도 이와 마찬가지로 아울러서 근현대문학이라고 칭하기도 한다. 본서에서는 일본의 근현대문학 중에서 우리나라에서도 널리 알려져 있는 일본의 근대문학을 대표하는 나쓰메 소세키(夏目漱石: なつめ　そうせき 1867년~1916

년)와 나쓰메 소세키와는 달리 우리나라에서 비교적 연구가 많지 않은 근대종교문학자로 일컬어지고 있는 구라타 햐쿠조(倉田百三 : くらた ひゃくぞう 1891년~1943년), 그리고 현대 일본의 애니메이션 작품 중에 대표적인 감독인 미야자키 하야오(宮崎駿 : みやざき はやお 1941년~)와 다카하타 이사오(高畑 勲 たかはた いさお 1935년~)등의 작품을 고찰하고 연구하였다.

연구에 있어서 나쓰메 소세키의 소설과 제작품, 구라타 햐쿠조의 희곡작품, 그리고 미야자키 하야오와 다카하타 이사오의 애니메이션 작품을 그 대상으로 하였다. 이에 따라 본서에서는 여러 작가의 여러 작품에 대한 연구로 각 장마다 주제와 시점이 각각 다르고 이해와 관점의 양상도 달리 하여 고찰하고 논했다. 또한 작품에 대한 작가의 사상, 작품의 모티브, 언어의 묘사 등이 작품 속에 어떻게 표현되고 있는지, 그에 대한 작가의 의도는 무엇인지에 대해 살펴보았다.

일본 원서에 의한 여러 문학작품을 비롯한 한학서(漢學書)와 한시의 해석 및 번역에 있어서 사전적인 의미와 일반적으로 이해하는 숙어적인 해석으로는 근본적인 의취와 진의를 해독할 수 없는 경우가 많다고 생각된다. 이에 대해 본서에 인용하고 있는 각 작품 및 한시는 일본 원서를 대상으로 하였고 그에 따른 한국어 역은 필자의 번역으로 하고 있다. 또한 중국 한적(漢籍)의 고찰에 의한 전거는 작가가 가까이 한 서적과 관심도 등을 감안하면서 한적 전반에 대한 조사와 검토로 이해하고 해석하였다. 특히 한시의 역에 있어서는 가능한 한 그 뜻과 시취(詩趣)에 어긋나지 않으려고 생각하여 시의 운율에 준지지 않고 자유로운 형태로 한국어 역을 했음에 양해를 구하는 바이다.

애니메이션 작품은 출간된 서적과 함께 스튜디오 지브리에서 두 감독이 제작한 극장용 애니메이션을 중심으로 내용을 분석하고 각 감독의 제작 의도와 표출하고자 한 시사점 등에 대해 고찰하였다.

　시대의 흐름에 따라 끊임없이 그 모습들을 바꾸어 나가고 있는 다양한 문학작품들과 함께 그 문학작품을 접하는 독자들의 의식과 이해도도 또한 끊임없이 변화해 갈 것이다. 한 편의 작품을 대할 때마다 우리의 마음도 더 따뜻하고 넉넉해 질 수 있다면 문학이라는 힘은 앞으로도 계속 이어나갈 것이라고 생각한다. 마지막으로 이 책이 근현대문학과 애니메이션 작품에 관심 있는 모든 분들에게 미력하나마 도움이 될 수 있기를 바라는 마음과 함께 필자에게 항상 관심과 사랑으로 응원해주는 가족 및 지인들과 사랑하는 제자들의 진정한 행복을 빌면서 두서없는 글을 마친다.

2016년. 10월.

草山 진 명 순

차 례

제1장

나쓰메 소세키(夏目漱石)와
중국의 한적(漢籍)

1. 들어가기

일본 근대문학자 중에서 중국의 한학(漢学)을 공부하고 한문장과 한시를 남기고 있는 자는 그리 많지가 않다. 그 중 특히 중국 한적에 대한 해박한 지식을 가지고 있는 문학자로 나쓰메 소세키(夏目漱石; 1867~1916)를 꼽을 수 있다. 소설을 비롯한 한시 일기 등 나쓰메 소세키(이하 소세키라 칭함)의 작품 속에 중국 한적(漢籍)의 영향이 나타나 있는 것을 열거하자면 헤아리기 어려울 정도로 많을 것이다. 그 내용에 있어서 전반적으로 또는 부분적으로 어휘 사용은 물론 사상 및 발상 등의 소세키 작품 전반에 흐르고 있는 느낌은 배제할 수 없는 것이라고 생각된다. 중국의 여러 한적에 소세키가 관심을 가지게 된 것은 이미 잘 알려져 있는 바대로 한학교 시절인 소년시절부터 찾아 볼 수 있을 것이다. 당시 소세키가 한학교에서 공부한 과목 중에서 중국의 한적을 살펴보면, 십팔사략(十八史略), 소학(小學), 몽구(蒙求), 당시선(唐詩選), 고문진보(古文眞宝), 맹자(孟子), 사기(史

記), 논어(論語), 당송팔가문(唐宋八家文), 전후한서(前後漢書), 춘추좌씨전(春秋左氏伝), 대학(大學), 한비자(漢非子), 중용(中庸), 장자(莊子), 시경(詩経), 서경(書経), 순자(荀子), 주역(周易), 노자(老子)등이 있다. 이 많은 과목을 보더라도 소세키가 지니고 있었던 한적에 대한 지식은 예사롭지 않음을 알 수 있다.

이와 같이 소세키는 어릴 때부터 중국의 사서오경(四書五經)을 비롯, 많은 한적을 공부하기 시작하여 죽음을 맞이하는 만년(晚年)까지 그 맥을 잇고 있으며 그가 쓴 한문, 한시, 소설, 일기, 서한 등의 수많은 문장에 짙은 영향을 남기고 있다.

그렇다면 과연 소세키는 이 많은 중국의 한적 중에서 어떠한 것을 더 가까이하여 읽었는지, 또한 어떠한 것에 더 흥미를 가지고 있었는지, 무엇에 집중하여 공부했는지, 그리고 자신의 작품에는 어떠한 형태로 나타내고 있는지, 이러한 것을 파악하기 위해서는 소세키가 저술한 작품 전부를 고찰하지 않으면 알 수 없는 문제라고 생각한다. 또 고찰한다 하더라도 작품 속에 어느 정도의 비중을 두고 중국 한적의 문장들을 인용하고 있는지, 직접적으로 표현하고 있는지 간접적으로 도입하고 있는지 등도 중요한 문제로 삼아야 할 것이다.

소세키가 수학한 바 있다고 생각되는, 위에서 거론한 많은 중국의 서적을 어느 정도 받아들였는지, 한학교에서 수학한 이후 청년시절에서 만년까지 개인적으로 읽고 공부한 서적은 어떠한 것이 있었는지, 시기에 따라 어떤 부류를 주로 보았는지도 검토해야 할 문제이다. 또한 사서오경을 비롯한 한적은 물론, 소세키가 일생동안 관심을 가지고 있었던 불교의 선수행(禪修行)에 관한 것 등의 불교서적까지 그 범위에 있어서도 주의해야 할 것이다.

1909년(明治 42년) 소세키가 직접 만주와 한국을 여행하고 쓴 『만한 여기저기(滿韓ところどころ)』라는 문장에서는 중국인의 생활 습관, 풍습 등 중국의 여러 문화에 관해 묘사되어 있으나 이러한 것이 그의 작품에 직접적인 영향을 끼치고 있는지에 관해서도 살펴본다면 중국에 관한 소세키의 관심도도 알 수 있을 것이다. 본 논문에서는 이러한 중국에 관한 것과 한적에 영향을 받은 것을 연구하여 소개하고 한적에 관한 소세키의 폭넓은 지식과 소양을 조사 연구하는 측면에서 소세키의 작품 속에 나타나 있는 것을 중심으로 이에 관련된 것을 발췌하고 그 전거를 찾아 인용의 정도와 의미의 쓰임에 주목해서 고찰하고자 한다. 아울러 본론에서의 인용문의 원서 번역과 한시의 한글 역은 필자의 역임을 밝혀둔다.

2. 중국에 관한 관심

소세키 문장에서 중국에 관련된 부분을 열거하자면 전부 열거할 수 없을 정도로 많은 부분을 차지하고 있다. 당시의 지칭으로 중국을 지나(支那)로 표기하고 있고 만주(滿洲)는 별도로 만주라고 표기하고 있다. 현재의 개념으로는 둘 다 중국으로 지칭되므로 그 수는 더욱 많아진다.

소세키가 중국에 관해 친근감을 가지고 있었던 것은 알려져 있는 바대로 어릴 때부터 익힌 중국 한문학 공부를 꼽을 수 있을 것이다. 또 하나의 이유는 청년 시절 가장 친하게 지냈던 친우 마사오카 시키(正岡子規)의 영향도 크다고 보인다. 마사오카 시키와는 당시 서로의 마음을 한시(漢詩)와 한문장(漢文章)을 통하여 솔직하게 표현하기도 하고 함께 한문학을 논하기도 하면서 또 중국의 많은 서적에 대한 것과 중국에 대한 여러 가지 일을 이야기했을 것이라는 것은 충분히 짐작이 되는 일이기 때문이다. 그 한 예로 중국의 종군기자로 중국생활을 체험하고 중국을 다녀온 마사오카 시키의 이야기를 소세키의 문장에서 찾아 볼 수 있는데 그것은 1908년(明治 41년) 9월에 쓴 담화(談話), 「마사오카 시키(正岡子規)」에서 회고한 글이다.

　　내가 마쓰야마에 있었을 때, 시키는 중국에서 돌아와서 내 집을 찾아 왔다. 자기 집에 가는가하고 생각했더니 자기 집에 가지도 않고 친척 집에 가지도 않고 이곳에 머물 것이라고 한다. 내가 승낙하기도 전에 자기 혼자서 결정한 것이다. [1]

위의 글에 쓰여 있는 대로 소세키가 마쓰야마(松山)에 있었을 때라고 하는 것을 감안해 보면 마사오카 시키는 20대에 벌써 중국을 다녀왔다는 것을 알 수 있다. 이에 따라 소세키도 소년시절부터 익힌 중국의 많은 서적을 통한 학문적 지식과 함께, 적어도 20대부터는 마사오카 시키를 통하여 실제로 보고 듣고 온 중국에 관한 당시의 현 생활 풍습 문화 등의 상식이 그의 작품에 반영된 것도 적지 않으리라 유추된다. 또 소세키는 중국어에 대한 것도 언급하고 있는데 중국어를 배운 흔적은 1915년(大正4年) 1월부터 2월까지 쓴 『유리문 안(硝子戶の中)』에 나타나 있다. 소세키가 고등학교 때 친하게 지냈던 친구

---

1) 『漱石全集』제 16권 別冊, 岩波書店, 1974, p.598.

'ㅇ씨'와의 일을 회상하고 있는 장면에서 다음과 같은 일을 이야기하고 있다.

> 하늘이 맑게 개인 가을날에는 곧잘 둘이서 발길 향하는 대로 이야기를 하며 걷곤 했다. 그러한 경우에는 오고 가는 길가에 담 넘어 나와 있는 나무 가지에서 노랗게 물든, 작은 잎이 바람도 없는데 팔랑팔랑하고 떨어지는 경치를 자주 보았다. 그것이 우연히 그의 눈에 띄었을 때 그는 "앗, 깨달았다"하고 낮은 소리로 외친 일이 있었다. 단지 가을 하늘에 움직이는 것을 아름답다고 보는 것 이외에 달리 재주가 없는 나로서는 그의 말이 봉해진 어떤 비밀 암호마냥 이상한 울림을 귀에 전할 뿐이었다. "깨달음이라고 하는 것은 묘한 것이란 말이야" 라고 그는 그 후부터 평소 느릿한 어조로 혼잣말처럼 설명했을 때도 나로서는 한마디 대꾸도 할 수 없었다. (중략) 대학을 졸업한 지 얼마 되지 않아 중학교에 부임했다. 그리고 나서 몇 년 뒤에 3년 계약으로 중국의 어느 학교에 교사로 취직되어 갔는데 임기가 끝나고 돌아오자 곧바로 일본의 중학교 교장이 되었다. 그리고 그 친구는 중국어도 가르쳐주고 그 뜻을 설명해주기도 했다.[2]

이 친구 역시 불교에서 궁극 목표로 하는 깨달음에 관심이 깊은 친구로서 당연히 중국의 불교 경전 등을 읽었을 것임에 틀림없다는 생각과 아울러, 중국의 학교에 교사로 부임해 가서 실제로 중국 현지 생활을 하고 온 중국파로 소세키에게 중국에 관한 여러 가지와 중국어를 가르쳐준 한 사람으로서 비중을 둘 수 있는 친구라고 생각된다. 소

---

2) 『漱石全集』제 8권 p.433.

세키는 이와 함께 1909년(明治 42年) 8월 6일 「국민신문(國民新聞)」
에 쓴 담화 「테니슨에 있어서(テニソンに就て」에서 자신의 언어 실
력에 관해 '나는 부족하지만 이 나이까지 영문학을 전공으로 한 사람
으로 자신의 발음도 다른 일본인에 비하면 하위에 있는 편은 아니다.
또 일본 중국 서양 등의 문장에도 무심한 편은 아니다.'[3]라고 스스로
평가하여 언급하기도 하고 있는 것을 보더라도 영어뿐 아니라 중국어
에도 어느 정도의 실력이 있었음을 알 수 있다.

소세키는 중국의 서적이외에도 중국의 골동품등 중국 물건 등에 관
한 것도 작품 속에 명기하고 있는데 그 한 예로 1906년(明治 39년) 9
월에 발표된 소설 『초침(草枕)』에서 주인공인 '요(余)'와 '나미(那
美)'라는 여자와의 대화 내용 중, 중국의 청자(靑磁)에 대한 이야기를
볼 수 있다.

어디에서 누가 사오든 상관없다. 다만 아름다우면 아름다운 것만으
로 충분히 만족한다. "이 청자 형태는 매우 좋아요. 색도 아름답군요.
양갱의 색에 비해 거의 손색이 없어요."
여자는 후훗 하고 웃었다. (중략)
"이것은 중국제(中國製)입니까?"
"뭡니까?"하고 상대는 전혀 청자를 안중에 두고 있지 않았다.
"아무래도 중국 같아요."라고 접시를 올려 밑바닥을 바라보았다.
"그런 것이 좋으시다면 보여드릴까요?"
"예, 보여 주세요."
"아버지가 골동(骨董)을 좋아하니까 꽤 여러 가지가 있습니다. 아버

---

3) 『漱石全集』제 16권 p.674.

지에게 그렇게 말하고 언젠가 차라도 드시지요"[4]

이와 같은 중국 골동품에 관한 이야기는 같은 해인 1906년에 쓴 소설 『도련님(ぼっちゃん)』에서도 찾아 볼 수 있다. '이 골동품(骨董品)의 상태는 지극히 양호합니다. 한 번 써 보세요. 하고 커다란 벼루를 들이 내민다. 얼마냐고 물었더니 소유주가 중국에서 가져와서 꼭 팔고 싶다고 말해서, 싸게 해서 30엔으로 해 드리겠습니다. 라고 말한다.[5]' 라고 하여 동료교사와 골동품을 사이에 두고 거래하는 내용에서 골동품에 관심을 보이는 주인공 도련님을 통해서 보더라도 소세키는 학문 분야뿐만 아니라 중국의 골동품에도 관심이 깊었던 것이 아니었을까하고 생각된다.

그리고 1907년(明治 40년) 10월에 완성한 소설 『우미인초(虞美人草)』에서는 추워진 날씨에 추위에 필요한 조끼를 입자는 화제로 고노(甲野)씨와 무네치카(宗近)군이 주고받는 대화에서는 중국의 의류(衣類)와 관련된 내용도 등장한다.

"추워졌다. 여우털 조끼라도 입을까."라고 무네치카(宗近)군도 엉뚱한 소리를 한다.
선반위에서 이상한 모양의 조끼를 내려 몸을 비스듬히 해서 팔을 넣었을 때 고노(甲野)씨가 물었다.
"그 조끼는 손으로 만든 거야?"
"응, 가죽은 중국에 갔던 친구에게서 받은 것이지만 겉은 이토(糸)

---

4) 『漱石全集』제 2권 p.623.
5) 『漱石全集』제 2권 p.421.

씨가 해 준거야"

"진품이네. 좋은 것이군. 이토씨는 후지오(藤尾)같은 사람과 달라서
실용적(實用的)인 면이 있어 좋아."[6]

당시 일본에 들어 온 중국제 가죽으로 만든 조끼를 추운 날씨에 입
었다고 추정되는 것을 이 문장에서 알 수 있으며, 중국의 제품을 진품
이라고 하는 표현에 주의가 기울여지기도 한다. 의류뿐 아니라 중국
연극에 관한 것도 소설 속에 거론되고 있다. 1909년(明治 42年)에 쓴
『그리고 나서(それから)』에서 하루 종일 서재에 틀어박혀 생각에 빠
져있는 다이스케(代助)에게 저녁 식사 때쯤 가도노(門野)가 찾아와
서 하는 말에서 그것을 엿볼 수가 있다. "선생님 오늘은 하루 종일 공
부하신 거군요. 어떻습니까? 잠깐 산책하지 않으시겠습니까? 연예관
(演藝館)에서 중국인 유학생이 연극을 하고 있습니다. 어떤 연극을
하는지 가서 보시는 것은 어떻겠습니까? 중국인이라는 작자는 넉살
이 좋으니까 뭐든지 하고자 하니 낙천적인 자(者)들이지요…"[7]라고
혼잣말로 중얼거리는 내용이다. 중국인이 하는 연극을 이야기 하고
있지만 여기서 흥미로운 사실은 중국인이 넉살 좋고 낙천적인 자들로
묘사되고 있는 점이다.

소세키가 중국의 한적을 비롯하여 중국에 관한 여러 가지 것에 친
숙함을 가지기 시작했던 것은 1881년(明治 14년) 4월경부터 1년 정
도를 한학교 니쇼학사(二松學舍)에서 수학하면서부터라고 말 할 수
있으나 그 이전인 1878년(明治 11년) 11월 12세 때에 이미 「정성론

---

6) 『漱石全集』제 3권 p.135.
7) 『漱石全集』제 4권 p.440.

(正成論)」이란 한문 문장을 남기고 있는 사실을 간과해서는 안 될 것이다. 이 문장은 소세키에게 있어서 가장 초기의 문장으로 300자 남짓한 작문이다. 그리고 그 후 17, 8세 때부터는 한시를 쓰기 시작했다. 한시에 관해서는 물론 그 내용과 의취에 있어서 중국 한적의 영향이 크다고 볼 수 있는데 이에 대한 것은 소세키의 소설 및 여러 문장 속에서 쉽게 발견할 수 있다.「한시예찬(漢詩禮讚)」이라는 문장에서는 다음과 같이 적고 있다.

　　당시의 나는 서양의 말로 거의 나타낼 수 없는 풍류(風流)라고 하는 느낌만을 사랑하고 있었다. 그 풍류 중에서도 여기에 제시한 시구(詩句)에 나타나 있는 것 같은 일종의 느낌, 즉 분위기만을 특히 사랑하고 있었다.
　　시(詩)에 권점이 없는 것은 장지문에 종이를 바르지 않는 것과 같은 허전한 느낌이 들기 때문에, 스스로 점을 찍었다. 나 같이 평측(平仄)도 잘 모르고 운각(韻脚)도 어렴풋하게 밖에 기억하고 있지 않은 자가 무엇을 괴로워하여 중국인(中國人)에게 효과가 없는 궁리를 굳이 했나 라고 말한다면 실은 자신도 알 수가 없다. 하지만 평측운자(平仄韻字)는 두고라도, 시의 느낌은 왕조 이후의 전습(傳習)으로 오랫동안 일본화 되어 오늘날에 이르고 있는 것이므로 우리 정도 연배의 일본인의 머리에서는 쉽게 이것을 떨쳐버릴 수가 없다. 나는 평생 일에 쫓겨 간단한 하이쿠(俳句)조차 짓지 못했다. 시라고 하면 귀찮아 더더욱 짓지 않는다. 단지 이와 같이 현실계를 멀리 보고 아련한 마음에 조금의 걸림이 없을 때만 시구(詩句)도 자연(自然)도 샘솟듯 하여 시도 흥에 겨워 여러 형태의 것으로 떠오른다. 그리고 나중에 돌이켜보니 그것이

자신의 생애 중에서 가장 행복한 시기였던 것이다.[8]

이 문장에서도 나타나 있듯이 소세키의 인생에 있어서 가장 행복한
시기가 한시를 짓는 시기였다는 내용으로 소세키의 심상(心想)을 나
타내고 있는 글이다. 1906년(明治 39年)에 쓴 소설『나는 고양이로소
이다(吾輩は猫である)』에서는 '때로 주인님은 어찌했습니까? 변함없
이 낮잠을 자지만요. 낮잠도 중국인(中國人)의 시에 나오면 풍류이지
만 쿠샤미(苦沙弥)군처럼 일과로 삼는 것은 좀 속기(俗氣)가 있군요.
아무런 일 없이 매일 조금씩 죽어 보는 것 같은 것이잖아요.' 라고 하
여 중국 시의 풍류와 깊이를 말하고 있다.

소세키는 중국의 한시와 한시를 짓는 시인에 대한 견해를「문예의
철학적 기초(文藝の哲學的基礎)」에 다음과 같이 밝히고 있다.

서양인이 주장하고 있는 미(美)라든가 미학(美學)이라든가 하는 것
때문에 우리들은 크게 당혹스러워 합니다. 이처럼 미적(美的) 이상(理
想)을 자연물과 관련시켜 실현하려고 하는 것은 산수(山水)전문 화가
(畫家)가 되기도 하고, 천지의 경치를 읊는 것을 좋아하는 중국(中國)
시인(詩人) 혹은 일본의 하이쿠(俳句) 작가와 같은 것이 되기도 합니
다. 그리고 또 이 미적 이상을 인물과의 관계에 있어서 실현하려고 하
면 미인(美人)을 읊는 것을 좋아하는 시인이 되기도 하고 이것을 그림
으로 잘 그린다면 화가가 됩니다. 오늘날 서양에서도 일본에서도 떠들
썩하게 술렁대고 있는 나체화 같은 것은 순전히 이 국부의 이상을 생

---

8)『漱石全集』제16권 p.182.

애의 목적으로 하여 고심하고 있는 것입니다.[9]

소세키가 자신의 한시문에 대한 관심을 적고 있는 부분은 이미 발표한 졸론(책『漱石漢詩と禅の思想』1997, 勉誠社)에서도 밝히고 있는 바와 같이 1889년(明治 22년) 9월, 23세 때에는 '나 어릴 때 당송의 많은 시를 읽고 기뻐서 문장을 지었다.(余兒時誦唐宋數千言喜作爲文章)'라고 『목설록(木屑錄)』에 적고 있고, 1906년(明治 39년) 6월, 40세 때에 쓴 담화에는 '원래 나는 한학(漢學)을 좋아해서 꽤 흥미를 가지고 한문 서적을 많이 읽었다.'라고 밝히고 있다. 그러나 같은 해에 쓴 소설『초침(草枕)』에는 시인이 된다는 것에 대해 중국의 시를 예를 들어 특징 등을 거론하면서 시인의 고생과 예민함에 대한 우려도 나타내고 있다.

아무리 시인이 행복하더라도 저 종달새처럼 아무런 생각 없이 일심불란((一心不亂)하게 전후를 망각(妄覺)하고 우리의 기쁨을 노래할 수는 없을 것이다. 서양의 시는 물론 중국의 시에도 자주 많이 근심이라고 하는 글자를 볼 수 있다. 그러고 보면 시인은 항상 다른 사람보다도 고생하는 성향이고 보통사람의 배 이상 신경이 예민한지도 모른다. 초속(超俗)의 기쁨도 있겠지만 무량(無量)의 슬픔도 많을 것이다. 그렇다면 시인이 되는 것도 생각해 볼 문제이다.[10]

여기서 시인의 행복에 대해 언급하면서 역시 중국의 시에 비준하

---

9)『漱石全集』제 16권 p.215.
10)『漱石全集』제 2권 p.388.

여 운운하면서 시인이 되는 것도 생각해 볼 문제라고 말하고 있지만, 1907년(明治 40년) 5월, 41세 때의 쓴『문학론(文學論)』에는 '나는 어릴 때 한문서적을 좋아하여 즐겨 공부했는데 짧은 기간 공부했음에도 불구하고, 문학은 이와 같은 것이라는 정의를 막연하게 좌국사한(左國史漢)에서 얻었다.'라고 분명하게 명시하고 있듯이 중국의 문장을 통해 문학의 정의를 얻고 있다.

이후 1909년(明治 42년)에 쓴 소설『그리고 나서』에서는,

> 복도에 연이은 정원(庭園)을 건너 안으로 와 보면 아버지는 책상 앞에 앉아서 중국 당(唐)나라의 책을 보고 계셨다. 아버지는 시를 좋아하여 시간만 있으면 때때로 중국인의 시집을 읽고 계신다.
> 다이스케(代助)를 보고 갑자기 인간은 아무래도 너 같이 독신이 아니면 일을 할 수 없어. 나도 혼자라면 만주(滿洲)나 아메리카라도 가겠지만 하고 불평을 했다.[11]

라고 하여 중국 당나라 책을 읽는 다이스케의 아버지가 묘사되어 있다. 실제로 소세키 역시 중국 당나라 시를 많이 읽었음을 자신의 한시 등에서 스스로 표현하고 있다. 아울러 만주나 미국에 가보고 싶어하는 뜻도 내비치고 있다. 1909년(明治 42년) 10월까지 소설『그리고 나서』를 쓰고 있었으니까 이 같은 뜻을 내비친 시기에 실제로 같은 해 9월에 소세키가 직접 만주(滿洲)와 한국(韓國)을 여행하고 난 뒤, 같은 해에 그 여행기로서『만한 여기저기』를 문장으로 남기고 있

---

11)『漱石全集』제 4권 p.442

다. 즉 중국 만주로 여행 할 것에 대한 생각을 그대로 소설에 나타낸 것임을 알 수 있다.

이와 같이, 소세키는 중국에 대한 깊은 관심을 가지고 중국의 여러 한적을 좋아하여 읽고 공부했던 사실을 분명히 밝히고 있고, 한문학의 세계에서 자신의 입지를 세우려고 하기도 한 사실도 여러 문장을 통해 나타내고 있다.

3. 사서오경(四書五經) 및 기타 한적의 영향

소년시절부터 쓰기 시작한 한문문장을 비롯하여 그 후 저술한 많은 소설 속에는 물론, 죽음을 맞이하기 직전까지 쓴 200여수의 한시와 수편의 한문 문장에 그의 한학적 기량을 남기고 있다. 게다가 연구적인 것으로서 문과대학 시절에 쓴 「노자(老子)의 철학」은 청년 시절 중국 한적에 관한 지식을 유감없이 나타낸 연구서(研究書)이기도 하다. 소세키의 한학적 소산의 중심은 한시이지만 소설 속에도 사서오경을 비롯한 불교(佛敎), 도교(道敎), 유교(儒敎) 등 다량적인 한적에 대한 지식과 배경 등 한적의 문구를 자신의 문장에 많이 인용하여 그 영향을 짙게 나타내고 있다.

먼저 사서오경 중『주역(周易; 易經)』의 내용이 도입된 작품을 살펴보면 1896년(明治 29년) 1월 12일, 마쓰야마에서 친구인 마사오카 시키에게 보낸 엽서에 적혀 있는 한시를 들 수 있다. 소세키는 1895년(明治 28년) 12월 말 교코(鏡子)와 결혼을 위한 선을 보기 위해 상경하여 맞선을 보고 난 후, 다음해 1월 7일 마쓰야마에 돌아오게 된다. 그 때 친구 마사오카 시키와 이별하면서 답장으로 보낸 서한(書翰)에 적은 시로서 당시의 심정을 친구에게 솔직하게 표현한 것으로 『주역』의 괘명을 쓰고 있는데 주의하고자 한다.

무 제

해남 천리 길 멀리
헤어지려하니 하늘도 어둡고 차구나
기적은 붉은 연기를 내뿜고
기선은 파도의 물거품을 가른다.
군(君)을 위해 나라를 걱정하는 것은 어렵지 않으나
객이 되어 집에 이르는 것은 어려우니
삼십에 손(巽)으로 하여 다시 감(坎)
공명에 대한 꿈은 반 정도 남아 있으니.

海南千里遠 (해남천리원)
欲別暮天寒 (욕별모천한)
鐵笛吹紅雪 (철적취홍설)
火輪沸紫瀾 (화륜비자란)
爲君憂國易 (위군우국이)
作客到家難 (작객도가난)
三十巽還坎 (삼십손환감)
功名夢半殘 (공명몽반잔)

위의 한시 제7구 '삼십손환감(三十巽還坎)'에서 『주역』에 나오는 괘를 찾아 볼 수 있다. 여기에 쓰고 있는 '손(巽)'과 '감(坎)'은『주역』의 팔괘명 중에 있는 것으로, 손위풍(巽爲風)의 손[12]과 감위산(坎爲山)의 감[13]으로 순조롭고 험난한 것을 나타내는 괘로 인생의 굴곡이 많은 것을 의미하고 있는 말이다. 소세키가『주역』에 있는 말을 한시에 도입한 것은 이 시가 처음이라는 점에 중점을 둘 수 있지만, 한학교 시절부터『주역』을 공부한 사실을 감안하면 20대의 청년 소세키는 이에 관한 지식과 소양을 갖추고 있었음을 생각할 수 있으며 한적을 공부한 친구 사이에 오고 간 문장에서 자연스럽게 표현된 것이라고 짐작할 수가 있다.

또 1899년(明治 32년)에 쓴 시에는,

무 제

눈은 동서양의 문자를 익히고 있고
마음에는 고금의 근심을 안고 있다.
그러나 20년간 번민하여 어리석은 짓 반복하고
30이 되어 겨우 무엇인가 다시 알게 되어
정좌하고 복괘와 박괘를 보노라니
허회가 강유를 부리네.
새가 날아도 구름에 그 흔적이 없고
물고기가 지나가도 물은 그대로 흐르니
인간 원래 무사한 것을
흰 구름은 저 홀로 유유할진저.

---

12)『주역(周易)』(1986) 한국교육출판공사, 사서오경(四書五經) 제 6권 p.270.
13) 전게서『주역(周易)』p.162.

眼識東西字 (안식동서자)

心抱古今憂 (심포고금우)

廿年愧昏濁 (이십년괴혼탁)

而立纔回頭 (이립재회두)

靜坐觀復剝 (정좌관복박)

虛懷役剛柔 (허회역강유)

鳥入雲無迹 (조입운무적)

魚行水自流 (어행수자류)

人間固無事 (인간고무사)

白雲自悠悠 (백운자유유)

　라고 하여 시의 제 5구 '정좌관복박(靜坐觀復剝)'과 제 6구 '허회역
강유(虛懷役剛柔)'에 『주역』의 어구 '복박(復剝)'과 '강유(剛柔)'가
도입되어 있다. 시의 내용으로는 지나간 30년의 세월을 혼탁하게 살
아온 것을 부끄럽게 생각하여 잠시 회고하여 반성하는 것, 정좌해서
박괘(剝卦) 다음에 복괘(復卦)가 오는 것을 보고 음양소장(陰陽消
長)과 사계(四季)의 왕래를 깨닫게 된 것, 그리고 허회가 강유를 역
하여 변화를 일으키는 이치를 파악하게 된 일 등을 표현하고 있다. 이
처럼 '복박(復剝)'과 '강유(剛柔)'라고 하는 단어를 사용하여 『주역』
에서 말하고 있는 음양사상을 피력하고 있음을 알 수 있다. '박(剝)'은
산지박(山地剝)의 박으로 이 괘가 지닌 의미인 '소인이 세력을 얻고,
군건히 스스로 지켜나갈 것'[14]에서, '복(復)'은 지뢰복(地雷復)의 복
으로 이 괘가 지닌 의미인 '양기(陽氣)가 다시 오고 천지가 생생하게

---

14) 전게서 『주역(周易)』 p.138.

무궁함'[15)으로 옮겨지는 이치와 도리를 말하고 있다. 그리고 '강유'는, 건강곤유(乾剛坤柔)로 '강'은 양(陽), '유'는 음(陰)의 의미[16)를 지니고 있기 때문에 위의 시를 이해하기 위해『주역』의 도리에 대한 지식적 소양이 요구되기도 한다.

시의 제7구와 제8구는 불교 선가(禪家)풍의 내용을 담은 무심(無心)의 경지 즉 여여(如如)한 마음의 표현과 함께 자연의 무위(無爲)를 노래하고 있다. 이 구는 1907년(明治 40년)에 쓴 소설『우미인초』에서도 '고노(甲野)씨의 일기에 조입운무적(鳥入雲無迹) 어행수유문(魚行水有紋)이라고 하는 일련이 율(律)에도 절구(絶句)에도 맞지 않게 그냥 해서(楷書)로 적혀 있다.'라고 인용되어 있기도 한 구절이다. 제9구와 제10구는 인간과 자연 모두가 무위에 계합(契合)한 의취로서 무위자연적인 선가(仙家)의 분위기를 연상시키면서 도가적(道家的)인 경향이 짙게 베어 있어 무욕(無欲)의 이상적인 풍광을 읊은 것이라고 생각된다. 이 시에서 소세키는 자신의 중국적 동양사상의 식견으로서 유가(儒家)의 사상과 도가(道家)의 사상을 선가(禪家)의 경지에서 이해하려고 한 것은 아닐까.

이러한 것은 같은 해에 지은 '실제(失題)'란 제목을 붙인 시에서도 찾아 볼 수가 있다. 장시(長詩)이기 때문에 해당하는 구만 예를 들어 보면, 제13, 14구의 '흥진하소욕 (興盡何所欲; 흥이 다하면 무엇이 하고 싶으랴), 곡굉공당면 (曲肱空堂眠; 팔꿈치 굽혀 빈방에서 잠드니)」라고 읊고 있다.『논어』에 있는 내용 '소식을 하고 물을 마시

---

15) 전게서『주역(周易)』p.162.
16) 전게서『주역(周易)』p.42.

고 팔꿈치를 굽혀 이것을 베게로 삼으면, 즐거움 또한 이 안에 있을진 저.(食疏食飮水,曲肱爲枕,亦其中在樂)[17] 에서 그 전거를 찾아 볼 수 있다. 또 같은 시의 제 23구에는 '석가는 돈점(깨달음과 수행)을 설하 고(胡僧說頓漸)' 이라고 하여 불교적인 도리를 표현하여 석가(釋迦) 의 깨달음과 수행의 세계를 읊고 있으며, 이어서 제 24구에는 '노자는 우주의 근본 원리를 이야기하는구나(老子談太玄)'이라고 하여 유교 에 이어 불교 그리고 도교적 요소를 함께 나타내어 노자를 들고 있다.

이와 같이 소세키가 한 수의 시 속에 중국 한적의 지식과 중국의 제 사상 및 그 도리를 모두 표출하고 있음을 보더라도 그의 한적에 대한 깊은 관심과 폭 넓은 지식을 알 수 있다고 생각된다. 도교의 사상이 표현되어 있는 것으로는 1896년(明治 29년) 11월 15일의 시에서도 찾아 볼 수 있다.

무 제

복령 지금 캐기에는 마음이 내키지 않은데
돌솥에 어찌 선단을 끓일소냐.
밝은 날에 영지를 대하고 앉으니
도심은 천고에 차구나.

茯苓今懶採 (복령금라채)
石鼎那烹丹 (석정나팽단)
日對靈芝坐 (일대령지좌)

---

17) 『논어(論語)』 한국교육출판공사, 사서오경(四書五經) 제 2권, 1986 p.42.

道心千古寒 (도심천고한)

이 시의 제 1구에 나오는 복령(茯笭)은 한방(韓方)에서 사용하는 약초의 일종으로 중국의 도교에서 그 도(道)를 수험함에 있어 선약(仙藥)으로서 추장하는 것이다. 영지 또한 이와 같은 것이며 제 2구의 '석정(石鼎)'이라고 하는 것은 중국의 선인(仙人)들이 단(丹) 즉 선약을 달이는 그릇으로 도교에 관한 것을 나타내고 있음을 알 수 있다. 그리고 제 4구의 '도심(道心)'은 20여년 후 1916년(大正 5년) 8월 22일의 시에서도 볼 수 있는데 시의 제 1구, '향연일주에 도심은 짙고 (香烟一炷道心濃)'라고 표현한 것에는 속세지연을 떠나 무위자연의 경지에 달하여 초속의 세계에 들고자 하는 구도(求道)를 향하는 마음을 나타내고 있다고 생각된다. 이 도교적인 시풍(詩風)은 계속되어 만년에까지 나타나고 있다. 1916년 11월 13일, 소세키가 죽음을 앞두고 지은 시에는 다음과 같이 표현되어 있다.

무제

(전략)
학은 청공을 날아올라 날개 짓 조용하고
바람은 영초에 불어 약초 뿌리 새롭구나.
장생 봉래산을 향해 가지 아니하고
불로 단지 참된 진실을 키워야 할 터.

鶴上晴空仙翮靜 (학상청공선핵정)
風吹靈草藥根新 (풍취령초약근신)

長生未向蓬萊去 (장생미향봉래거)
不老只当養一眞 (불로지당양일진)

이 시에 표현되어 있는 '영초(靈草)'와 '봉래(蓬萊)'는 동해 속에 있는 선인(仙人)의 섬으로서 불로장생의 선약(仙藥)이 있다고 전해지는 설에서 기인한 것이라고 여겨지며 이것을 생각해 보더라도 앞에 예를 든 시와 같이 소세키는 중국 도교의 사상을 빌어 시를 통해 읊고 있는 것이다.

소세키가 읽은 중국 당나라의 시집 중에는 백락천(白樂天)의 시집도 찾아 볼 수 있다. 그 증거로는 소설 『나는 고양이로소이다』에서 어느 날 주인공인 '주인' 집에 찾아온 도후(東風)군과 나누는 대화에서이다.

도후(東風)는 싸늘하게 식은 차를 다 마시고 "실은 오늘 찾아 뵌 것은 선생님께 좀 부탁드릴 일이 있어서 왔습니다."라고 인사한다. "오 그래, 무슨 볼 일이 있어서요" 라고 주인도 같이 응수한다. "아시는 바와 같이 문학(文學) 미술(美術)을 좋아하니까…" "좋지"하고 부추긴다. "뜻을 같이하는 자들이 모여 요전부터 낭독회(朗讀會)라고 하는 것을 조직하여 매월 1회 모여서 이 방면 연구를 앞으로 계속 할 생각으로, 이미 제 1회는 작년 말에 개최했습니다." "처음은 고인(古人)의 작품부터 시작하여 점차적으로 동인의 창작 같은 것을 할 생각입니다." "고인의 창작이라고 하면 백락천(白樂天)의 비파행(琵琶行)[18]같은 것

---

18) 중국 백락천이 지은 칠언고시로 『長恨歌』와 함께 꼽히는 대표작임.

입니까?" "아닙니다."[19]

여기서 말하는 백락천[20]은 중국 당나라 시대의 유명한 시인으로 시문집으로는 『백씨문집(白氏文集)』을 남기고 있는 사람이다. 이 소설에서 주인공인 '주인'이 현 시대를 두고 계속 엮어가는 이야기 중에, "이때 우리 서양의 사정에 통하는 자가 고사(古史)전설(傳說)을 고구(考究)하여 이미 없앤 비법을 발견하고 이것을 메이지(明治) 사회에 응용한다는 것은 소위 화(禍)를 미맹(未萌)에 막는 것의 공덕에도 맞고"[21]라고 말하고 있다. 이 내용에서 볼 수 있는 '미맹'이라는 말은 일이 아직 발생되지 않은 상태를 일컬을 때 쓰는 한자어이다. 이것은 너무나 유명한 중국의 『삼국지(三國志)』 종회전(鍾會傳)에 나오는 말로 '지자(智者)는 화를 미맹에 막는다' 라는 말에서 기인한 것이라고 생각된다.

또 이 소설 속에는 『논어』에 나오는 문구를 찾아 볼 수 있다. 가네다(金田)부부와 하나코(鼻子)부인, 또 한명의 손님이 서로 대화를 나누는 장면에서이다. 이들의 용모에 관해서 고양이가 평하는 내용으로 '손님은 세 명 중에서 가장 보통 용모를 하고 있다. 단 보통인 만큼 이것이다, 라고 내세워 소개할 정도로 만족할 만한 것은 하나도 없다. 보통이라고 말하면 괜찮을 것 같지만 지극히 보통이어서 평범한 마루(堂)에 올라 용속(庸俗)의 방(室)으로 들어간 것은 오히려 불쌍할 정

---

19) 『漱石全集』제 1권, 『나는 고양이로소이다(吾輩猫である)』, 岩波書店, 1974 p.50.
20) 白樂天(772~846), 이름은 居易, 중국 정주(鄭州)에서 태어난 中唐의 詩人.
21) 『漱石全集』제 1권, 『吾輩猫である』, 岩波書店, 1974 p.57

도이다.'[22] 라고 적고 있다. 이 중에서 '평범한 마루(堂)에 올라 용속의 방으로 들어간 것'이라는 문구는 『논어』 선진편의 다음과 같은 내용에서 근거를 찾을 수 있다.

공자(孔子)께서, '저렇게 비파를 뜯을 바에야 어쩌자고 우리 집에서 뜯는고?' 하자 제자들이 자로를 존경하지 않게 되었다. 이에 공자 말씀 하시길, 유의 학문은 그만하면 마루에는 오를 수 있다만 아직 방에 들 만하지 못할 뿐이다.[23]

소세키는 위 문장의 '유야승당의 미입어실야(由也升堂矣 未入於 室也)'의 내용에서 인용하여 소설 내용에 맞게 응용했음을 알 수 있다. 이것은 일찍이 1890년(明治 23년) 7월 20일 친구 마사오카 시키에게 보낸 서한에도 '자네는 이미 주상의 마루에 올라 좋으나 그 방에 들어가 공부해야 할 것'[24]이라 하여 같은 내용을 인용하고 있다. 여기서 말하는 공부는 불도의 깨달음을 위한 마음 수행과 정진을 말한다.

또 소설 『나는 고양이로소이다』에서는 『예기(禮記)』를 읽었던 증거도 발견할 수 있다. 소설 속에서 어느 날 '주인'이 아내와 다투고 서재에서 나오지 않고 있을 때 다타라(多々良)군이 찾아온 것을 계기로 주인이 서재에서 나오게 되는 묘사에서이다. 주인이 다타라군과 스즈키 토쥬로(鈴木藤十郎)라는 공학사가 동경(東京)에 온 일에 관해 나

---

22) 『漱石全集』(1974) 제 1권 岩波書店 p.138.

23) 『논어(論語)』(1986) 한국교육출판공사, 사서오경(四書五經) 제 2권 p.233.
　　子曰, '由之鼓瑟 奚爲於丘之門' 門人不敬子路子曰, 由也升堂矣 未入於室也

24) 『漱石全集』 제 14권 p.123.

누는 대화에서 십년일호구(十年一狐裘)라는 말을 사용하고 있다

"선생님 그 남자가 얼마나 받는다고 생각하십니까?"
"몰라"
"월급이 이백 오십엔이고 추석에 배당이 더해지면 이럭저럭 평균 사오백엔이 된다는군요.
별 수 없는 남자가 많이 받고 있는데 선생님은 리더 전문으로 십 년 일호구(十年一狐裘)면 바보같이 있는 게 되지 않습니까."[25]

호구라는 말은 여우의 가죽옷이라는 의미로 중국의 사서오경 중 『예기(禮記)』의 단궁(檀弓)에 보이는 글이다. 위의 문장에서 나타나 있는 '십년일호구'는 가죽옷 하나로만 십년을 입는다는 뜻으로 풍족하지 않고 검소하고 절약하는 궁색함을 표현할 때 사용되는 말이다. 『예기(禮記)』의 단궁(檀弓)에는 다음과 같이 적혀 있다.

증자(曾子)가 말하기를 '안자(晏子)는 예를 안다고 말 할 수 있다'고 말하였다. 유약(有若)이 말하기를 '안자는 호구(狐裘) 하나로 삼십 년을 입었으니, 이는 자신에게 절검(節儉)한 것이다. 어버이 장례식에 견거 일승(遣車一乘)을 썼을 뿐이니 이것은 어버이에게 절검한 것이다. 장례식이 끝난 후 빈객 배송에는 예를 결하였으니 빈객에게 절검한 것이다' 라고 하였다. 국군은 칠구니 견거가 칠승이고 대부는 오구이니 견거가 오승이라 하였으니 어찌 안자가 예를 안다고 하겠는가.[26]

25) 『漱石全集』제 1권 p.202.
26) 『禮記』檀弓 下 한국교육출판공사, 사서오경(四書五經) 제 7권, 1986 p.146.
曾子曰 晏子可謂知禮也已, 恭敬之有焉, 有若曰, 晏子一狐裘三十年, 遣車一乘,

여기에서는 제(齊)나라 안평중(晏平仲)의 절검하는 태도를 예를
들어 이야기 하고 있다. 위의 원전에는 여우 가죽옷 하나로 삼십년 동
안 입는다고 되어 있는 것을 소세키는 십년으로 하여 소설 속에 도입
하여 사용하고 있다. 금전 문제를 두고 월급의 많고 적음을 비교하는
당시의 사회인식을 알 수 있는 내용이기도 하며, 이러한 문장에서도
중국 고전의 문구를 사용하는 소세키의 중국 한적에 대한 친숙함과
박학다식함을 엿볼 수가 있다.

이어서 소세키는 『사기(史記)』에 나오는 한 구절도 인용하고 있다.
주인을 방문한 다타라군이 고양이 고기를 요리해서 먹으면 맛있다고
하며 고양이를 자기에게 주면 좋겠다는 말을 하는 것을 듣고 상당히
기분이 나쁜 상태가 된 고양이가 생각하는 내용 중 다음과 같은 것이
있다.

주인이랑 부인이랑 삼페 등 이들이 우리를 상당하게 평가해주지 않
는 것은 유감이지만 어쩔 도리가 없다고 치더라도, 어리석은 결과 껍
질을 벗겨서 샤미센(三味線) 가게에 팔아넘기고 고기를 다져서 다타
라군의 밥상에 올리는 것 같은 무분별한 상황에 처해진다면 엄청 큰일
이다. 우리는 머리로 활동해야 하는 천명(天命)을 받고 이 사바(娑婆)
세계에 출현했을 정도의 고금래(古今來)의 고양이이며, 대단히 소중
한 신체이다. 천금(千金)을 가진 자는 마루 끝에 앉지 않는다는 속담도
있는데 함부로 우리 몸을 위험에 빠뜨린다는 것은 단순히 자신의 화근
이 될 뿐 아니라 또 크게는 천의(天意)를 저버리는 셈이 된다.[27]

及寒而反. 國君七个遺車七乘, 大夫五个遺車五乘, 晏子焉知禮.
27) 『漱石全集』제 1권 p.206.

이 내용은 『사기』 원앙전(袁盎傳)에서 그 전거를 찾아 볼 수 있는 문장으로 '천금을 가진 자는 마루 끝에 앉지 않는다 (千金子不座堂垂)'라는 문구에서 인용하고 있다. 돈을 많이 가지고 있는 자는 항상 신중하게 생각하고 조심한다는 뜻으로 떨어질 염려가 있는 마루 끝에는 앉지 않는 것을 말하고 있다. 소세키가 이것을 소설 속에서 고양이의 생각을 빌어 고양이 고기를 요리해서 먹는 인간들에게 대해 천명을 받고 사바세계에 나온 자신들의 신체의 소중함을 강조하는 것으로 살생금지(殺生禁止)를 도리로 하고 있는 불교의 가르침을 시사하여 이 구절에 인용하고 있는 것은 아닐까하고 생각된다. 고양이를 통해 인간들의 생각을 비판하는 참으로 기발한 착상이라고 여겨지는 부분이다.

한시로는 1895년(明治 28년) 5월 28일, 무제(無題)로 쓴 한시 초구에 '이경의 뽕나무 밭 어느 세월에 일굴까.(이경상전하일경(二頃桑田何日耕))'이라는 표현도 있다. 이 '이경상전(二頃桑田)' 역시 『사기』의 소진전(蘇秦伝)에 있는 고사에 의한 것이다. 전국(戰國)시대에 6국을 연합시킨 소진이 권력과 영달보다도 조용히 전원생활을 바란다는 내용으로, 인간 세월 오십년으로 본다면 벌써 그 반을 훌쩍 넘어서 있는 소세키 자신의 심경을 나타내기 위한 표현으로 사용했으리라 사료된다.

이와 같이 소세키는 사서오경 이외에도 중국의 많은 서적을 접하고 읽은 흔적을 남기고 있으며 그 내용을 자신의 문장에 담아내고 있음을 인지할 수 있다. 또 소설 『나는 고양이로소이다』에서 고양이는 주인의 논리를 대나무로 만든 사각 모양으로 엮은 울타리에 비유하여 『장자(莊子)』에 나오는 문구도 도입하여 다음과 같이 생각을 표현하

고 있다

이 대나무로 엮은 사각의 구멍을 빠져나오는 일은 청나라(淸國)의 기술사(奇術師) 장세존(張世尊) 그 사람이라 해도 어려울 것이다. 그러니까 인간에 대해서는 충분히 울타리의 기능을 하고 있음에 틀림없다. 주인이 그 완성된 것을 보고, 이것이라면 좋겠다고 기뻐한 것도 무리는 아니다. 그러나 주인의 논리에는 커다란 구멍이 있다. 이 울타리보다도 커다란 구멍이 있다. 탄주(呑舟)의 물고기를 놓칠 수 있는 큰 구멍이 있다.[28]

고양이는 '주인'을 비유함에 있어서, 역시 중국 청나라 기술사 장세존이라는 사람을 들고 있다. 또 여기서 말하는 탄주(呑舟)의 물고기라는 것은 배를 삼킬 것 같은 대어(大漁)라는 뜻이며 『장자』 경상초편(庚桑楚篇)에 보이는 말로 '탄주의 물고기도 튀어 올라 물을 잃다(碭呑舟魚水失)'라는 문구에서 그 전거를 찾아 볼 수 있다.

또, 소설 속에서 주인과 백부(伯父)가 하는 대화 내용에서는 불교의 마음 수행에 관해 서로 묻기도 하고 답하기도 하는 장면에서 『맹자(孟子)』를 비롯하여 중국의 여러 인물과 문구 등이 열거되어 있는 문장도 발견된다.

"모든 지금의 학문은 형이하학(形而下學)으로 좀 괜찮은 것 같지만, 막상 급할 때는 조금도 도움이 되지 않는단 말이야. 옛날은 그것과는 달라서 무사들은 모두 목숨 걸고 거래했으니까, 아차 하는 순간에 낭

패를 보지 않도록 마음의 수행을 한 것으로 알고 있는데' 옥(玉)을 연마하거나 철사를 꼬거나 하는 것 같은 쉬운 일은 아니었는데 말일세."

"그렇군요." 라고 역시 겸손히 하고 있다.

"숙부님, 마음의 수행이라고 하는 것은 옥을 연마하는 대신에 호주머니에 손 넣고 가만히 앉아 있는 것이지요?"

"그러니까 곤란해. 결코 그런 점이 없는 것은 아니지. 맹자는 구방심(求放心)이라고 말했을 정도다. 소강절(邵康節)은 심요방(心要放)이라고 설한 적도 있지. 또 불교에서는 중봉화상(中峯和尙)이라는 사람이 불구퇴전(不具退轉)이라고 하는 것을 가르치고 있다. 좀처럼 쉽게 알 수 없다네."

"도저히 알 수가 없습니다. 도대체 어떻게 하면 좋습니까?"

"자네는 택암선사(澤菴禪師)의 부동지신묘록(不動智神妙錄)이라는 책을 읽은 적이 있나?"

"아뇨, 들은 적도 없습니다."[29]

위의 문장에서는 『맹자』뿐만이 아니라 송나라의 유명한 학자 소강절[30] 및 원나라의 선승(禪僧)인 중봉선사까지 등장하는데 이것은 임제종의 택암선사(1573~1645)가 편찬한 『부동지신묘록』[31]에 수록되어 있는 사항이다. 여기서 말한 구방심은 『맹자』제 6편 고자장구(告子章句) 상(上)에 나오는 말로,

---

29) 『漱石全集』제 1권 p.363.
30) 소강절(1011~1077) 중국 송(宋)나라의 학자 시인. 호 안락선생(安樂先生). 자 요부(堯夫). 시호 강절(康節). 소강절(邵康節)이라고 많이 불린다.
31) 부동지신묘록(不動智神妙錄) : 택암선사(澤菴禪師)가 검도에 예하여 선(禪)의 묘체를 설한 말을 중심으로 하여 1권 13항으로 편찬한 불교서임

맹자께서 말씀하시길 "인(仁)은 사람의 마음이요, 의(義)는 사람이 걸어갈 길인데 그 길을 버리고 따라가지 아니하고 그 마음을 잃고도 구할 줄 모르니 슬프다! 사람이 닭이나 개를 잃으면 이것은 찾을 줄 알되 마음을 잃으면 구할 줄 모른다. 학문하는 길은 다른 것이 아니라 잃어버린 자기의 마음을 찾는 것뿐이다.[32]

라고 하는 내용에서 그 전거를 찾을 수 있다. 소세키는 마음의 수행이 불교에서 뿐만이 아니고 『맹자』에서도 같은 내용을 설하고 있는 점에 주의하여 이 문장을 인용한 것이라고 생각된다.

이 소설 속의 주인이 자살에 관한 문제를 주제로 하여 말하는 내용 중에 세계의 청년으로서 제군이 가장 주의해야 할 의무는 자살이라고 하고는 '자신이 좋아하는 것은 이것을 남에게 하게 해도 좋은 것이니까(己れの好む所は之れを人に施こして可なる譯だから)'[33]라는 말을 하고 있다. 그리고는 자살을 일보 전개하여 타살로 해도 좋다고 말을 잇고 있다. 여기서 일본어 원문을 첨부 인용한 것은 한자 사용에 주의하고자 하기 때문이다. 이 부분의 전거로는 『논어』 안연편(顏淵篇)에 설하고 있는 것으로서, 중궁이 인(仁)에 대하여 묻자 공자께서 말씀하시기를 "문을 나가면 몸가짐을 귀한 손님을 봄과 같이하며. 인민을 부리되 큰 제사를 받듦과 같이하며 자기가 하고 싶지 아니한 일을 남에게 하게 하지 말지니라. 그렇게 하면 은나라 백성의 원망이 없고, 온 집안 가족의 원망이 없느니라" 중궁이 말하기를 "제 비록 불민하

---

32) 『孟子』 告子章句 상, 한국교육출판공사, 사서오경(四書五經) 제 3권, 1986 p.310.
　　仁人心也 義人路也 舍其路而不由 放其心而不知求 哀哉人有鷄犬 放則知求之
　　有放心而不知求 學問之道無也 求其放心而已矣
33) 『漱石全集』 제 1권 p.510.

오나 이 말을 거울삼아 항상 명심하오리다"(仲弓問仁 子曰 "出門如
見丈大賓 使民如承大衆 己所不欲 勿施於人 在邦無怨 在家無怨"
仲弓曰 雍雖不敏 請事斯語矣")[34] 라고 하는 내용에서 나타내고 있
는 '기소불욕 물시어인(己所不欲 勿施於人)'이라는 구절을 보면 알
다시피 소세키는 이 원문에서 빌어 소설 속에 그 뜻을 응용하여 사용
하고 있음을 확인할 수 있다.

또한 소세키는 중국의 여러 서적에서 문장의 내용뿐 아니라 많은
서적명도 자주 거론하고 있음에도 주목할 필요가 있다. 그의 작품 속
에 중국의 서적명이 거론되어 있는 내용 중 하나의 예를 들어 보면 다
음과 같다.

"실은 엊그제 내가 볼일이 있어서 도서관에 갔다가 돌아오려고 문을
나서는데 우연히 로바이(老梅)군을 만났던 거야. 저 남자가 졸업 후 도
서관에 발길을 한다는 것은 매우 이상한 일이라고 생각하고 감탄하여
공부하는군요, 라고 말했더니 선생님은 묘한 얼굴을 하고, 뭐 책 읽으
러 온 것 아니겠어? 지금 문 앞을 지나는 길이니까 볼일이 있어서 잠깐
들렀겠지, 라고 말해서 크게 웃었는데, 로바이군과 자네와는 반대인 좋
은 예로서 신찬몽구(新撰蒙求)에 반드시 넣고 싶어" 라고 메테(迷亭)
군은 늘 그러하듯 긴 주석을 붙인다.[35]

소설 『나는 고양이로소이다』에 있는 문장으로 여기서 제시된 '신찬
몽구(新撰蒙求)'는 소세키가 중국의 많은 인물에 대한 지식을 쌓은

---

34) 『논어』顏淵篇, 한국교육출판공사, 사서오경(四書五經) 제 2권, 1986 p.246.
35) 『漱石全集』제 1권 p.229.

책으로 추측되기도 하는『몽구(蒙求)』라는 책을 일컫는 것으로 소설 속에서 다시 신찬하여 쓴다면 두 명의 이름을 넣어 신찬몽구라고 명명하겠다는 것이다.『몽구』[36]는 후진(後晋)의 이한(李瀚)이 저술한 책으로 중국 고전 중에서 유명한 인물의 사적(事蹟)을 발췌하여 알기 쉽게 해놓은 책이다.

그리고 이 소설 속에서 천연거사(天然居士)를 묘사하는 부분에 있어서 '천연거사는 공간을 연구하고 논어를 읽고 군고구마를 먹고 콧물을 흘리는 사람이다'[37] 라고 하는 표현 중에『논어(論語)』라는 책명을 제시하고 있기도 하다.

소세키는 중국의 서적 및 그 밖의 많은 서적을 통하여 진리를 추구하였으나 오히려 서적이라는 것이 일생을 그르칠 수 있다는 두려운 생각을 표하고 있다. 서적에 의지하여 인생의 요령을 얻으려고 한 자기 자신의 어리석음을 책하고 있는 시구로는, 전술한 1895년(明治 28년) 5월 28일의 한시, 제 7구와 8구에 '인간 오십의 반을 넘은 지금(人間五十今過半), 부끄러운 것은 독서 때문에 일생을 그르치는 것이라(愧爲讀書誤一生)'라고 표현한 것이 있다. 이와 같은 내용은 중국의 시인 소동파(蘇東坡)의 시구 '인생에 있어서 글을 아는 것은 우환의 시작(人生始字識憂患)'[38]이라고 읊고 있는 것과 그 의취가 같다. 인

---

36)『몽구』는 당나라의 학자 이한(李瀚)이 지은 문자 교육용 아동교재이다. 이 책은 주로 경전(經典) 자사(子史)에서 중국 역대의 제현(諸賢), 열사, 문장가들의 사적을 정리하여 8자를 한 구(句)로 하는 형식으로 소개되어 있다. 이 책은『소학(小學)』과 더불어 유교적 가치관을 체득시키고 동시에 문장 교육을 겸하는 교재로서, 문인들이 글을 지을 때의 좋은 참고자료로서 이용되었다.

37)『漱石全集』제 1권 p.212.

38) 소동파 (蘇東坡, 1036.12.19~1101.7.28) 중국 북송 때의 시인. 호는 동파거사(東坡居士), 본명은 소식(蘇軾). 중국 메이산(眉山: 지금의 사천성) 출생. 주요작품

간이 살아가는데 있어서 그 진실을 추구하기 위해서는 서적에만 의존해서 모든 것이 해결되는 것이 아니라는 것을 말하고자 한 것이리라.

1910년(明治 43年)에 쓴 소설 『문(門)』에서도 참선(参禅)을 하는 소스케(宗助)에게 선승 기도(宜道)는, 서적은 단지 자극의 방편으로서 읽을 뿐으로 깨달음의 도(道)에 이르는 방법으로서는 적합하지 않다는 말을 하여 설득한다. 특히 소세키는 마음의 정체를 깨닫는 선(禅)의 수행은 더욱이 서적에만 의존해서는 안 된다는 것, 즉 자신의 힘으로 스스로 수행하여 깨달음을 터득할 수밖에 없다고 하는 근본적인 문제를 시사하고 있다고 생각한다.

4. 불교경전의 인용과 그 배경

소세키가 청년시절부터 한문학과 더불어 중국의 불교경전을 많이 접하고 불교의 제지식을 쌓아 갔을 뿐 아니라 졸론에서도 주지하고 있는 바와 같이 직접 참선의 경험을 하기 위하여 가마쿠라(鎌倉)의 원각사(円覺寺)에 찾아가 수행을 한 것은 알려진 이야기이다. 소세키가 불교에 관심을 가지고 깨달음에 대한 간절함을 품고 그 실천을 위해 불경을 읽기도 하고 선사(禪寺)를 찾기도 하고 좌선을 하기도 하는 등, 불교에 관한 관심을 그는 자신의 작품에 수없이 표현하고 있으며 주위의 지인들과 오고 간 서한(書翰) 그리고 일기 단편 등에도 여

『적벽부(赤壁賦)』가 있음. 송나라 제1의 시인이며, 문장에 있어서도 당송팔대가(唐宋八大家)의 한 사람.

러 곳에 명시하고 있다. 선(禪)의 경지를 얻기 위해 선의 수행과 함께 소세키에게 주어진 화두에 대한 참구도 한문으로 된 많은 중국의 불교경전을 근본으로 하여 해득하고자 하였을 것으로 생각되며 특히 선과 관련된 한적은 더 가까이 한 것으로 짐작된다.

소세키가 참선을 시작하면서 부여받은 화두(話頭; 공안)에 대한 것은 이미 연구 발표한 필자의 졸론[39]에서 논한 바 있으므로 이에 관한 상세한 것은 여기에서는 생략하기로 하고 소세키가 사용한 중국의 불교경전에서 찾아볼 수 있는 어구 및 그 전거를 살펴 보기로 한다. 또한 이하의 내용은 다른 졸론에서도 언급한 내용도 있으나 소세키의 중국 한적의 영향을 증명하기 위한 장으로 제외할 수 없는 점에서 몇 가지만 소개하고자 한다.

소세키가 가마쿠라 원각사에 방문하여 참선을 하는 도중 노승으로부터 부여받은 화두, '조주(趙州)의 무자(無字)'가 잘 풀리지 않아 고민하던 중 원각사의 승려인 소카쓰(宗活))씨가 손에 들고 읽고 있는 한 권의 책을 보고 질문하는 장면에서 소세키가 가까이 한 서적 중에 하나인『벽암록(碧巖錄)』이 소개되고 있다.

　"무엇이라고 하는 책입니까?"
　"벽암집, 하지만 책은 그다지 읽을 것이 아닙니다. 아무리 읽는다고
해도 자신의 수행 정도밖에 모르니까요."
　이 한 마디는 실로 중요한 말이다.

---

39) 진명순(2004)「日本近代文學에 表れた'公案'의 研究」「日語日文學研究」23卷 대한일어일문학회

여기서 벽암집(碧巖集)이라고 하는 것은 중국 불교경전인『벽암록』을 가리키고 있는 것으로 불교의 선(禪)수행자들이 가까이 하고 있는 서적이기도 하다. 소세키 역시 가까이 하여 자주 읽고 있었으리라고 생각된다. 즉 선서(禪書) 등을 통해서 익힌 견해(見解)가 그의 한시를 비롯한 여러 작품에 많은 영향을 준 것이라는 확신을 가질 수 있는 문장이다.

1905년, 1906년(明治 38년, 39년)의 「단편(斷片)」과 소설『나는 고양이로소이다』속에서도 기술하고 있는 직지인심 견성성불(直指人心見性成仏)'[40]이라는 말 역시『벽암록』의 '불립문자, 직지인심, 견성성불(不立文字, 直指人心, 見性成仏)'[41]에서 찾아볼 수 있다. 작품 속에 불교경전의 문구를 그대로 인용하고 있는 것을 보더라도 당시『벽암록』등의 선서를 늘 가까이 하고 있었음을 엿볼 수 있다.

이『벽암록』은 소설『문』에서도 거론되고 있는데 소세키의 문장에서 많이 인용된 책 중에 하나이기도 하다. 이어서『선관책진(禪關策進)』[42]이라는 또 하나의 책이 소개되고 있다. 소설『문』의 제18장 선

---

40)『漱石全集』제13권 p.170.

41) 朝比奈宗源 譯(1977)『碧巖錄』上 岩波書店 p.44.

42)『선관책진』중국 명나라 말엽에 항저우(杭州) 운서사(雲棲寺)의 주굉(株宏) 선사가 대장경과 조사(祖師)들의 어록(語錄) 중에서 요점을 추려 엮은 참선(參禪) 수행 지침서. 1600년에 처음 개판. 내용은 크게 셋으로 구분하여, 제1은 여러 조사의 법어(法語)를 간추려 모은 것으로 황벽(黃檗) 이하 역대 조사의 법요(法要) 39문(門)을 수록하고, 제2는 도안대사(道安大師) 정진담(精進譚) 이하 47조(條)를 수록하고, 제3은 여러 경론(經論) 중에서 참선학도(參禪學徒)에 긴요한 대문(對門)을 모은 것으로 반야경(般若經) 이하 47조를 간추렸다. 그리고 그 사이 사이에 주굉이 평(評)을 가하였다. 이 책은 예부터 종문(宗門)에서『벽암록』『임간록』『임제록』등과 함께 종문칠서(宗門七書)라 하여 선수행(禪修行)의 입문제일서(入門第一書)로 하고 있음.

승인 기도(宜道)가 참선에 들어가 정진하면서 화두 '조주의 무자'가
풀리지 않아 답답해하고 있는 주인공 소스케에게 '만약 굳이 무언가
읽으시겠다면 선관책진같은 인간의 용기를 고무하기도 하고 격려하
기도 하는 것이 좋으시겠지요'라고 말하는 장면에서이다.『선관책진』
은 선수행하는 과정에서 수행자들이 가까이 하는 선서(禪書)로 소세
키 역시 자신에게 주어진 화두의 깨침과 참선에 대한 것을 해결하기
위해 실제로 비중을 두고 읽은 책으로 생각된다.

　소설『문』은 소세키의 선(禪)과 불교 경전에 대한 해박한 지식과
이해가 유감없이 나타나 있는 작품 중에 하나이다. 주인공 소스케가
참선 시 부여된 화두 '부모미생이전 본래면목(父母未生以前 本來面
目)'[43]은 중국 불교경전『무문관(無門關)』[44]의 제 1칙에 있는 유명한
화두이다. 이 구절의 인용은 여러 작품에서 나타나 있으며 소설『행인
(行人)』에서 '나(私)'와 '형님(兄さん)'이 나누는 대화 속에서도 찾아
볼 수 있다.

　　자네 같은 사람은 얼마 전에는 형사 순사를 신처럼 존경하더니 또
　오늘은 탐정을 소매치기 도둑에 비하여 마치 모순의 변괴 같지만, 나

---

43)『大正新脩大藏経』48권,『無門關』p.298
44) 무문관(無門關) 중국 남송(南宋)의 선승(禪僧) 무문 혜개(無門慧開)가 지은 불
　교경전.『선종무문관(禪宗無門關)』이라고도 한다. 1권. 고인(古人)의 선록(禪
　錄) 중에서 공안 48칙(公案四十八則)을 뽑고 여기에 염제(拈提) 또는 평창(評
　唱)과 송(頌)을 덧붙였다. 이 48칙의 총칙(總則)이라고 할 제 1칙 조주무자(趙州
　無字)에서 저자는 무(無)를 종문(宗門)의 일관(一關)이라 부르고, 이 일관을 뚫
　고 나아가면 몸소 조주(趙州)로 모실 뿐 아니라 역대 조사(趙師)와 손을 잡고 함
　께 행동하며 더불어 견문을 나누는 즐거움을 같이 하게 된다고 한다. 본서에는 이
　무자(無字)의 탐구가 전편(全編)에 깔려 있다.『벽암록(碧巖錄)』『종용록(從容
　錄)』과 함께 선종의 대표적인 책이다.

같은 사람은 시종일관 부모미생이전(父母未生以前)부터 단지 지금에
이르기까지 일찍이 자설을 바꾼 적이 없는 남자다.'[45]

　여기서는 '부모미생이전'으로 일부만 문장에 인용하여 화두의 본의
보다 한문의 뜻으로 사용하고 있다. 이와 더불어『행인』에는 '땅을 고
르기 위해 그곳에 있는 돌을 주워 제거했습니다. 그러자 그 돌중 하나
가 대나무에 맞아 활연히 소리 내었습니다. 그는 이 명료한 울림을 듣
고, 핫! 하고 깨달았다고 합니다. 그리하여 일격(一擊)에 소지(所知)
가 망(亡)했구나 하며 기뻐했다고 합니다.[46]라고 '향엄지한선사(香嚴
智閑禪師)의『경덕전등록(景德伝灯錄)』제11권에서 볼 수 있는 '일
격망소지(一擊亡所知)'[47]에 얽힌 이야기를 소세키는 마치 불교경전
의 내용을 그대로 인용하듯 소설 속에 담고 있기도 하다.
　소세키는 깨달음을 향한 자신의 마음 수행을 위한 관심을 내보이기
도 하듯이 중국의 불교경전을 통해 얻은 지식들을 하나하나 제시하면
서 불도를 이루고자 하는 모습을 작품 속에서 조심스럽게 명시하면서
표현해나가고 있다고 생각된다.
　소세키는 원각사 참선 시절 부여받은 화두에 대한 자신의 견해를
노승에게 펴 보이지만 일언지하에 거절당하고 깨달음의 승인을 받
지 못한 채 하산하게 된다. 이에 대해 당시 1865년(明治 28년) 1월
10일 사이토(齋藤阿具)에게 쓴 편지에는, '소자 지난겨울부터 가마

---

45)『漱石全集』제5권 p.503.
46)『漱石全集』제5권. p.753
47 『大正新脩大藏経』(1973)제51권『景德伝灯錄』제30권 大正新脩大藏経刊行
　　會 p.472.
　　一擊亡所知 更不仮修治,處處無縱跡,色聲外威儀,諸方達道者,咸言上上機

쿠라 능가굴(楞伽窟)에 참선을 하기 위해 귀경원(歸源院)이라고 하는 곳에 묵었습니다. 열흘 간 죽으로 끼니를 하고 잠시 엊그제 하산하여 귀경했습니다. 오백생의 야호선(野狐禪) 끝내 본래면목을 발출하지 못했습니다.[48]라고 하여 '야호선'을 거론하고 있다. 이 '야호선' 역시 『무문관』 제 2칙의 '백장 야호'의 이야기에 기인하는 것으로 올바르지 못한 선(禪)을 가리키고 있는 말이다. 이 화두는 백장산에 있었다고 하는 한 노인이 '깨달은 자는 인과(因果)에 떨어지지 않는다고 하여 인과를 무시한 탓에 오백생동안 야호의 몸이 되어 축생도에 떨어졌다'[49] 라고 하는 이야기로 후세에 수행자들에게 경각심과 함께 올바른 수행에 있어 중요한 화두의 하나로 되어 있다

그리고 소세키는 1895년(明治 28년) 5월 29세 때, 가마쿠라의 원각사에서 실행한 참선이 끝난 후에 쓴 시의 시구에 선어를 도입하고 있는데 그 한 수를 보면 다음과 같다.

(전략)
수중의 달그림자는 미풍에 흐트러지기 쉽고
가지위의 꽃은 편우에 지탱하기 어렵구나
한철골 덧없는 세간사 각성하여 되돌이켜
여생은 한적한 산가에서 지내볼까 하노라.

微風易碎水中月(미풍이쇄수중월)
片雨難留枝上花(편우난류지상화)

---

48) 『漱石全集』제 14권 p.64.
49) 『大正新脩大藏経』(1973)제 48권, 『무문관』, 大正新脩大藏経刊行會 p.271.

大醉醒來寒徹骨(대취성래한철골)
余生養得在山家(여생양득재산가)

라고 하여 여지없이 선풍(禅風)에 젖어든 분위기를 시속에 나타내고 있다. 이 시는 소세키가 마쓰야마 중학교에 부임하여 친구 마사오카 시키에게 보낸 서한 중에 있는 시로, 시의 제 5구, 제 6구에 보이는 '수중월(水中月)' '지상화(枝上花)'는 역시 불교경전에 그 전거를 찾아 볼 수 있는데, 색상(色相)세계 속의 절대(絕對)세계 법신을 상징하는 표현으로 특히 선가(禅家)에서 자주 사용되고 있다. 물론 '미풍(微風)', '편우(片雨)'는 '수중월' '지상화'에 따른 번뇌 망상을 나타내는 말로 많이 사용되기도 하는 말이다.

'수중월'은 불교경전 『대지도론(大智度論)』의 제 6권에 제법을 비유하여 열 가지 예를 들고 있는 말 중의 하나로 쓰여 있음을 찾아 볼 수 있다.

제법(諸法)은 환(幻)과 같고 불꽃과 같고 수중의 달과 같고 허공과 같고 울림과 같고 달파성과 같고 꿈과 같고 그림자와 같고 거울속의 모습과 같고 뒤바뀐 모양과 같다고 한다.[50]

또 위의 시 제 7구, 제 8구에서 보이는 '한철골(寒徹骨)' 역시 불교경전에 그 전거를 두고 있다. 중국의 황벽희운선사(黃檗希運禅師)

---

50) 『大正新脩大藏経』제 25권, 『大智度初品十喩釋論』제 6권 p.101.
解了諸法如幻, 如焰如水中月, 如虛空如響, 如闥婆城, 如夢如, 影如鏡中像, 如化.

(847~860)의 게송에 '불시일번한철골, 안득매화박비향(不是一番寒
徹骨, 安得梅花搏鼻香)[51]'이라고 읊은 것에서 찾아볼 수 있다. 이것
은 불교 수행자들이 수행하면서 주어진 화두를 타파하기 위해 목숨
걸고 용맹정진하는 것을 의미하고 있는데 소세키는 자신의 시에 이
말을 이입하여 자기 자신의 수행에 대한 각오를 나타내고 있는 것은
아닐까하고 추측되기도 하는 내용이다.

그리고 소세키가 읽은 중국의 시집이 소개되어 있는 것으로 1896
년(明治 29年) 11월 15일의 시에서 '조용한 마음 선심에 닿아(幽氣
逼禪心), 때로는 한산의 구를 읊으니(時誦寒山句)'라고 하여 속진
(俗塵)을 떠나 한적한 마음으로 한산(寒山)의 시를 읽었음을 표현하
고 있다. 한산시는 중국 당대의 대표적인 선시(禪詩)[52]로 그 작자인
한산은 도우인 습득(拾得)과 함께 전설적인 인물로 알려져 있으며 그
들이 남긴 한시는 선(禪)의 최고 경지로 꼽히고 있다.

소세키가 이 같은 중국 선불교를 대표하는 한산의 선시를 애송했다
는 사실을 자신의 시에서 분명히 밝히고 있는 것을 보더라도 한산을
비롯한 중국의 시를 많이 접했을 것이라는 것은 의심할 여지도 없을
것이다.

---

51) 『國譯一切経』論部, 제 1권, 大東出版社, 1959 p.212.
52) 入矢仙介 · 松村昂 『寒山詩』禪の語錄13, 筑摩書房, p.351

5. 맺음말

이상과 같이 소세키의 작품 속에 내재되어 있는 중국의 여러 한적을 살펴본 결과, 예를 든 사서오경을 비롯하여 불교경전 및 관계 서적 등 소세키는 많은 종류의 중국 한적을 읽어 소년시절부터 만년까지 쓴 문장 속에 그 영향을 짙게 나타내고 있다. 이것은 일생동안 소세키 사상의 근본과 작품을 이해하는 하나의 방법으로서 빠뜨릴 수 없는 문제라고 생각한다. 특히 소년 때부터 짓기 시작한 한시는 세상을 떠나기 직전까지 계속되고 있으며, 한시뿐 아니라 중국의 한적에서 얻은 지식과 그 정신과 사상을 작품 속에 충분히 반영하여 작품 전반에 걸쳐 표현하고 있음을 알 수 있다. 그 문장 속에는 직접적으로 『논어』 『맹자』 『주역』 『예기』 등등의 사서오경 및 여러 중국 서적의 문장을 그대로 인용한 부분도 있거니와 부분만을 응용하여 표현한 것도 있으며, 『벽암록』 『육조단경』 『무문관』 등등 다량의 불교경전에서도 수없이 인용하기도 하고 응용하기도 하고 또 원전 속에 나타난 사상과 철학만 도입하여 사용한 것 등도 있다. 그리고 어구 및 문장뿐만이 아니라 그에 상당하는 인물에 대한 내용과 인물과 관련되어 있는 주변 이야기 등도 도입하여 자신의 작품 속에 나타내고 있으며, 이와 더불어 중국의 물건 및 중국에 관한 여러 가지 문화도 묘사되어 있다. 1909년(明治 42年) 소세키가 직접 만주와 한국을 여행하고 쓴 『만한 여기저기』라는 문장에도 직접 보고 듣고 한 중국인의 생활 습관 풍습 등 중국의 여러 문화에 관해 묘사되어 있으나 중국에 관한 여러 가지가 작품 속에 나타나 있는 내용들은 중국의 여러 한적을 통하여 얻은 지식이 주가 되어 표현되어 있음도 알 수 있다.

이러한 연구 고찰에서 알 수 있는 중요한 사실은 소세키 작품 전반을 전반기 작품과 후반기 작품으로 대별 하여 본다면 주로 전반기 작품에 중국 한적의 영향이 많이 나타나 있으며 특히 초기에 쓴 소설에 많은 것을 파악할 수 있다. 사서오경은 물론 불교경전, 도교, 유교 등의 한적에 그 근원을 찾을 수 있는 한자 어구와 단어들도 많이 인용되어 있음도 확인할 수 있다.

또한 소세키는 한적의 지식을 통해 이상적인 세계를 추구하여 중국 철학의 결집인 유가의 사상과 도가의 사상을 불가 즉 선의 경지에서 이해하기도 하고 연결하기도 한 점도 알 수 있었다. 한적에서 얻은 모든 지식과 상식이 소세키 자신의 수행 면에서 큰 역할을 한 것이라고도 판단된다. 즉 중국 한적이 소세키에게 끼친 영향은 단순한 영향을 넘어 불교, 유교, 도교 등과의 접점을 시도하여 작품 속에서 그 진리를 추구하고 시사한 것이라고 생각되며 소세키의 문학을 이해하는데 절대적인 부분이라고 생각한다.

제2장

미야자키 하야오(宮崎駿)의
『귀를 기울이면(耳をすませば)』

1. 들어가며

미야자키 하야오(宮崎駿)는「자신에게 있어서의 애니메이션관 이것을 한마디로 표현한다면 "자신이 하고 싶다고 생각하는 작품, 그것이 나의 애니메이션"이라고 해도 좋다[1]라고 스스로 말하고 있으며 이 의지와 같이 일본애니메이션을 대표하고 있는 한 사람이라고 말해도 과언이 아닐 것이다.

이러한 미야자키 하야오의 애니메이션 작품에 대해,「미야자키 하야오의 애니메이션은『바람의 계곡 나우시카』(風の谷のナウシカ)나『천공의 성 라퓨타』(天空の城ラピュタ) 등과 같이 인류애(人類愛)나 환경문제를 비롯한 지구의 운명을 좌우하는 웅장한 테마성을 가지는 작품이나, 기상천외한 모험이야기, 초인적 능력을 가진 주인공이 등

---

1) 宮崎 駿(2001)『出發点 1979~1996』德間書院 p.42

장」[2]한다고 기리도시 리사쿠(切通理作)는 그 내용과 경향을 정의하고 있다.

이와 같이 미야자키 하야오의 작품은 대체로 인간의 저변에 자리하고 있는 인간본연의 도리와 잔잔한 인정에 초점을 두고 우리의 현실에서 잊고 있었던 문제와 잃어가고 있는 문제들을 부각시켜 반드시 이루어져야할 과제를 제시함으로 보편타당한 윤리와 인간성 회복의 문제 등이 주제가 되어 전개된다. 또한 인간미와 도덕적 가치를 추구하여 각박한 현실에서 꿈을 이룰 수 있는 미래를 제시하면서 자연의 소중함을 강조하기도 한다.

그는 또 「만화잡지도 아동문학이나 사실영화도 아닌 애니메이션밖에 할 수 없는 가공(架空)·허구(虛構)의 세계를 만들어내어 그것에 자신이 바라는 인물을 등장시켜 하나의 드라마를 완성 시킨다 ―. 결론같이 말했지만 나에게 있어서 애니메이션이라고 하는 것은 그러한 것이다.」[3]라고 자신의 애니메이션관에 대해 정의하고 있기도 하다.

또한 미야자키 하야오의 작품의 특징으로서 주인공들이 10대 초반이 주를 이루고 있다는 점이다. 이 점에 대해 미야자키 하야오는 「간혹, 눈앞에 10세 정도의 아이들이 있을 때, 나는 이 아이들을 위해 영화를 만들지 않았구나 하고 생각했기에 만들려고 한 것입니다. 물론 나는 욕심이 있는 사람이니까, 여기서 사람을 설레게 한다든가, 돈을 벌려고 한다든가, 혹은 이름을 떨치려 한다든가, 하는 그러한 것들이 분명 자신의 마음속에 있기 때문이지요.」[4]라고 스스로 밝히고 있듯이

---

2) 切通理作(2001)『宮崎駿の〈世界〉』ちくま新書 p.14
3) 宮崎 駿 (2001)『出發点 1979~1996』德間書院 p.42
4) 養老孟司 宮崎 駿(2002)『虫眼とアニ眼』德間書院 p.152

아이들의 시점에서 작품구상을 의욕적이고 계획적으로 하고 있다는 점이다.

　그의 이러한 작품 구상 배경으로 생각할 수 있는 것은 어릴 적에 비교적 부유하게 자라기는 했지만 성장하면서 자신의 주변과 다른 하위층 및 빈곤층에 대한 관심을 가지기 시작하고 그들에 대한 이해와 함께 도덕적 심리적인 갈등을 느낀 후 그는 학습원대학(学習院大学) 정치경제학부에 진학하여 일본산업론을 전공하면서도 학부시절부터 만화에 뜻을 두고 아동문화 연구부 소속으로 만화연재를 시작하고 그 분야에서 계속 활동한 것을 들 수 있을 것이다.

　그는 고등학교 때부터 결심한 애니메이션 제작에 대한 뜻을 대학생활을 하면서 계속하여 아동들을 주제로 하는 작품 활동을 전개하였고 1963년 대학 졸업 후에 도에이동화(東映動畵)에 입사해 애니메이터가 되면서 본격적인 활동을 하여 1978년에 TV 애니메이션『미래 소년 코난(未来少年コナン)』을 통해 연출자로 데뷔를 하게 된다. 이어서 일본 애니메이션계에 두각을 나타내게 되고 이후 현재까지 많은 작품을 발표하고 있는 것이다. 그는 자신의 작품 속에 이상주의적 주제, 사실적 표현기법으로 현실과 이상을 조화한 이상적 사회건설에 대한 희망을 그려내고 있으며 1982년 스튜디오「지브리(ジブリ)」를 설립한 후 저패니메이션의 한 축을 이루게 되었다. 이때부터 만들어진 작품들에서 느낄 수 있는 것은 더욱 뚜렷한 주제의식을 바탕으로 독특한 작품세계를 나타내고 있다는 것이다.

　주로 주인공들이 어린 10대들을 중심으로 하고 있지만, 그러나 작품 속에서 주인공 이외에 다양한 인물이 등장하고 있으며 그 인물의 역할에는 미야자키 하야오가 표현하고자 하는 중요한 작의가 내재되

어 있다고 생각된다. 따라서 작품의 이해에 있어서 이러한 것을 결코 간과해서는 되지 않을 것이며 미야자키 하야오가 의도하는 내용에 대한 올바른 분석에 접근하고자 하는 한 방법으로, 본 논문에서는 이러한 작품 중에서 1995년에 스튜디오 지브리가 제작 발표한 『귀를 기울이면(耳をすませば)』을 중심으로 주인공과 더불어 등장인물 중의 한 사람인 노인 니시시로(西司朗)에 대한 설정 배경에 초점을 두고 그 성격과 역할에 대하여 고찰하고자 한다. 특히 등장인물 니시시로의 역할과 그 위치를 분석하여 작품에 미치고 있는 영향은 어떠한 것인지, 주인공인 쓰키시마 시즈쿠와 니시시로의 관계, 그것을 설정한 의도는 무엇인지에 관해 중점적으로 검토 연구하고자 한다. 아울러 본 논문에 인용된 작품 내용은 원작의 분위기를 유지하기 위해 일본어로 각주를 붙이고 한국어 해석본은 필자의 졸편저에 의한 것이며 일본 참고문헌의 한국어 역도 필자 번역임을 먼저 양해 구하고자 한다.

2. 쓰키시마 시즈쿠(月島雫)의 설정 배경

본 논문에서 고찰하고자 하는 작품 『귀를 기울이면』에 대해서 먼저 언급해 두고자 하는 것은 이 작품에 대한 선행연구가 그다지 이루어져 있지 않다는 점이다. 따라서 관련 자료나 관계된 논문이나 연구서적 또한 지극히 적은 편이다. 그 이유로 생각되는 것은 우선 애니메이션을 학문의 대상으로 한 것이 불과 얼마 되지 않다는 것과 연구하고자 하는 인식의 범주에 접근성이 약했다는 것으로 간주된다. 문학 연구자들에 의해 지브리 작품을 학문의 대상으로 한다는 것에 대해 논

한 것 중에서 아토가미 시로(跡上史郎)는「지브리 작품을「학문 한다」고 하면?(ジブリ作品を「学問する」には?)」에서 다음과 같이 말하고 있다.

애니메이션이나 만화 분야를 문학과 같이 연구한다고 하는 것은 가능한 것일까? 그 대답은 원리적으로는 당연히 Yes입니다. 문학이라면 분석적으로 논해지지만, 애니메이션이나 만화 분야에서는 불가능하다는 것이 되어 버린다면 그것은 학문의 패배로밖에 되지 않을 것입니다. 그러나 학문으로 한다고 하는 것이 되면 실제상 여러 가지 곤란함이 있는 것 같습니다. 경험적으로는 다음과 같은 것을 들 수 있다고 생각됩니다.

1. 연구 환경이 정리되어 있지 않다.

2. 과거의 연구 축적이 너무 없고 연구 그 자체가 아직 성숙되어 있지 않다.

3. 교육의 교재로서 사용하기 어렵다.[5]

여기에서 말하고 있는 바와 같이 애니메이션을 학문의 대상으로 하는 것이 아직 성숙되어 있지 않은 분야이다. 그러므로 본 논문을 연구 고찰하는데 있어서,『귀를 기울이면』의 작품 내용을 중심으로 분석하고 미야자키 하야오가 시사하고 있는 점이 무엇인지에 초점을 두고 주인공 쓰키시마 시즈쿠의 설정 배경부터 살펴보고자 한다.

작품『바람의 계곡 나우시카』를 평한 다카하타 이사오(高畑勲)는

---

5) 米村みゆき 編(2003)『じぶりの森へ』森話社 跡上史郎「ジブリ作品を「學問する」には?」p.54

「인간에 대한 신뢰(信賴), 희망이라고 하는 것이 선명하게 떠올랐다. 그것은 미야자키의 의도이기도 했을 것이다.」[6]라고 미야자키 하야오의 작품세계를 말하고 있듯이 미야자키 하야오는 작품 전체의 흐름에 있어서 물질문명에 찌든 도시의 각박함보다도 훈훈한 인정이 담긴 자연과의 이야기로 잊혀져가고 있는 순수(純粹)에 대한 애정과 밝고 맑은 인간 내면의 이야기를 묘사하려고 시도하고 있다.

『귀를 기울이면』에서 책 읽기를 좋아하는 중학교 3학년에 재학 중인 주인공 소녀 쓰키시마 시즈쿠(月島雫)는 나이에 비해 빠르게 미래에 자신이 해야 할 일, 하고 싶은 일에 고민하는 모습을 보이는 밝고 씩씩한 꿈 많은 소녀이다.

쓰키시마 시즈쿠의 아버지는 도서관에서 사서(司書)로 일하고 있어 항상 책을 가까이 하고 있는 인물이며, 어머니는 사회생활을 하면서 대학원에 재학 중인 학생 신분으로 늘 바쁘게 생활하는 자세와 공부하는 모습을 보여주고 있는 인물이다. 또 쓰키시마 시즈쿠의 언니 시호(汐)는 19세의 대학생으로 자신의 일은 자신이 알아서 하는 독립심과 자립심을 가지고 있는 성격의 소유자로 자신의 집을 마련하여 아르바이트 등으로 생활을 꾸려가는 독립된 생활을 하게 된다. 이러한 가족의 설정은 소설가가 되겠다는 꿈을 안고 있는 소녀 쓰키시마 시즈쿠의 가정환경으로는 적합한 설정으로 충분한 동기 부여가 되었다고 생각된다. 그러나 쓰키시마 시즈쿠의 어머니와 아버지의 역할은 크게 부각되지 않으며 쓰키시마 시즈쿠의 주위 인물로 쓰키시마 시즈쿠의 행동에 결정적인 영향을 주지 않고 있다. 쓰키시마 시즈쿠 역

---

6) 高畑勳(1999)『映画を作りながら考えたこと』德間書院 p.326

시 그러한 아버지나 어머니로부터 자신의 꿈인 소설가가 되는데 있어서 직접적인 지도도 받는 일이 없다. 동년배 친구인 유코(夕子)와는 달리 혼자 힘으로 무언가 해 보겠다는 야무진 생각을 하는 성격의 소유자로 외국곡 가사를 일본어로 번역하여 같은 반 친구들에게 나누어주는 등 글쓰기에 관심을 가지고 있다.

이와 같이 미야자키 하야오는 이 작품의 주인공을 어린 십대의 소녀로 설정하고는 적극적이고 진취적인 모습으로 그리고 있다.

그러면 왜 미야자키 하야오는 소녀를 주인공으로 하고 있을까?『귀를 기울이면』이외의 작품에서도 대부분 소녀를 주인공으로 하고 있음에 그 의문을 갖지 않을 수 없을 것이다. 이에 대해 시미즈 마사시(清水 正)는『미야자키 하야오를 읽는다(宮崎はやおを讀む)』에서 작품「바람의 계곡 나우시카」의 주인공 나우시카가 왜 소녀일까에 관하여 다음과 같이 말하고 있다.

왜 주인공은 소녀일까? 에 대해 생각해보고자 한다. 철학자, 수학자, 과학자의 대부분도 또 남성 쪽이 압도적으로 많다. 그러니까, 보통 생각한다면 이 애니메이션의 주인공도 또 소년이어야 될 것이다. 그것을 왜 미야자키 하야오는 굳이 하늘을 자유롭게 날아다닐 수 있는 주인공으로 나우시카라는 소녀를 내세운 것일까?

거대한 산업문명을 만든 것은 〈남성〉이고, 그 문명이 망한 후에도 아마 〈남성〉이 지배력을 발휘할 것이다. 그러나 이미 천년이 지났다고 하는데도 남성들은 번성하게 하는 기술을 알지 못한다. 부패한 바다의 숲은 점점 넓혀져 가고, 인간은 마스크 없이는 지상 세계에 살 수조차 없는 상태이다. 이 위기적인 상태를 구할 수 있는 것은 남성이 아니고 여성이다. 이러한 인식이 미야자키 하야오에게 있었던 것일까? 바다도 계곡도 여성의 상징이며, 결국 사람들은 여성에 의해서 지켜지고 있는 것이다. 나우시카는 단순히 계곡의 마을 소녀라고 한 역할에 머물지 않는다. 나우시카는 살아남은 전 인류, 아니 전 생명의 구세주(救世主)로서의 역할을 부여받은 존재이다.[7]

소년이 아닌 소녀를 주인공으로 하는 이유로 위기적인 상태를 구할 수 있는 것이 남성이 아니고 여성이라는 것, 이것이 미야자키 하야오의 인식일 것이라고 말하고 있듯이 『귀를 기울이면』의 쓰키시마 시즈쿠도 십대의 소녀들에게 갈등에서 벗어나 스스로 개척해나갈 수 있는 힘을 제공하는 역할을 하게 하는 것이다.

작품의 내용으로 손꼽히는 것은 우선 쓰키시마 시즈쿠와 같은 학교에 재학 중인 소년 아마사와 세이지(天澤聖司)와 함께 그들의 순수한 사랑과 미래에 대한 꿈을 소박하고 아름답게 그려내고 있는 점이다. 학교일에만 충실히 하기도 바빠 자신의 먼 미래보다 고등학교 진학과 같은 가까운 미래에 대한 생각, 친구들과의 생활들로 지나치기 쉬운 중학교 시절이지만 두 사람은 먼 미래를 향해 인생에 있어서 중요한 시기로 삼고 장래를 설계해 나간다. 이 작품에서 소년 소녀의 사랑에 대해서는 쓰키시마 시즈쿠와 아마사와 세이지의 사랑만을 다루는 것이 아니고 쓰키시마 시즈쿠의 친구 유코가 사랑하는 스기무라, 그러한 스기무라가 좋아하는 쓰키시마 시즈쿠, 등의 서로 얽혀 있는 관계를 나타내어 사춘기의 갈등 등을 그려내고 있기도 하다. 이 중 쓰

---

7) 清水正(2001)『宮崎はやおを讀む』島影社 p.134

키시마 시즈쿠와 아마사와 세이지는 십대들의 단순한 사랑만을 이야기하는 것이 아니고 아직 어린나이임에도 불구하고 확고한 그들의 미래관(未来館) 인생관(人生観)이 담겨있는 서로에 대한 배려와 계획을 이해하고 지원해주는 관계이기에 더욱 주목된다고 할 수 있다.

자신의 꿈을 위해 도서관에서 많은 책을 빌려 읽고 있는 쓰키시마 시즈쿠는 어느 날 그 많은 도서 대출카드에 자신의 이름보다 먼저 적혀있는 아마사와 세이지라는 이름을 발견하고[8] 그에 대해 흥미를 느끼고 관심을 가지게 된다. 자신보다 항상 먼저 대출카드에 이름이 적혀 있는 아마사와 세이지라는 인물에 대한 호기심으로 더욱 열심히 도서관을 찾게 된다 그리고 어느 날 아마사와 세이지와 같은 성(性)을 가진 도서 기증자에 관한 궁금증을 안고 교무실로 찾아 간 쓰키시마 시즈쿠는 선생님에게서 도서 기증자와 같은 가문(家門)의 한 사람이 아마사와 세이지라는 사실과 그 자손이 같은 학교를 다니고 있다는 사실을 알고 놀라게 된다. 쓰키시마 시즈쿠는 이 날 이후 아마사와 세이지라는 인물에 대해 매우 멋진 사람일 것이라고 상상하게 된다. 그러던 중 어느 날 아버지의 도시락을 전하러 도서관에 가는 전철에서 혼자 탄 이상한 살찐 고양이를 만나게 된다.

개를 놀리기까지 하는 고양이에게 쓰키시마 시즈쿠 자신도 놀림을 당하고 있는 것은 아닐까 하고 생각하면서도 묘한 고양이의 뒤를 이끌리듯이 따라 간 나머지 언덕위의 골동품 가게에까지 이르게 된다. 그리고 그 가게 안에 들어가 가게 주인인 니시시로 할아버지와 할아버지가 아끼는 인형을 만나게 된다.

---

8) 진명순 편저(2005)『耳をすませば(귀를 기울이면)』(주)제이엔씨 p. 10

시 즈 쿠 : 심술궂네... 개를 놀리고 있다니...아니...나를 놀리고 있을지
　　　　　도...

시 즈 쿠 : 언덕 위에 이런 가게가 있는 줄은 정말 몰랐어...

시 즈 쿠 : 멋진 인형이다... 넌 아까 그 고양이? 응?

할아버지 : 아아, 어서 오세요.

시 즈 쿠 : 아 저... 저..

할아버지 : 아 그냥 그대로...그대로...
　　　　　마음껏 구경해도 좋아요. 남작(男爵)도 심심해하던 참이니까

시 즈 쿠 : 남작이요? 이 인형의 이름인가요?

할아버지 : 그래요. 움베르토 폰 지킨겐 남작... 굉장한 이름이죠?[9]

　여기서 나타난 정체불명의 고양이 '문(고양이 이름)'은 어떤 존재
일까? 왜 쓰키시마 시즈쿠는 고양이를 따라 갔을까? 아니 왜 고양이
가 쓰키시마 시즈쿠를 안내한 것일까? 하는 문제가 대두된다. 이후
고양이는 작품 전체를 이끌 듯 묘한 존재로 나타났다가는 사라지고
그리고는 나타나곤 한다. 쓰키시마 시즈쿠를 가게까지 인도한 고양이

---

9) 전게서 p.30
　雫 : 性わるーう...犬をからかってまわっているんだ。
　　　うーん。わたしのことをからかっているのかも。
　　　こんなお店が丘の上にあるなんて知らなかった。
　　　すてきな人形。あなたはさっきの猫くん? ハ?
　おじいさん : やあ... いらっしゃい。
　雫 : あ, あの...
　おじいさん : あ, いやあ, そのままそのまま。
　　　　　　　自由に見てやってください。男爵も退屈してるから。
　雫 : 男爵って。このお人形の名前ですか?
　おじいさん : そう。フンベルトーフォンージッキンゲン男爵。すごい名でしょう。

는 먼저 가게 안으로 들어가지만 사라져 보이지 않고 가게 안에 놓여 있는 고양이 인형을 보게 되는데 쓰키시마 시즈쿠는 '멋진 인형이다. 네가 아까 그 고양이?'라고 묻는다. 니시시로 할아버지는 고양이 인형을 열심히 보고 있는 가게에서 처음 만난 쓰키시마 시즈쿠에게 훈베르토 폰 지킨겐 남작이라는 이름을 가지고 있는 고양이 인형을 소개한다. 그리고 수리중인 낡은 벽시계를 보여주며 친절하게 이야기해 준다.

전철 안에서부터 골동품 가게까지 고양이와의 이상한 인연에 이끌려 만나게 된 할아버지는 이후의 쓰키시마 시즈쿠에게 많은 변화를 가져다주는 주요 인물로서 주목하고자 한다. 전철에서 시즈쿠 앞에 신비로운 몸짓과 표정으로 등장한 고양이의 존재가 돋보이기는 하지만, 여기서 고양이의 안내로 쓰키시마 시즈쿠 앞에 나타난 니시시로 할아버지의 등장은 작품에 있어서 매우 중요한 역할을 하고 있다고 지적하고자 한다. 먼저, 묘한 분위기를 한 고양이가 쓰키시마 시즈쿠를 인도한 곳이 니시시로라는 할아버지가 있는 곳이었고 또 그 노인이 쓰키시마 시즈쿠가 관심을 가지고 있는 아마사와 세이지의 할아버지라는 점이다.

우연히 만난 고양이를 따라 들르게 되었던 가게에서 보게 된 고장이 난 오래된 시계, 마침 쓰키시마 시즈쿠가 가게에 들른 그날이 고장난 시계의 수리가 끝난 날이어서 시계에 담겨있는 사연에 관한 이야기를 듣게 된다. 할아버지는 쓰키시마 시즈쿠에게 시계소리를 들려주기 위해 수리한 벽시계 태엽을 감자, 멈춰 있던 시계에서 음악 소리가 나면서 시계 아래 부분의 문이 열리고 인형들이 움직이기 시작한다. 움직이는 인형 드워프들이 광산에서 일하는 모습이 나오고 시계의 바늘이 점점 12시에 가까워져 12시의 종이 울리자 숫자 판 머리 부분에 있던 양(羊) 모양의 장식은 아름다운 엘프로 바뀐다. 먼저 나와 있던 남자 장식이 애처로운 듯이 그 엘프의 모습을 쫓고 있는 장면에서 쓰키시마 시즈쿠는 그 시계에 얽힌 아름답고 슬픈 사랑 이야기를 할아버지로부터 듣게 된 것이다.

> 시 즈 쿠 : 둘은 사랑하는 사이로군요?..
> 할아버지 : 두 사람이 사는 세계는 달라요... 그는 드워프의 왕이니까...
> 　　　　　12시의 종이 울릴 때만 그녀는 양(羊)에서 원래의 세계로
> 　　　　　돌아오는 거야... 그래도 그는 시간을 알릴 때마다 저렇게
> 　　　　　나타나서.. 왕녀를 계속 기다리는 거지요... 분명 이 시계를
> 　　　　　만든 장인이... 이루어 질 수 없는 사랑을 하고 있었을
> 　　　　　지도...
> 　시즈쿠 : 그래서 두 사람 다 어딘지 모르게 슬픈 듯하군요...[10]

위에서 할아버지가 '분명 이 시계를 만든 장인이. 이루어 질 수 없는 사랑을 하고 있었을지도' 라고 말한 것은 할아버지의 가슴에 묻고

---

10) 전게서 p. 30
　　雫 : 二人は愛し合ってるの?
　　おじいさん : ...ん
　　　　　　　しかし住む世界が違うんだ。彼はドワーフの王だからね。
　　　　　　　十二時の鐘を打つ間だけ彼女は羊から元の世界へ戻れるんだよ。
　　　　　　　それでも彼は時を刻むごとにああして現われて。
　　　　　　　王女を待ち続けるんだ。きっとこの時計を作った職人が。
　　　　　　　とどかぬ戀をしていたんだよ。
　　雫 : それで二人ともなんだか悲しそうなのね。

있는 젊은 시절의 사연을 떠올려 말한 내용으로 이것은 고양이 인형 훈베르토 폰 지킨겐 남작에게 얽혀 있는 사연을 시사하고 있는 것이다. 이 내용이 후에 쓰키시마 시즈쿠가 쓰는 소설의 내용에 단초가 되기도 하기 때문에 할아버지와 쓰키시마 시즈쿠의 첫 만남은 이 작품에서 깊은 의미를 가지고 있다고 볼 수 있다.

이와 같이 작품 전반에 있어서 주인공이지 않으면서도 작품의 주제를 제시하기도 하고 이야기 줄거리를 이끌어 가기도 하는 역할로서 간과할 수 없는 노인의 위치는 실로 중요하지 않을 수 없다고 생각한다.

수리가 끝난 시계를 보며 왕자와 공주의 이루지 못한 아름다운 사랑이야기를 하면서 이 시계를 만든 장인의 이룰 수 없는 사랑을 추측하는 듯한 말을 한 할아버지의 이야기를 쓰키시마 시즈쿠는 이해하지 못한 채 할아버지와의 첫 만남은 끝난다 할아버지와 헤어지는 그날 바로 아마사와 세이지와 두 번째 만나게 되지만 아직 아마사와 세이지의 존재를 모른 채 가게에 두고 잊고 온 아버지의 도시락을 건네받는다.

그리고 두 번째 할아버지 가게를 찾아 갔을 때는 가게 문이 닫혀있어 발길을 돌리려는 순간 처음 가게까지 인도해준 고양이가 또 나타난다. 그래서 쓰키시마 시즈쿠는 고양이와 함께 가게 앞에서 가게문이 열리기를 기다리게 된다. 마치 그냥 가지 말고 기다려 보라는 것 같은 표정을 짓고 있는 고양이. 그러자 가게 앞에서 다시 소년 아마사와 세이지를 만나게 되는 데, 아마사와 세이지를 만나자 고양이는 자신의 역할을 다했다는 듯이 또 어디론가 사라진다. 이 후 쓰키시마 시즈쿠는 바로 이 소년이 도서관의 대출 카드에서 수 없이 이름을 보고 동경(憧憬)과 기대감을 간직하고 있던 아마사와 세이지라는 인물이

라는 사실과 뜻하지 않게 아마사와 세이지가 니시시로 할아버지의 손
자라는 사실을 동시에 알게 된다. 또한 이와 함께 이상하게 마음이 끌
리는 고양이 인형 훈베르토 폰 지킨겐 남작을 다시 보게 되고 고양이
인형에게 니시시로 할아버지만 간직하고 있는 슬픈 사연이 있음을 아
마사와 세이지를 통해 알게 된다.

> 남학생 : 남작은 없어지지 않아, 할아버지의 보물이거든.
> 시즈쿠 : 보물?
> 남학생 : 무슨 사연이 있는 듯하지만. 얘기는 안 해주지만..
> 　　　　실컷 봐도 괜찮아, 난 아래층에 있을테니까.
> 　　　　전기 거기야. 켜고 싶으면 켜.
> 시즈쿠 : 신기하지. 널 아주 오래 전부터 알고 있었던 것 같은 기분이
> 　　　　들어. 가끔 네가 견딜 수 없을 정도로 보고 싶어. 오늘은 매우
> 　　　　슬퍼 보여.[11]

　　고양이 인형 바론이 할아버지의 보물이라고 하는 소개와 이 인형을
보고 아주 오래전부터 알고 있었던 기분이 든다는 쓰키시마 시즈쿠의
태도 또한 주목된다. 낯설게 생각되지 않고 오래 전부터 알고 있었던

---

11) 전게서 p. 56
　　男学生 : 男爵はなくならないよ。おじいちゃんの宝物だもん。
　　雫 : たからもの?
　　男学生 : 何か思い出があるみたいなんだ。いわないけどね。
　　　　　　すきなだけみててていいよ。オレ下にいるから。
　　　　　　電気、そこね。つけたかったらつけて。
　　雫 : ふしぎね。あなたのことずーっとセンから知っていたような気がするの。
　　　　時時、会いたくてたまらなくなるわ。
　　　　きょうはなんだかとてもかなしそう。

기분, 견딜 수 없을 정도로 보고 싶다는 것은 쓰키시마 시즈쿠의 미래가 예시되기도 하고 할아버지와의 과거와 묘한 인연에 부합되기도 하기 때문이다. 또한 이 모두가 후에 소설 작가 지망생인 쓰키시마 시즈쿠가 직접 써 내려간 소설의 주된 내용이 되는 요인이기도 하다는데 초점이 주어진다.

쓰키시마 시즈쿠는 다시 찾아간 가게에서 고양이 인형을 보고 난 뒤 아마사와 세이지와 함께 경쾌하게 연주하며 노래 부르게 되는 장면이 전개되는데 이 장면에서 니시시로 할아버지와 친구 할아버지들이 합세하여 함께 즐겁고 유쾌하게 어울리게 한 설정은 미야자키 하야오가 주장하고 싶었던 이상향이 아닐까하고 생각된다.

아마사와 세이지가 '또 놀러와. 할아버지들이 기뻐하니까' 라고 하는 대화에서도 알 수 있듯이 소녀 쓰키시마 시즈쿠와 할어버지의 인연이 다시 이어지고 작품 속에서의 할아버지의 역할을 예고하기도 한다. '다시 한 번 보고 싶다고 생각했습니다' 라고 한 할아버지의 말은 쓰키시마 시즈쿠에 대한 관심을 나타냈고 할아버지의 친구 할아버지가 말한 '그때 그 시계가 완성된 날에 만나게 된 행운의 아가씨로군요.' [12]이라는 말대로 앞으로 전개되는 쓰키시마 시즈쿠의 창작 작품의 주제가 되는 한 모티브로서 시계에 얽힌 아름다운 사랑 이야기를 접할 수 있었고 나아가 소설의 소재를 얻게 된 행운의 아가씨로 시사하고 있기도 하다.

---

12) 전게서 p. 62

3. 니시시로(西司朗)의 역할과 위치

「잊어버린 세계에 대한 향수(鄕愁)」에 대한 것을 이야기하고자 하
는 미야자키 하야오 는 「일반적으로 향수라고 하는 말이 있다. 이것은
어른이 어릴 적 시절을 그리워 할 때 사용하는 단어이다. 향수와 비슷
한 감정은 3세나 5세의 아이에게도 있다. 연령 관계없이 반드시 있다.
단, 연대가 높아질수록 향수의 폭과 깊이가 더 증가 되는 것만은 확실
하다. 애니메이션을 만드는 사람의 원점(原點)이라고 하는 것도 나는
여기에 있다고 믿고 있다.」[13] 라고 하여 향수에 대해 적고 있다. 이러
한 이유에서인지 대부분의 작품 중에 노인을 등장시키고 있다. 그리
고 인생에서 갈등이 교체되는 시기인 중학생정도의 소년 소녀들과 만
나게 하고 있는 것이다. 삶의 깊이를 알고 어릴 적 향수를 간직한 노
인의 역할은 그 향수에 기인하여 언제나 어린 소녀 소년들에게 인생
의 지표를 알려주고 설정해주고 그리고 마음으로부터의 친구가 되어
주는 인물로서 존재하는 것이다. 즉 노인으로 하여금 어릴 적 향수를
되살려 같은 눈높이에서 꿈과 희망을 제시해 주는 역할을 부여하고
있다. 본론에서도 이러한 미야자키 하야오의 작의(作意)에서 니시시
로의 역할을 이해해야 되지 않을까 하고 생각한다.

미야자키 하야오는『귀를 기울이면』의 제작 구상에 대해 다음과 같
이 적고 있다.

혼돈의 21세기의 모습이 점차 분명해진 지금, 일본의 사회구조도 크

---

13) 宮崎 駿(2001)『出發点 1979~1996』德間書院 p.43

게 삐걱거리고 흔들리기 시작하고 있다. 시대는 확실히 변동기에 접어들었고 어제 상식이나 정설(定說)이 급속하게 힘을 잃어가고 있다. (중략) 현실을 날려버릴 정도의 힘이 있는 건전함.. 그 시도 가운데『귀를 기울이면』은 성립되는 것은 아닐까. 만약 그 소년이 장인(匠人)에 뜻을 두고 있었다면.. 중학교 졸업과 함께 이탈리아로 가서 그곳의 바이올린제작학교에 들어가 공부하려고 했다면 이 이야기는 어떻게 될까? 실은『귀를 기울이면』의 영화제작 구상은 이 착상에서 시작된 것이다.

목공(木工)을 좋아하는 소년. 스스로 바이올린을 켜는 소년. 원작에 등장하는 고미술상(古美術商)의 할아버지의 집 뒷방을 지하공방으로 바꾸고, 할아버지도 낡은 가구나 미술품 수리를 취미로 하고 음악을 연주하는 인물로 한다면 소년은 그 공방에서 바이올린 제작에 대한 꿈을 키우게 할 수 있는 것이다.

이 작품은 하나의 이상화(理想化)한 만남에, 리얼리티를 부여하면서 산다는 것에 대한 멋을 당당하게 외치고자 하는 도전이다.[14]

여기에서 말하고 있듯이 「바이올린 제작에 대한 꿈을 키우게」하기 위해, 그 소년의 장래 꿈을 이루기 위한 장소로서 할아버지의 가게 지하공방으로 설정하여 할아버지와 함께하는 곳으로 하였으며 전적으로 소년의 꿈과 희망을 지지하는 할아버지를 그려내고 있다.

이러한 니시시로 할아버지의 설정은 현대 사회를 살아가고 있는 인간들에게 있어서 노인에 대한 의식과, 생활 태도에서 가장 부족하고 격리된 시간과 공간으로 되어 있는 현대의 삶 속에서의 노인, 그 노인

---

14) 전게서 p.418

에 대한 깊은 애정과 따뜻한 관심을 가지고 현실에서 잊고 있던 도덕
성을 되찾고 효의 근본을 되새기고 나아가 훈훈한 사랑과 인간미 넘
치는 사회로 환원하고자하는 메시지를 표현한 것으로 해석되어진다.
이러한 것은『천공의 성 라퓨타』에서도 나타나고 있음을 알 수 있는
데, 공중에서 지상으로 떨어진 소녀 시타와 공중(空中)에서 떨어지는
시타(シ-タ)를 처음 발견하여 구해준 소년 파즈(バズ-)가 함께 해적
들에게 쫓겨 숨어 들어온 탄광 안 동굴에서 두 소년 소녀가 만나게 되
는 인물 역시 노인으로서 폼(ポム) 할아버지인 것이다. 그리고 시타와
파즈는 이 폼 할아버지와 함께 이상한 돌들에 관해 이야기 하게 되고
작품의 주제가 되는 푸른빛을 발하는 비행석(飛行石)에 대해서도 이
야기를 듣게 된다.

> 파즈 : 아아! 라퓨타가 정말 있었구나!! 시타, 역시 있는 거야!
> 시타 : 할아버지, 그 섬이 지금도 있을까요?
> 폼　 : 음… 후우, 내 할아버지께서 그러셨단다. 바위들이 소란스러운
> 　　　 것은 산 위에 라퓨타가 떠 있기 때문이라고 말이다.
> 파즈 : 그런가! 그때 하늘에 올라가면 라퓨타를 찾을 수 있겠다.
> 　　　 시타, 아버지는 거짓말쟁이가 아니었어!![15)]

---

15) 진명순 편저(2005) 宮崎駿『天空の城ラピュタ』제이엔씨 p. 40
　　パズー：ああっ! ラピュタは、本当にあったんだね! シータ、やっぱりあるん
　　　　　だよ!
　　シータ：おじいさん、その島は今もあるんでしょうか?
　　ポムじいさん：あ… わしのおじいさんが言ってたよ。岩達が騒ぐのは、山の上に
　　　　　　　　ラピュタが来とるからだとな。
　　パズー：そうかぁ。そのとき空にのぼればラピュタを見つけられるんだ。シータ、父
　　　　　さんはうそつきじゃなかったんだ!

이와 같이 할아버지는 두 소년 소녀에게 비행석의 신비함을 설명하고 천공의 성 라퓨타가 실제로 존재하고 있다는 이야기를 하게 되며 또한 라퓨타에 대한 이야기가 진실이라는 것도 함께 인식시켜 준다. 라퓨타인만이 결정화 할 수 있는 기술을 가지고 있었다는 이야기와 함께 그 비행석을 시타가 간직하고 있는 것에 놀라움을 금치 못하면서 할아버지는 바위들이 시끄러운 것은 산 위에 라퓨타가 떠 있기 때문이라는 것도 말해 준다. 여기서 이 이야기를 해준 할아버지는 늘 기가 죽어 있던 소년 파즈에게 신념과 확신을 주는 큰 역할을 하게 된다. 생전의 파즈 아버지는 사람들에게 라퓨타가 실존(實存)한다는 사실을 알렸지만 믿지 않는 사람들로 인해 억울하게 사기꾼으로 몰린 채 죽음을 맞이했기 때문에 어린 파즈에게는 마음의 상처로 남아 있었기 때문이다. 그러한 파즈에게 파즈의 아버지에 대한 명예를 아들에게 되찾아 주는 역할을 하여 파즈에게 다시 한 번 아버지에 대한 믿음과 사랑을 느끼게 한 것이다. 또한 비행석의 역사와 역할을 모르고 있던 시타에게 그것에 대한 상세한 것을 알려 주고 비행석으로 인해 초래(招來)되는 행(幸)과 불행(不幸)도 함께 주지하고 있다. 따라서 『천공의 성 라퓨타』의 폼 할아버지 역시 어린 두 소년 소녀에게 꿈과 믿음을 주고 인간의 진실성을 부각시키는 중요한 존재로 등장 시키고 있는 것이다.

『마녀 배달부 키키(魔女の宅急便)』의 13세 소녀 키키(キキ)에게도 따뜻한 사랑과 인간미를 전하는 노인 역할로 노부인(老婦人)과 파사(パッサ)가 등장하고 있다. 작품 초반에 키키와 노부인의 만남을 설정하고 있는데, 배달부로 일하게 된 키키에게 따뜻한 관심과 시선을 주는 노부인과, 할머니로부터 들은 바 있던 마녀를 직접 만나게 되어 호

기심과 애정 어린 태도를 보이는 노부인집의 가정부 파사 할머니, 이
두 노인 역시 주인공인 키키에게 있어서 삶의 희망과 보람을 부여하
는 중요한 존재로 위치하고 있다.

　처음 노부인은 키키에게 배달을 부탁했지만 전기 오븐 고장으로 미
처 파이를 굽지 못하게 된 상황에서 난처해하지도 않고 옛날에 쓰던
장작 오븐을 사용해서 파이를 구워보겠다고 하는 야무지고 씩씩한 키
키를 만나게 된다. 손녀에게 줄 파이를 굽는 데 정성을 다 해 도와주
고 다른 집안일까지 해 준 키키, 비가 내 리는 데도 어렵게 손녀에게
파이를 배달해 준 키키에게[16] 잊지 않고 사랑을 간직 하고 있던 노부
인은 다시 한 번 재회를 하기 위해 키키가 방문해 줄 것을 빵집 가게
주인 아주머니인 오소노(オソノ)를 통해 부탁을 한다. 오소노 부부 역
시 키키를 돌봐주는 친절한 존재로 설정되어 키키의 곁에 위치하고
있다. 마침 마법(魔法)의 힘을 잃고 배달 일을 못하게 되어 의기소침
해 있던 키키를 반갑게 맞이해주는 파사할머니와 정성스런 케익을 만
들어 주고 키키의 생일까지 챙기는 노부인의 마음에서 따뜻한 인간미
를 느끼게 되어 '키키는 눈물을 흘리며 잔잔한 감동을 받게 되고'[17] 할
머니로 하여금 다시 용기와 희망을 가지게 된다.

　이와 같이 노부인은 부모와 집을 떠나 타지(他地)에서 혼자의 힘으
로 자립하고자 하는 주인공 소녀에게 따뜻한 온정과 함께 힘과 용기
를 북돋우어 주는 중요한 역할을 하고 있는 것이다.

　『귀를 기울이면』에서 두 번째 가게 된 할아버지의 가게에서 새삼스

---

16) 진명순 편저(2005)『魔女の宅急便(마녀배달부)』(주)제이엔씨 p. 52
17) 진명순 편저(2005)『魔女の宅急便(마녀배달부)』(주)제이엔씨 p. 82

럽게 알게 된 아마사와 세이지에 대한 신분과 그가 가지고 있는 구체적이고 상세한 장래에 대한 계획과 그 계획에 대한 실천 의지를 듣고 그에 대해 쓰키시마 시즈쿠는 적지 않게 신선한 충격을 받는다. 15세 정도밖에 되지 않는 아마사와 세이지가 중학교를 마치고 고등학교 진학보다는 이탈리아에 가서 바이올린을 만드는 장인 공부를 해서 미래에 바이올린 장인이 되겠다는 목표에 대한 포부를 확고하게 정하고 말하는 것을 들은 쓰키시마 시즈쿠는 아직 장래에 대한 계획에 대해 아마사와 세이지만큼 확고하지 않는 자신에 대한 반성과 함께 자신의 미래를 설계하게 된다.

같은 또래인데도 벌써 미래의 진로를 정해놓고 그것에 대한 구체적인 계획까지 세워놓고 있는 아마사와 세이지를 통해 자신을 돌아보게 되고 자신도 아마사와 세이지에게 지지 않을 만큼의 무언가를 해야 한다는 선의(善意)의 경쟁의식을 가지고 자신이 할 수 있는 일이 무엇인지 골똘하게 생각하게 되는 것이다.

친구 아마사와 세이지로부터 받은 영향으로 쓰키시마 시즈쿠는 자신의 꿈과 미래에 대해서 진지하게 고민을 한 결과, 할아버지 친구가 소개 해준 이탈리아로 연수를 떠나는 아마사와 세이지가 돌아올 때까지 소설가가 되겠다는 자신의 꿈을 향해 스스로 도전해 보기로 한다. 쓰키시마 시즈쿠는 이 시점에서 할아버지의 보물인 고양이 인형 바론(バロン)을 소설의 주인공으로 하겠다는 뜻을 말하고 할아버지의 허락을 요한다. 그리고 할아버지의 허락을 받은 쓰키시마 시즈쿠는 할아버지의 격려와 함께 소설을 쓸 것을 결심하게 된다. 여기서 쓰키시마 시즈쿠의 소설 속의 주인공이 되는 바론은 쓰키시마 시즈쿠를 이야기 속으로 인도하게 되는데 이 장면의 묘사에서 원근(遠近)의 공간

개념이 바꾸어져 표현되어져 있다.

> 바 론 : 자, 모시겠습니다. 라피스라스리의 광맥을 찾는 여행에!
> 두려워할 것은 없다. 동쪽 하늘에 달이 뜨는 날은 공간이 일
> 그러져. 멀리 있는 것은 크게, 가까이 있는 것은 작게 보일 뿐.
> 날자! 상승 기류를 잡는 거야. 서둘러야 해! 소혹성들이 모여
> 들고 있다. 좋아, 기류를 탔다! 이대로 저 탑을 단숨에 넘자!
> 시즈쿠 : 저렇게 높이?
> 바 론 : 뭐.. 가까이 가면 그렇지도 않아.[18]

먼 곳에 있는 것은 작게 가까이 있는 것은 크게 보이는 것이 당연한
일인데 왜 그 반대로 멀리 있는 것이 크게 가까이 있는 것이 작게 보
인다고 묘사하고 있는 것일까? 이마무라 다이헤이(今村太平)는 이
원근법에 관해 『만화영화론(漫画映画論)』에서 다음과 같이 논하고
있다.

> 시간 묘사는 사실적인 풍경화에 있어서조차 공간을 희생으로 하는
> 것을 부득이하게 한다. 그 예는, 원근법을 왜곡한 여러가지 도회(圖繪)

---

18) 진명순 편저(2005)『耳をすませば(귀를 기울이면)』(주)제이엔씨 p. 84
　　バロン : いざ、おともつかまつらん。ラピス-ラズリの鑛脈をさがす旅に!
　　　　　　おそれることはない。新月の日は空間がひずむ。
　　　　　　遠いものは大きく。近いものは小さく見えるだけのこと。
　　　　　　とぼう! 上昇氣流をつかむのだ。
　　　　　　急がねば! 小惑星が集まってまた。
　　　　　　いいぞ! 氣流にのった! このままあの塔をいっきにこそう!
　　月島雯 : あんなに高く!?
　　バロン : なあに.. 近づけばそれほどのことはないさ。

에서 볼 수가 있다. 예를 들면 거대한 구도인「교토도회(京都圖繪)」에는 원근법이 전혀 없다. 이것은 동일 공간 속에 본 것을 같은 비례로 평등하게 나타내는 것에서 기인한다. 즉, 그것에는 먼 지점과 가까운 지점의 차이가 없는 것이다. 이것은 그림이 관념이며 현실의 공간이 아니기 때문이다. [19)

또 이 시간과 공간에 대한 묘사에 대해 구사나기 사토시(草薙聰志)는『미국에서 일본의 애니메이션은 어떻게 보여졌나?(アメリカで日本のアニメは,どう見られてきたか?)』에서 다음과 같이 말하고 있다.

애니메이션의 최대의 특색인 움직이는 그림의「움직임」을 최소한으로 하여 상품을 만들지 않으면 되지 않는 것이다. 이 기묘한 애니메이션이 시청자에게 받아들여진 것은 이미 기존의 만화 영상(映像) 언어가 사회적으로 침투되어 있었기 때문일 것이다. 그림을 움직이는 기술은, 연장되거나 왜곡된 공간과 시간을 강조하고 장식한 역할로 한정되었다. [20)

이러한 논리에서 생각해보면 바론에 얽힌 할아버지의 옛 이야기를 쓰키시마 시즈쿠가 다시 소설내용으로 하는 점에서 시간과 공간개념을 없애기 위한 하나의 의도는 아닐까하고 유추해 볼 수 있다. 즉 할아버지와 쓰키시마 시즈쿠의 세대차를 초월한 인간 본연의 사랑과 그에 따른 삶의 진리를 강조하고자 한 의도로 인지된다. 이와 같이 하여

---

19) 今村太平(2005)『漫畵映畵論』德間書店 p.148
20) 草薙聰志(2003)『アメリカで日本のアニメは,どう見られてきたか?』德間書店 p.100

쓰키시마 시즈쿠는 자신이 하고 싶었던 일인 소설쓰기를 계획하게 되고 이 계획은 역시 니시시로 할아버지의 독려와 가능성에 대한 확신을 듣고 실천 하게 된다. 따라서 할아버지가 소개한 고양이 인형인 바론이 소설의 주인공으로 자리 잡게 되며 쓰키시마 시즈쿠는 자신의 능력에 도전을 하게 된다. 즉 니시시로 할아버지는 쓰키시마 시즈쿠의 꿈을 실현하게끔 하는 모티브를 제공해 주고 쓰키시마 시즈쿠 자신의 내면세계에 접근하여 소설을 쓸 수 있는 자신감을 부여하는 직접적인 역할을 하고 있는 것이다.

> 할아버지 : 호~ 바론을 주인공으로?
> 시 즈 쿠 : 허락해 주시겠습니까?
> 　　　　　세이지에게 이 인형이 할아버지의 보물이라고 들었어요.
> 할아버지 : 하하하... 그것 때문에 일부러. 좋고 말고.
> 　　　　　그렇지만 조건이 한 가지 있는데.
> 시 즈 쿠 : 예?
> 할아버지 : 나를 시즈쿠 소설의 첫 독자가 되게 해 주는 것.
> 시 즈 쿠 : 꼭 보여 드려야 하나요?
> 　　　　　아직 완벽하게 쓸 수 있을 지도 잘 모르는데...
> 할아버지 : 하하하하. 그건 우리 장인들도 마찬가지랍니다.
> 　　　　　처음부터 완벽하길 기대해서는 안 되지.. [21]

---

21) 진명순 편저(2005) 『耳をすませば(귀를 기울이면)』(주)제이엔씨 p. 84
　　おじいさん : ホォー...バロンを主人公に...
　　雫 : おゆるしをいただけますか?
　　　聖司君からこのお人形がおじいさんの宝物だとうかがったものですから...
　　おじいさん : ハハハ...それでわざわざか。いいですとも。ただし条件がひとつある。

이와 같이 할아버지는 쓰키시마 시즈쿠에게 꿈을 주고 그 꿈을 실현할 수 있도록 구체적인 문제와 방법을 제시하여 소설을 완성하도록 이끄는 역할자로서 그 역할을 충실하게 하고 있다. 그리고 그 소설을 꼭 완성할 수 있도록 하는 하나의 조건으로 소설이 완성되면 할아버지 자신을 첫 독자로 해 줄 것을 제시하고 쓰키시마 시즈쿠로부터 그 약속을 받아낸다.

그리고 완벽하게 써야 한다는 부담감을 느낄까봐 장인의 예를 들기도 하며 안심시켜주는 할아버지는 운모편암인 에메랄드의 원석이 포함되어 있는 녹주석을 보여주며 격려한다. '그렇단다. 쓰키시마 시즈쿠양도 아마사와 세이지도 아직 그 돌과 같은 상태이지, 아직 다듬어지지 않은 자연 그대로의 돌.., 나는 그대로도 아주 좋아하지만, 그러나 바이올린을 만든다거나, 소설을 쓴다는 건 다르지. 자기 속에 있는 원석(原石)을 발견해서 오랜 시간에 걸쳐 다듬어 가는 거니까. 수고를 해야 하는 일이지.'[22]라고 쓰키시마 시즈쿠에 대한 격려와 인생의 스승으로서 친절한 충고를 하고 있다. 할아버지는 자신이 없어하는 쓰키시마 시즈쿠에게 에메랄드 원석에 비교하여 설명하면서 함께 가능성과 용기를 북돋우어 주는 이야기를 하고는 설교 투가 되어 버린다는 한마디로 자책하듯이 혹 무게 있는 내용에 어린 쓰키시마 시즈

雫 : ...? ハイ...
おじいさん : ぼくを...しずくさんの物語の最初の読者にしてくれること。
雫 : やっぱり見せなきゃだめですか?
　　だって。ちゃんと書けるかどうかまだ...判らないから...
おじいさん : ハハハハ...それは私達職人も同じです。
　　　　　　はじめから完ペキなんか期待してはいけない。

22) 전게서 p.84

쿠가 부담스러워 하지 않을까하는 염려로 마음을 순화시키는 친절함도 베풀고 있다. 또한 '기대하고 있겠다'[23]는 말로 쓰키시마 시즈쿠가 반드시 성취해야 할 것을 한 번 더 주지시키고 있다.

여기서 생각해 볼 것은 우리 인간에게 있어서 목표를 설정하고 그 목표를 달성하는데 대한 의지와 신념을 가지고 매진할 수 있는 계기가 필요하며, 이 목표달성에 중요한 한 요소로 들 수 있는 것이 인간 서로에 대한 믿음이며 그 믿음을 지켜 줄 상대가 있어야 하고 목표를 이루었을 때 그 상대로부터 인정을 받을 수 있는 기대감이 있어야 한다는 것이다. 그렇다면 자신의 성취도에 더 만족할 수 있고 행복해질 수 있을 것이다. 이러한 점에서 어린 쓰키시마 시즈쿠에게 그 역할을 차분히 부여하고 있는 니시시로 할아버지는 쓰키시마 시즈쿠에게 있어서 절대적 존재이며 작품 전반의 내용 전개에 있어서 큰 비중을 차지한다고 볼 수 있다.

미야자키 하야오는 현실에서 간과하기 쉬운 문제로 수많은 세월을 겪으면서 쌓은 경험과 지식을 바탕으로 다음 세대(世代)를 배려하고 인생의 길잡이로서의 노인의 위치와 역할을 니시시로 할아버지를 통해 표현하고 있다. 세대와 세대 간의 격차를 느끼기 전에 친밀감으로 인생을 공유하는 세월의 스승으로서 자연의 이치와 더불어 복잡한 현대를 살아가는 인간들에게 우리사회에 꼭 존재해야하는 인생의 경험자로서 노인의 역할과 당연성(当然性)을 시사하고자 하는 미야지키 하야오의 의지가 보인다.

소설을 쓰겠다는 일념으로 쓰키시마 시즈쿠는 고등학교 진학 수험

---

23) 전게서 p.84

공부에 열중해야 함에도 불구하고 학교 공부는 뒷전으로 하게 된다. 수업 시간에도 선생님의 말은 아예 듣지도 않은 채 혼자 소설 상상에 빠져있기도 하여 친구 유코가 대신 감싸기도 한다. 밤에 잠도 자지 않고 새벽까지 구상하며 쓰고 있는 소설 때문에 집안일부터 공부까지 주위의 모든 것에 소홀하게 된다. 그리고 떨어지는 학교 성적을 이상하게 생각한 학교 선생님은 쓰키시마 시즈쿠의 어머니를 진로지도실로 부르게 된다. 이유를 모르고 학교에 간 어머니는 비로소 어이없이 떨어져 있는 쓰키시마 시즈쿠의 성적을 알게 되고 쓰키시마 시즈쿠의 언니 시호와 함께 걱정하기 시작한다.

이러한 상황 설정에 대하여 미야자키 하야오는 중학생 시절의 자신의 경험에서 기인된 것임을 다음과 같이 밝히고 있다

> 내가 만화에 열중하고 있었던 것도 수험공부를 하고 있었을 때쯤이었다. 그 나이 때는 얼핏 보면 자유롭게 보이지만 실은 억압받고 있는 부분이 많다. 공부와 동시에 이성에 대한 동경도 강하다. 그러한 울적한 것에서 벗어날 수단으로서 틴에이저들은 「자신의 세계를 가지고 싶다」고 소원한다. 부모에게도 알리고 싶지 않는, 이것은 나만의 것이다—라고 하는 세계다. 그 일환으로 애니메이션에 몰두한다고 생각한다.[24]

라고 하여 주인공의 상황 설정에 대한 계기를 적고 있다. 자신의 세계를 가지고 싶어 하는 중학생 시절의 기억을 그대로 살려 쓰키시마 시즈쿠와 아마사와 세이지라는 인물묘사를 하고 있는 것임을 알 수

---

24) 宮崎 駿(2001)『出發点 1979~1996』德間書院 p.43

있다.

학교에서 집에 돌아온 쓰키시마 시즈쿠에게 고등학교 진학을 못하게 될지도 모른다는 걱정으로 언니는 심하게 꾸중하게 되고 이에 강하게 반발하는 쓰키시마 시즈쿠의 태도에 놀라 다투는 장면에서 쓰키시마 시즈쿠의 아버지도 이 사실을 알게 된다.

어쩌면 자식에 대해 아픔이 무엇인지 가장 먼저 알고 이끌어 주고 이해해주어야 할 부모입장이지만 이 작품에서는 자식이 무슨 생각을 하고 있는지, 어떤 고민을 안고 있는지, 어떤 계획을 세우고 있는지 등등 전혀 쓰키시마 시즈쿠의 생각과 근황을 모르고 있는 부모에게 경각심을 불러일으키는 듯한 설정이다. 이러한 설정은 가정의 구성원인 가족보다 바쁜 현대 사회에서 각자의 생활에 쫓겨 생활하고 있는 인간들에게 다시 한 번 생각하게 하는 문제점을 제시하고 있는 것은 아닐까. 가족 속에서 소외되고 있는 가족을, 우리의 생활에서 무엇이 소중한 일인지 행여 소홀하기 쉬운 가족에 대한 관심과 배려가 요구되는 메시지라고 지적하고 싶다. 상황이 이 지경이 되자 비로소 쓰키시마 시즈쿠와 대화를 가지고 쓰키시마 시즈쿠의 생각을 알게 된 어머니와 아버지는 쓰키시마 시즈쿠의 의견을 존중하여 쓰키시마 시즈쿠가 하고자 하는 일이 무엇인지는 몰라도 협조하고 받아들이기로 한다.

아버지 : 시즈쿠가 도서관에서 열심히 무언가 하는 걸 보고.. 감탄했단
       다.... 시즈쿠가 하고 싶은 대로 해줄까? 당신...
       살아가는 방법이 한가지만 있는 것도 아니고.
엄   마 : 그야 저도 그런 경우가 한 두 가지 있지만...
아버지 : 좋아, 시즈쿠, 자신이 믿는 대로 한 번 해보렴,

시즈쿠 : ....!?

아버지 : 하지만 남들과 다른 방식의 삶이란 그 만큼 어려운 거란다.

무슨 일이 생겨도 남의 탓으로 돌릴 수 없으니까 말이야[25]

아버지는 살아가는 방법의 다양성과 함께 딸의 태도에 믿음을 가지고 받아들이면서 자신이 결정하고 행한 일은 자신이 책임져야하는 책임감도 아울러 이야기 해준다. 그리고 새삼 가족에 대한 중요성도 일깨워 준다.

아직도 약하기만 한 중학교 3학년 여학생에게는 조금 무거울 것 같은 책임감 운운의 이야기인지도 모르겠지만, 미야자키 하야오는 이러한 점을 작품마다 시사하고 있다.

『마녀배달부 키키』에서도 13세밖에 되지 않은 어린 소녀가 미래 마녀로서의 자격을 갖추기 위한 단계를 거치는 과정으로 자신의 마법 수행을 위해 어머니와 아버지가 있는 집을 떠나 낯선 곳에서 자립하여 자신의 생각과 결정에 따른 모든 일에 스스로 책임감을 가지고 하나하나 맡은 바 일을 수행하면서 혼자 배달부 일을 찾아 생활을 꾸려가는 강하고도 당찬 인물을 그려내고 있다.

---

25) 진명순 편저(2005) 『耳をすませば(귀를 기울이면)』(주)제이엔씨 p.94

父：しずくが図書館でいっしょうけんめい，何かやってるのを見てるしなァ。感心してたんだよ。しずくのしたいようにさせようか，母さん...

ひとつしか生き方がないわけじゃないし...

母：ン...そりゃあ...わたしにも身におぼえのひとつやふたつはあるけど。

父：よしっ，しずく，自分の信じるとおりやってごらん。

雫：.....!?

父：でもな，人と違う生き方はそれなりにしんどいぞ。

何が起きても誰のせいにもできないからね。

이러한 점에서 살펴보면 미야자키 하야오는 인생에 있어서 가장 민감하고 소중한 시기를 사춘기 전후인 13세에서 15세로 보고 한 인간으로서 무엇이 중요한 일인지 그리고 해야 할 일은 무엇인지 나아가 인생에 있어서 값진 것은 무엇인지 등을 그려내어 소중한 시기임에도 불구하고 자칫 간과해버릴 수 있는 점에 대해 인류에 대한 메시지로 주장하고 있는 것은 아닌가라고 생각되어진다. 인생에 대한 생각도 자신에 대해 그저 막연하게 생각만 하고 있는 10대 초반부터 굳건한 인생관을 가지게 하여 청년 장년 그리고 노년의 삶에 후회 없는 생(生)을 맞이하고 보내게 하는 것이다. 그러한 삶을 산 노인은 다시 어린 소년 소녀에게 꿈과 희망과 삶에 대한 의욕을 부여하고 그 길을 선도할 수 있기 때문이다.

소설을 완성하여 가지고 온 쓰키시마 시즈쿠에게 할아버지는 약속대로 첫 독자가 되어 쓰키시마 시즈쿠의 작품을 읽게 된다. 이 소설의 제목이 『귀를 기울이면』이다. 참으로 공교롭게도 고양이 인형 바론을 주인공으로 한 쓰키시마 시즈쿠의 소설 내용은 바론에 얽혀있는 할아버지만이 간직하고 있던 옛사랑의 이야기와 일치하게 되고 쓰키시마 시즈쿠는 할아버지의 연인이었던 루이제와 바론에 관한 옛이야기를 듣게 된다.

할아버지가 깜박 잠이 들어 꿈속에서 옛 연인 루이제(ルイーゼ)가 문을 열고 들어와 만나는 장면의 순간 잠에서 깨어나자 공교롭게도 할아버지의 가게 문을 열고 들어온 사람은 쓰키시마 시즈쿠이다.

왜 여기서 이러한 설정을 하고 있는지에 대해서 고려해 볼 필요가 있다고 주장한다. 아주 먼 할아버지의 젊은 시절에 헤어진 채 지금까지 만나지 못하고 있던 소년 소녀 시절의 애틋한 사랑, 차마 할아버지의 입으로 이야기하는 것 자체도 가슴 아픈 이야기여서 가슴 한 구석에 묻어만 두었던 루이제에 대한 사랑이, 어느 날 할아버지의 눈앞에 밝고 예쁜 소녀 쓰키시마 시즈쿠가 나타남으로서 하나하나 기억되기 시작하고 다시 이야기의 주제가 되어 루이제를 떠올리게 된 것이다. 오래된 낡은 시계에 얽힌 이룰 수 없는 장인의 사랑이 그것이었고 고양이 인형 바론에게 유난히 관심을 가지는 쓰키시마 시즈쿠의 모습에서 마음속 간직하고 있던 또 하나의 짝 잃은 고양이 인형을 생각하게한 것도 그것이었다. 이 인형에 대한 이루어지지 않은 사랑 이야기와 할아버지 자신의 기구하고 슬픈 사랑을 회상하게 해준 인물이 쓰키시마 시즈쿠이기 때문에 이상하게도 깊은 인연으로 다가오는 우연의 일치들에 할아버지 스스로도 쓰키시마 시즈쿠에게 깊은 관심을 가지게 되었기 때문이라고 생각된다.

그리고 바론을 주인공으로 소설을 쓰는 쓰키시마 시즈쿠에게서 바로 직결되어 연상되는 루이제, 그런 꿈속의 루이제와 현실의 쓰키시마 시즈쿠가 동시에 문을 열고 들어오는 것은 할아버지가 어린 쓰키시마 시즈쿠를 통해 젊은 날의 루이제를 보는 현재의 심리를 잘 표현하고 있는 것으로 추정된다. 할아버지와의 인연과 처음 고양이 인형 바론을 보고 '신기하지, 널 아주 오래 전부터 알 고 있었던 것 같은 기분이 들어. 가끔 네가 견딜 수 없을 정도로 보고 싶어'[26] 라고 한 쓰키시마 시즈쿠의 대사를 되새겨 생각해 보면 루이제의 환생으로서의 쓰키시마 시즈쿠가 아닐까 하는 추측이 되기까지 하다.

---

26) 전게서 p. 56

할아버지 : 루이제 와 주었군....

　　　　　나도 이제 상당히 나이를 먹어 버렸소....

할아버지 : 아아, 시즈쿠양, 어서 와요. 깜빡 잠이 들어 버렸군,

시 즈 쿠 : 실례합니다. 저... 소설을 완성해서 가지고 왔습니다.

할아버지 : 오오~ 드디어 완성되었군요..

시 즈 쿠 : 약속입니다...첫 독자가 되어 주세요.

할아버지 : 이건 대장편이군![27)]

　소설을 받아 든 니시시로 할아버지는 쓰키시마 시즈쿠의 부탁으로
그 자리에서 당장 읽게 된다. 처음 쓴 소설인 만큼 많은 두려움과 설
레임을 안고 쓰키시마 시즈쿠는 할아버지가 소설을 다 읽을 때까지
아마사와 세이지와 함께 있었던 방에 내려가 가슴 두근거리며 기다린
다. 아래층 바이올린 공방으로 내려와 테라스에서 점점 날이 어두워
지는 시가지 풍경을 바라보며 기다리고 있는데 그 때 비행기 한 대가
착륙하는 모습도 보게 된다. 여기서 착륙하는 비행기의 설정은 바로
다음 날 동틀 무렵 만나게 되는 친구 아마사와 세이지의 귀환을 예시
하기 위한 것이다.

　소설을 다 읽은 할아버지는 '고마워요, 정말 좋았습니다.' 라고 평해

---

27) 전게서 p.100
　　西司朗 : ルイーゼ...來てくれたのか。
　　　　　　わたしはもうすっかり歳をとってしまったよ。
　　おじいさん : .....!? しずくさん。え、さあどうぞ。いやぁすっかり眠ってしまった。
　　雫 : すみません。あの...物語を書いたので、もって来ました。
　　おじいさん : オ...それで...できたんですね。
　　雫 : 約束です。最初の読者になって下さい。
　　おじいさん : これは大長篇だ!

준다. 이 말에 긴장을 풀고 울음을 터뜨리며 '거짓말이죠? 사실을 말씀해 주세요!'라고 말하는 쓰키시마 시즈쿠는 자신의 어려웠던 경험을 할아버지에게 털어놓는다. [28]

이와 같이 첫 소설을 쓰고 난 뒤의 애로에 대한 위로와 용기도 아버지와 어머니가 아닌 할아버지의 몫으로 되어 있다. 막 꺼낸 원석을 보고 잘 다듬어 준다면 더 훌륭한 보석으로 만들 수 있다는 격려를 하며 더 나아갈 것을 권한다.

할아버지는 쓰키시마 시즈쿠의 소설을 읽고 자신의 독일 유학시절에 있었던 연인의 이야기와 쓰키시마 시즈쿠의 소설이 이상하게도 일치한다는 것을 말하며 옛 사랑을 회상에 빠져 이야기 해준다.

> 시 즈 쿠 : 그건, 마치 제가 쓴 이야기랑.
> 할아버지 : 그렇지요? 이상할 정도의 우연의 일치지…
> 귀국할 날짜가 임박해 와서 난 포기하려 했었지…
> 그때 함께 있던 여성분이 부탁을 했다네…
> 연인 인형이 돌아오면, 그녀가 그 인형을 맡아 두었다가 두 인형을 꼭 함께 있게 해 주겠다고… 그제야 가게 주인도 납득했지.
> 나는 바론만 데리고 독일을 떠나게 되었지…
> 반드시 데리러 올 테니 그때까지 연인인 인형을 맡아 달라고 그 사람과 약속을 했지…
> 두 인형이 다시 만나는 날이 바로 우리 둘이 재회하는 시간이라고.

---

28) 전게서 p.102

그리고 나서 곧 전쟁이 발발하고 나는 약속은 지키지 못했

지. 이윽고 그 마을에 갈 수 있게 되었을 때 많이 찾았지.

그러나, 그녀의 행방도 바론의 연인도. 결국 알 수가 없었지.

시 즈 쿠 : 그분 할아버지의 소중한 분이셨군요.

할아버지 : 추억 속에만 있었던 바론을, 시즈쿠양은 희망의 이야기

속에서 다시 태어나게 해줬어요. [29)]

여기서 말하고 있는 것 같이 할아버지 자신의 과거 이야기 내용이

쓰키시마 시즈쿠의 소설 내용이 되고 할아버지 역시 쓰키시마 시즈쿠

를 통해 추억 속에만 어둡게 묻어 두었던 것을 다시 희망으로 되새기

게 된 것이다. 루이제의 환생같은 쓰키시마 시즈쿠, 이로서 십대의 소

녀 쓰키시마 시즈쿠와 팔십대의 니시시로 할아버지와의 완전한 공감

---

29) 전게서 p.104

　　雫 : それって, まるでわたしのつくった物語と。

　　おじいさん : そうなんだ。不思議な類似だね。

　　　　　　　帰国の日もせまっていたし, ぼくはあきらめようと思った。

　　　　　　　その時ね, 一緒にいた女性が申し出てくれたんだ。

　　　　　　　恋人の人形がもどって来たら, 彼女がひきとって, 二つの人形をきっ

　　　　　　　と一緒にするからって。店の人もとうと折れてね。

　　　　　　　ぼくはバロンだけを連れてドイツを離れることになった。

　　　　　　　必ず迎えに来るからそれまで戀人の人形をあずかってほしいと, その

　　　　　　　人に約束してね。二つの人形が再会する時は, わたし達が再会する

　　　　　　　時だと。

　　　　　　　それからすぐ戦争がはじまってね。ぼくは約束をはたせなかった。

　　　　　　　ようやく, その町に行けるようになってからずい分探したんだ。

　　　　　　　しかし, その人の行方もバロンの恋人もとうとう判らなかった。

　　雫 : .....その人...おじいさんのたいせつな人だったんですね。

　　おじいさん : 追憶の中にしかいなかったバロンを, しずくさんは希望の物語によみ

　　　　　　　がえらせてくれたんだ。

대 형성을 이루게 된다.

인생의 여정이 길었던 것만큼 어린 세대를 차분하게 이끌어 주는 할아버지의 모습을 볼 수 있다. 아마사와 세이지 역시 고등학교 진학을 미루고 바이올린 장인이 되겠다는 장래의 뜻에 대해 부모님으로부터는 쉽게 지지를 받지 못하지만 할아버지로부터는 지지를 받는다. 할아버지는 이 작품에서 어린 소년 소녀의 꿈과 목표를 이룰 수 있도록 하는 인생의 길잡이로서 그 역할을 차근차근 하고 있는 것이다. 이와 같은 것은 미야자키 하야오가 현대 사회에서 소외되기 쉬운 노인에 대한 설정 배경 및 그 의도와 사회를 향한 하나의 메시지로서 표현한 주제의식으로 생각할 수 있을 것이다.

3. 맺음말

1995년에 발표한『귀를 기울이면(耳をすませば)』을 중심으로 등장인물 중의 한사람인 노인 니시시로에 대한 설정 배경에 초점을 두고 그 성격과 역할 및 그 위치를 분석하여 작품에 미치고 있는 영향은 어떠한 것인지 니시시로를 설정한 미야자키 하야오의 의도는 무엇인지에 관해 중점적으로 검토 연구하여 고찰하였다. 작품 내용이 사춘기 시절의 이성문제 등에 초점을 둔 작품으로만 인식되기 쉽지만 이상과 같이 주인공의 주변 인물인 니시시로 할아버지에게 중점을 두고 분석한 결과, 미야자키 하야오는 청소년들의 미래상을 제시하며 자신의 장래에 대한 진지한 모색(模索), 그리고 자신의 꿈을 향해 노력하는 모습들을 시사하고 인생이라는 커다란 주제의식으로 내면의 모습

을 연마해 나가는 것을 소녀 쓰키시마 시즈쿠와 소년 아마사와 세이지의 순수한 사랑을 통해 표현하면서 작품 전반에 걸쳐 주도적인 인물로서 니시시로 할아버지를 설정하고 있다. 이러한 내용에 따라 본 논문에서는 주인공인 두 소녀 소년에게 중요한 역할을 하는 니시시로 할아버지가 주인공들에게 미치는 영향과 존재의 가치성 및 작품에 있어서의 위치에 주목하였다. 이룰 수 없는 사랑을 간직하고 있는 할아버지는 두 소년 소녀의 지지자로(支持者)서 사랑의 소중함을 알려주고 둘의 꿈과 장래에 대한 계획을 이끌어주는 인생의 스승으로서 좌절하지 않게 용기와 희망을 안겨다주는 역할을 수행(遂行)한다. 그리고 두 소년 소녀가 밝은 미래를 약속하고 영원한 사랑을 맺는 행복한 결말을 갖도록 인도하는 중심인물로 니시시로 할아버지의 존재를 필자는 주장하고자 한다. 이 작품에서 미야지키 하야오는 자칫 소외되기 쉬운 노인 세대를 인생에 있어서 현명한 길잡이로서 현실에서 없어서는 안 될 존재로 그 위치의 당의성과 필요성을 부각시키고 있는 것이다. 세대차로서 점점 멀어져가는 사고와 생활방식에서 훈훈한 인간 본연의 사랑과 믿음과 지혜를 전하는 역할로서 십대 소년 소녀 그리고 중년인 어머니 아버지들의 공감대를 연결 형성하고 있으며 현대를 살아가는 현대인들에게 노인에 대한 공경심과 그 존재의 무게와 아울러 공존의식과 평등의식을 주장하고 인류사회에서 무시해서는 안 되는 중요한 존재로서의 메시지를 전하고 있는 작품이라고 생각된다.

제3장

구라타 햐쿠조(倉田百三)의
『출가와 그 제자(出家とその弟子)』

1. 들어가기

구라타 햐쿠조(倉田百三)[1]는 일본 근대의 다이쇼(大正)시대와 쇼와(昭和)시대 초기에 활약한 일본의 근대문학자로 극작가이면서도 평론가이기도 하다. 그는 일본 히로시마현(廣島縣) 쇼바라시(庄原市)의 유복한 집안의 장남으로 1891년(明治 24년)에 태어났다. 히로시마현립(廣島縣立) 미요시(三次)중학교(현재 히로시마현립 미요시고등학교)을 거쳐 제일(第一)고등학교에 진학하지만 21세가 되었을 때 폐결핵에 걸려 중퇴하게 된다. 병약한 육체, 실연, 육친의 사망

---

1) 倉田百三(1891년(明治 24년) 1943년(昭和 18년)) 일본 근대의 다이쇼(大正)시대와 쇼와(昭和)시대 초기의 근대문학자로 극작가, 평론가. 『출가와 그 제자(出家とその弟子)』이외에 『대화의 개신((大化の改新)』『사랑과 인식의 출발(愛と認識の出發)』등 다수의 작품이 있다. 평론으로는 1921년(大正 10년) 발표한 평론집이 있으며 그의 평론은 당시의 학생들에게 커다란 영향을 끼쳤다. 문학작품집은 「구라타 햐쿠조선집(倉田百三選集)」, 도쿄 대동출판사(大東出版社: 1946 1951), 동성출판사(東成出版社: 1951), 춘추사(春秋社: 1963) 등에서 간행되었다.

등의 타격이 겹침에 따라 인간은 본능적인 사랑만으로 구원될 수 없다는 것을 자각하게 된다. 그리고 1915년(大正 4년) 24세에 니시다 텐코(西田天香)2)의 잇토엔(一灯園)3)에 들어가 탁발 생활을 하며 깊은 신앙심을 쌓게 된다. 이후 40여세까지 투병생활을 계속하면서 신경관계병 등 여러 합병증도 함께 치료하기도 한다. 이러한 상황에서도 아름다움(美)과 관능(官能)에 대한 지향을 완전히 버리지 못하고 '성(性)'과 '성(聖)' 사이에서 괴로워하여 그것을 초월하려고 하는 갈등과 노력에서 구라타 햐쿠조는 독자적인 문학을 펼쳐나간다. 그는 투병생활 중에도 집필활동을 계속하여 25세(1916년)가 되던 해 번민 속에서 본격적으로 쓰게 된 희곡『출가와 그 제자(出家とその弟子)』를 처음 발표하게 된다. 이 작품으로 많은 사람들의 공감을 얻어 일약 명성을 얻게 되면서『출가와 그 제자』에 이어『사랑과 인식의 출발(愛と認識との出發)』4) 등, 불교와 접목하여 청년시대의 생명력 넘치는 청춘문학을 세상에 발표하게 된다.

이후 백화(白樺)파 사람들과 교류가 시작되고 경제적으로 안정되고 건강도 회복함에 따라 약자(弱者)의 사상은 없어지고 젊었을 때와 같이 원시적 욕망도 되살리게 된다. 또한, 초인적인 자질을 지향하는 노력주의적 경향도 나타나면서 불교의 참선(參禪) 등의 수행에도 힘을 쏟게 된다. 42세가 되어(1933년) 일본주의의 단체 결성에 참가하

---

2) 西田天香(1872~1968) 메이지(明治)시대의 종교가, 잇토엔(一燈園)의 창시자.
3) 一燈園, 西田天香에 의해서 메이지(明治) 말기에 설립된 신종교 단체이다. 교토(京都府 山科區)에 자리잡고 있으며 종교법인은 아니고 재단법인이다. 정식명칭은 재단법인 참회봉사광천림(財団法人 懺悔奉仕光泉林)이다.
4)『사랑과 인식의 출발(愛と認識との出發)』1921년 간행. 청춘의 사색서로서 애독된 평론집.

여 그 기관지인 「신일본(新日本)」의 편집장으로 활동하면서 계속 작품 활동도 하다가 1943년(昭和 18년) 2월 12일 51세로 자택에서 세상을 떠난다.

　그의 대표적 작품 『출가와 그 제자』가 베스트셀러가 되면서 일본의 근대에 있어서 다이쇼기(大正期) 종교문학의 성행을 가져오는 계기가 된다. 그의 사상을 형성시킨 요소로서 오랜 기간 동안 치른 투병생활, 깊은 애욕의 업(業), 독서체험 등을 생각할 수 있다. 불치(不治)를 선고받은 폐결핵과 더불어 결핵성치루(痔瘻) 결핵성관절염 등등의 발병으로 생사(生死)에 대한 불안이 그에게 구원의 의미를 모색하게 했을 것이다. 그러나 작품의 성향에 있어서 기적적으로 건강을 회복한 만년(晩年)에는 오히려 평범한 작품을 많이 남기고 있다. 또 부모의 편애와 실연의 아픔에 대한 경험으로 인해 부모와 자식 간의 사랑이나 연애는 이기적인 것이고, 성서(聖書)에서 말하는 이웃사랑이야말로 참된 사랑이라고 하는 신념을 가지게 되었다. 이와 더불어 참선(參禪)수행 등, 동서양의 종교를 포용하면서 그의 신앙심과 세계관을 높여 갔다. 이러한 그의 사상은 일본근대문학에서 불교문학이라고 하기 전에 종교문학의 대표적인 작품이라고 꼽히는 『출가와 그 제자』를 남기게 된 것이라고 생각된다. 이와같이 구라타 햐쿠조가 문학에 불교적인 여러 요소를 투영하여 작품 활동을 하고 있던 당시의 문학사회의 배경은 서양문화가 유입되고 기독교의 영향이 나타남에 따라 일본 고전문학에서부터 맥을 잇고 있던 불교문학의 특성이 사뭇 달라져서 근대문학 속에 있어서 형태나 내용면에서 다른 양상을 나타내게 된다. 『출가와 그 제자』 작품 속의 등장인물에 있어서도 역사적 실존인물과는 달리 작가의 재구성에 의해 묘사되어 있다. 따라서 본 연구

에 있어서는 작품이 형성된 배경과 작품에 나타나 있는 작가의 작의
(作意)와 그 내용을 중심으로 고찰하고자 한다.

2. 작품의 배경

서구화라는 근대적 분위기 속에서 불교와 문학을 접목시킨 작품
『출가와 그 제자』는 정토진종(淨土眞宗)의 창시자 신란(親鸞)[5]의 사
상을 표현한 것으로, 다이쇼(大正)시대 불교문학의 유행에 결정적인
역할을 하였다. 일본의 근대문학 속의 불교 즉, 메이지(明治) 이후의
근대문학과 불교와의 관계도 시대에 따라 그 특성을 나타내게 된다.
근대라고 하는 시대가 이성(理性)의 시대이고 합리(合理)와 과학이
지배적인 시대라고 말하고 있는 스기자키 토시오(杉崎俊夫)는 『근대
문학과 종교(近代文學と宗敎)』에서 「문학의 기조(基調)도 그것에 즉
응해서 휴머니즘을 기반으로 하는 개인주의 사상과 리얼리즘을 모태

---

5) 親鸞(1173~1262) 일본불교의 한 종파인 정토진종(淨土眞宗)의 개조(開祖). 가
　마쿠라시대(鎌倉時代) 초기의 일본의 승려이며 정토진종(淨土眞宗)의 종조(宗
　祖)이다. 신란은 호넨(法然)을 스승으로 하여 일생을 보냈으며 「진정한 종교인 정
　토종의 가르침」을 계승하여 발전시키는데 전력을 다하였다. 스스로 개조(開祖)로
　할 의지는 없었다고 전해지고 있다. 독자적인 사원을 가지지 않고 각지에 염불도
　량을 설치하여 교화하는 형태를 취하였다. 신란의 염불집단의 융성이 기성의 불교
　교단과 정토종의 다른 파로부터의 공격을 받으면서 종파(宗派)로서의 교의의 상
　이(相異)함이 명확하게 되어 신란의 사망 후에 종지(宗旨)로서 확립되게 된다. 정
　토종의 입교개종(立敎開宗)의 해는 『현정토진실교행증문류(顯淨土眞實敎行
　証文類)』(『敎行信証』)가 완성된 1247년이 되지만 정립이 된 것은 신란의 사후(死
　後)이다. 『출가와 그 제자』의 등장인물은 실존 인물인 신란과는 달리 시대성과 인
　물상이 재구성되어 있다.

로 해서 현실주의와 객관주의에 기반을 두고 형성되어진 것이다」[6]라고 지적하고 있다. 이러한 배경에서 근대적인 개화와 함께 문학에도 강렬한 자아확립의 정신에 중점을 두고 각 문학자들의 활동이 전개됨에 따라 일본근대 이후의 문학과 불교의 관계에 있어서도 근대적 자아(自我)의 확립과 부정을 계기로 하는 지향, 대립, 상극, 그리고 이율배반적인 관계에 있어서 양자의 합치점을 도출하고 있다고 볼 수 있을 것이다. 이러한 근대의 시대적 배경과 함께 불교적 영향을 받은 문학작품의 형성과정에서도 여러 양상을 띠고 있다. 이에 관해서 이토 세이(伊藤整)는 『일본문학과 불교(日本文學と佛敎)』에서 「구도적 실천자의 입장과 인간적 인식자 두 종류의 입장으로 분류」하고 있다.[7] 이점에 서 생각해 볼 때 구라타 햐쿠조는 이 두 종류의 양상을 모두 띠고 있는 작가로 인식해도 무방하지 않을까 생각된다. 그러나 이러한 문학의 발생 경향이나 입장 등으로 분류하기에 앞서 시대적 배경과 그에 따른 작가의 성향도 무시할 수 없을 것이다.

구라타 햐쿠조의 작품에 대한 평을 쓴 가메이 카쓰이치로(龜井勝一郎)[8]는 우치무라 칸조(內村鑑三)[9]와 구라타 햐쿠조를 근대일본에

---

6) 杉崎俊夫(1991)『近代文學と宗敎』双文社出版 p.10
7) 伊藤整(1995)『日本文學と佛敎』岩波書店 p.36
8) 龜井勝一郎(1907~1966) 문예평론가. 홋카이도(北海道 函館市) 출생. 1926년 도쿄제국대학 문학부 미학과에 입학, 1928년에 중퇴. 『인간교육』으로 기쿠치 칸(菊池寬)으로부터 池谷賞(池谷信三郎賞(이케타니 신사부로 상) : 소설, 희곡 등으로 두각을 나타낸, 33세로 요절한 이케타니 신사부로의 이름을 붙여 문예춘추사에 의해 설립된 신인을 위한 문학상)을 수상한다. 불교에 관심을 가지게 되고 신란(親鸞)의 교의를 신앙으로 하여 종교론, 미술론, 인생론, 문명론, 문학론 등 인간원리에 뿌리를 둔 저작을 연재. 1964년 日本芸術院賞 수상. 1965년 『일본인의 정신사연구』등으로 기쿠치 칸 상(菊池寬賞)을 수상함. 1969년부터 문예평론의 상으로서 가메이 카쓰이치로 상이 재정되었지만 14회로 그침.

있어서 종교적 인간의 쌍벽이라고 말하고 있다. 따라서 구라타 햐쿠
조의 연구에 있어서도 종교와 관련한 것으로 다나카 미노루(田中實)
의「『출가와 그 제자』의 염불사상 (『出家とその弟子』の念仏思想)」
(『국문학 해석과 감상(國文學解釋と鑑賞)』, 平成2年 12月号), 가
메이 카쓰이치로(龜井勝一郎)의 『구라타햐쿠조-종교적 인간(倉田
百三一宗敎的人間)』등 그의 사상에 대한 연구에 중점을 두고 다수
진행되고 있는 경향이다.

그러나 본론에서는 문학적인 관념에서 구라타 햐쿠조가 작품 속에
전개시키는 불교에 관한 내용과 더불어 일본 근대문학에 있어서 불교
문학의 전통적 개념에서 맥을 달리한 작가 자신의 재해석과 작가 자
신의 개인적인 관심분야를 작품 속에 형성시켜 나가고 있음에 주목
하고자 한다. 작가의 작품이 근대라는 시대를 맞이하여 문학 속에 불
교적 요소를 시대적인 변화와 더불어 종교적인 위치에서 새로운 형태
가 요구되면서 행보를 같이 한 것이다. 다마루 노리요시(田丸德善)
는 근대 이후의 일본에 있어서 불교는 몇 가지 유형으로 거론된다고
하여, 전통적인 제종파 내지 교단과 그 주변에 나타난 새로운 종교사
상 운동, 그리고 불교에 관심을 가진 비교적 독립적인 개인[10]으로 분
류하고 있다. 즉 근대 일본의 문학자나 사상가들이 일반적으로 불교
에 관해서 발언할 경우 그것은 대부분이 전통적인 교단(敎団)의 일원
이 아니고 오히려 자유로운 개인이라는 점에 주의해야 할 것이다. 그

---

9) 内村鑑三(1861~1930) 일본인의 기독교 사상가, 문학자, 전도사, 성서(聖書)학
   자. 복음주의신앙과 시사사회비판에 바탕을 둔 독자적인 일본의 무교회주의를 제
   창했다.
10) 田丸德善(1995)『日本文學と佛敎』岩波書店 p23

이유로 다마루 노리요시는 '그들은 각각의 개인적인 관심에 따라 작품의 내용을 형성하기 때문이다.'라고 지적하고 그 예로 「스즈키 다이세쓰(鈴木大拙)[11]는 선(禪)에 관해서, 또 구라타 햐쿠조는 신란(親鸞)에 관해서이다.」[12]라고 말하고 있다. 여기서 언급하고 있듯이 근대 문학자들은 세 번째의 유형으로 개인적인 관심에 따라 불교를 자신들의 문장에 반영시키고 있다는 것이다. 구라타 햐쿠조 역시 그 대표적인 자로서 근대 불교적인 문학을 거론할 때 그 선두에 위치하는 문학자 중 한 사람임을 알 수 있다.

불교는 근대 초기 1867년(明治 초기)에 있어서 최대의 위기에 직면한 후, 렌뇨[13]주의(蓮如主義), 선(禪), 신란주의(親鸞主義) 등으로 문학에 그 모습들을 나타내게 된다. 그 중에서도 압도적으로 많은 것은 신란(親鸞)을 소재로 한 것으로 신란주의(親鸞主義)에 경도된 문학자들은 신란의 정신을 계승하여 부처님의 무한한 자비를 강조하면서 자신들의 작품에 그려내기도 한다.

니와 후미오(丹羽文雄)는 신란(親鸞)의 사상인 '인간은 죄를 짓지 않고 살아갈 수 없다' 라는 가르침을 마음에 새기고 '인간의 업(業)과 죄악감(罪惡感)에 대해 자신의 작품인 『보리수(菩提樹)』『일로(一路)』등에 투영'[14]하고 있으며 마쓰오카 유즈루(松岡讓)[15]는 『법성

---

11) 鈴木大拙(1870~1966) 일본 불교학자. 도쿄제국대학 문학박사.『大乘起信論』영역(1900),『大乘仏教概論』영문 저작 등, 선(禪)에 관한 저작을 영어로 하여 선문화 및 불교문화를 해외에 널리 알림.

12) 田丸德善(1995)『日本文學と佛敎』岩波書店 p23

13) 中村元 外(1989)『仏教辭典』岩波書店 p.587
    蓮如(1415~1499) 일본 무로마치(室町)시대의 정토진종의 승려

14) 杉崎俊夫(1991)『近代文學と宗教』双文社出版 p.52

15) 松岡讓(1891~1969) 일본의 소설가. 니이카타현(新潟縣) 출신. 부친은 정토진종

(法城)을 수호하는 사람들』(1917)에서 정토계의 사상을 담고 있다. 이와 같이 근대 불교문학에서 정토계의 문학은 그 위치를 굳히고 있음을 알 수 있다.[16) 이러한 경향은 이후에도 계속되어 그 중 대표적인 작품으로『출가와 그 제자』가 그 위치를 굳히고 있다. 겐리 분슈(見理文周)는『근대일본의 문학과 불교(近代日本の文學と仏教)』에서 「『출가와 그 제자』는 소설의 형태가 아닌 희곡(戱曲)형태를 취하고 있는 작품으로 신란(親鸞)이라고 하는 전통적인 교단의 종조(宗祖)를 문학작품에 등장시켜 일반인의 감상에 맞추어 흥미와 관심을 이끌어 냄과 동시에 각 방면에서 연구심와 관심을 불러일으킨 점에서 그 공적은 크게 평가받고 있다.」[17)라고 말하고 있다. 하지만 신란(親鸞)이 제자(弟子)의 사랑과 아들의 방탕이나 불신감을 용서하고 왕생(往生)한다고 하는 신앙(信仰)의 모순(矛盾)과 조화(調和)라는 관점에서 작품의 내용을 전개시킨 점에 관해서는 진종(眞宗)교단으로부터 교의(敎義)상의 오해가 있다고 지적되어 불교학자들로부터 기독교화한 신란이라고 비판받은 작품이기도 하다. 그럼에도 불구하고 독자들에게 자극과 영향을 크게 끼친 것은 당시 유행하고 있던 자유와 평등이나 기독교의 사랑과 죄라고 하는 풍조 속에서 나온 종교적인 것에 대한 동경(憧憬)이라고 하는 배경을 작품 속에 묘사하고 있었기 때문이라는 인식도 일반적이다. 이러한 점에서 재조명의 한 방법으로 구라타 햐쿠조의 작의(作意)와 작품에서 시사(示唆)하고자

오타니(大谷)과 정정원(定正院)의 승려. 부친 뒤를 이어 승려가 되는 것을 거부. 1918년 도쿄제국대학문학부 졸업후 나쓰메 소세키의 장녀와 결혼. 『법성을 수호하는 사람들』은 당시 베스트셀러가 됨.

16) 大久保良順編(1986)『佛敎文學を讀む』講談社 p.169

17) 見理文周(1995)『近代日本の文學と佛敎』岩波書店 p.37

하는 문제 등에 대해 연구해볼 필요가 있을 것이다.

3. 순수함과 눈물의 의미

『출가와 그 제자』의 내용은 가마쿠라(鎌倉時代)에 정토진종(淨土
眞宗)[18]을 창시한 신란(親鸞)과 그 제자 유이엔(唯円)[19]과의 일화를
그린 희곡(戱曲)으로 메이지(明治)시대 이후 최대의 종교문학이라
고 평가되고 있다. 불교(佛敎) 서적『단니쇼(歎異抄』[20]를 바탕으로
함과 동시에 기독교의 영향도 강하게 나타내고 있으나 단순히 종교
문학의 틀에 맞추지 않고 자기 내면(內面)을 깊이 도출해내어 모순과
나약함을 꾸밈없이 묘사하고 있다. 즉 구라타 햐쿠조는『단니쇼』속
에서 본 신란의 모습을 재해석하여 시대와 인물의 묘사에 있어서 시

---

18) 淨土眞宗(Shin-Buddhism, Pure Land Buddhism) 일본의 불교 종지(宗旨)의 하
나로, 가마쿠라시대 초기에 호넨(法然)의 제자인 신란(親鸞)이, 호넨의 가르침
을 계승하여 신란이 타계한 후에 그 제자들이 교단으로서 발전시킨다. 종지명(宗
旨名)의 성립 역사적 경위로부터 메이지(明治)초기에 정해진 종교단체법(宗敎
団体法 : 大日本帝國憲法發布로부터 50년이 지나 전시 태세 강화 중 1939년에
종교단체의 법인화를 인정한「宗敎団体法」이 제정되어 다음 해 1949년 4월 1일
부터 시행되었다. 종교단체의 설립에는 '문부대신 또는 지방장관의 인가'가 필요
하여 문부대신은 종교단체에 대하여 감독, 조사, 인가 취소 등의 권한을 가진다
고 정해져 있다)의 규정(현재는 종교법인법의 규칙에 의한「종교법인의 명칭」)에
의해 동종지(同宗旨)에 속하는 종파의 대부분이 종파의 정식명칭을「진종 파」로
하고 법률이 관여하지 않는 종지명을「淨土眞宗」으로 한다. 과거에는「一向宗」,
「門徒宗」이라고도 통칭되었다.
19) 唯円(1222~1289) 가마쿠라 시대(鎌倉時代)의 정토진종(淨土眞宗)의 승려. 河
和田の唯円(가와와다노 유이엔)『출가와 그 제자』의 등장인물은 실존인물인 유
이엔과 달리 시대성과 인물상이 소설속에서 재구성되어 있다.
20)『歎異抄』가마쿠라 시대 후기에 쓰여진 불교서. 작자는 신란에게 사사받은 유이
엔으로 전해짐.『歎異鈔』라고도 함.

대성도 배제하고 역사적인 사실과 다른 설정으로 자신의 문학에서 승화시켜 그려낸 것이다. 따라서 작품의 이해를 위해 역사적인 구도에 비추어 보면 등장인물의 이름은 같으나 시대와 성격이 다르다는 점을 언급해두고자 한다. 그러나 『단니쇼』에 관한 감상은 작품에 반영하고 있음을 알 수 있다. 그것은 「호넨과 신란의 신앙(法然と親鸞の信仰)」(1934)에서 니치렌의 문장과 비교하여 서술하고 있는 내용에서 그의 작품에 대한 의도를 짐작할 수 있을 것이다.

니치렌(日蓮)의 문장도 품위 있고 위력도 있어서 명문(名文)이지만, 단니쇼의 문장에 비교하면 외면적이고 번잡스러운 느낌이 드는 것은 왜일까. 그것은 그 지향이 외계적 성취에 있기 때문에 주로 원심적(遠心的)이고 구심적(求心的)이지 않기 때문이다. 단니쇼라고 하는 저작은 이것에 반해서 그 지향이 내계적 완성이기 때문에 철두철미하게 구심적인 것이다. 그 방면에서 전형적인 것으로서 세계 제일의 저서이다. 신앙의 본질 문제로부터 결코 벗어나지 않고 인간심리의 실상을 응시하고 털끝만큼도 허위를 용서하지 않고 생사의 일대사와 정면으로 맞서서 오직 구제(救濟)의 심증으로 규명하고 있다. 시간낭비를 하지 않고 뒤돌아서 남을 말하지 않고 목표를 향하여 성실하게 오직 한길로만 전 생명을 다하고 옆 눈길 하지 않는다. 꾸밈도 없고, 속임도 없고, 겉만 번지르르하지 않고, 공덕을 열거하지도 않고, 불교경전의 결점이라고 말할 수 있는 장엄의 과잉도 없이 어디까지나 겸허(謙虛)하고 순수(純粹)한, 게다가 사람의 마음을 꿰뚫는 힘이 있는 문장이다.

이와 같이 구라타 햐쿠조는 자신의 작품 『출가와 그 제자』 속에 『단니쇼』에서의 느낌을 재조명하여 겸허하고 순수한 인간의 마음, 외면보다 인간 내면을 지향하는 신란을 묘사하고 있는 것이다. 이 희곡은 1916년(大正 5년)에 이누카이 타케루(犬養健)[21]등과 함께 창간한 동인지『생명의 강(生命の川)』에 연재하고 다음 해인 1917년 이와나미서점(岩波書店)에서 출판되었다. 발표와 동시에 당시의 청년들에게 열광적인 지지를 받아 대단한 베스트셀러가 되기도 했으며 세계 각국에서 번역되었는데 그 중 프랑스의 문호(文豪)인 로망 롤랑이「그리스도교와 불교의 조화를 이룬 작품」[22]이라고 극찬한 작품으로서도 유명하다

이 작품에 대하여 구라타 햐쿠조는 다른 작품과는 달리 애착을 가지고 있었음을 자신이 쓴 「『출가와 그 제자』의 추억(『出家とその弟子』の追憶」에서 다음과 같이 밝히고 있다.

이 희곡은 나의 청춘시대의 기념탑이다. 여러 의미에서 많은 추억을 담고 있다. 나의 청춘은 분명 순수(純粹)하고 열정적이었다. 나는 후회를 하지 않는다. 인생에 대해서, 진리(眞理)에 대해서, 연애(戀愛)에 대해서, 내가 부여받은 생명과, 주어진 환경에 있어서는, 충분히 전력을 다해서 살아왔다고 생각한다. 23세에 일고(一高)를 중퇴하고 병 요양으로 바다로 산으로 시골로 전전하기도 하고 입원하기도 하면서 나는 충만한 감정(感情)과 사색(思索)으로 세월을 보냈다. 그리고 27세 때 이 작품을 썼다.

나의 청춘의 번민(煩悶)과 동경(憧憬)과 종교적(宗敎的) 정서(情

---

21) 犬養 健(1896~1960) 일본의 정치가, 소설가. 도쿄제국대학 철학과 중퇴 후 백화파(白樺派)의 작가로서 활동한 후, 정계에 입문하여 법무대신 제2대 제3대를 하기도 했다.
22) 『出家とその弟子』 프랑스어역(1932)에서 로망 롤랑의 서문

緒)가 가득 그 속에 담겨 있다. 정감(情感)과 감상(感想)이 풍부한 점에서 나에게 있어서는 드문 작품일 것이라고 생각한다.[23]

작품『출가와 그 제자』가 청춘시대의 기념탑이라고 단언하고 있는 구라타 햐쿠조는 순수하고 열정적인 청년시절을 보낸 추억을 작품 속에서도 피력하고 있다. 순수한 청년시대의 소중함, 이것에 대한 내용으로 3막 2장에서 가을을 맞이하며 세월의 빠름을 이야기하는 유이엔(唯圓)과 신란(親鸞)의 대화에서도 찾아 볼 수 있다.

유이엔 : 세상이란 젊은 저희들이 생각하고 있는 그런 게 아니겠지요.
신　란 : '젊음'이 만들어내는 잘못이 많지. 그것이 차츰 눈이 밝아지고 트여가면서 인생의 참 모습을 볼 수 있게 되는 거라네. 하지만 젊었을 때는 젊은 마음으로 살아갈 수밖에 도리가 없는걸세. 젊음을 내세워 운명과 맞서는 거지. 순수한 청년시대를 거치지 않은 사람은 깊이 있는 노년기도 가질 수가 없다네.[24]

이처럼 청춘의 번민과 동경 그리고 종교적 정서를 품었던 순수한 청년시대를 거치지 않은 사람은 깊이 있는 노년기를 가질 수 없다고 할 만큼 청년시대의 순수함을 소중히 하고 있음을 알 수 있다. 여기서 신란을 통한 구라타 햐쿠조의 의도로 짐작할 수 있겠지만 작가는 작품 전체에 이와 같은 순수함을 강조하고 있다.

그러면 구라타 햐쿠조가 말하고자 하는 순수함은 어떠한 것일까.

---

23) 倉田百三(1936)「극장(劇場)」제 2권 제 1호 소재. 1936. 12. 7
24) 現代日本文学全集74(1956)『出家とその弟子』筑摩書房. p.223

그의 생애에서 끊임없이 애욕에 대한 번민과 그것에 관련된 업(業)을 수행처로 삼고 있었던 점에서 그 의도를 생각해 볼 필요가 있을 것이다. 구라타 햐쿠조 자신이 추억하고 있는 청년시대가 순수했다고 회고하고 순수한 청년시대를 보낼 수 있어야함을 강조하고 있는 점에서 필자는 그의 문학에서의 주요한 시사점으로 순수함에 초점을 두고자 한다. 작품 속에서 의도하고 있는 순수함의 양상은 순수함과 순결(純潔)함, 깨끗함(淸, 聖), 성스러움(聖) 등으로 표현되고 있다. 단어의 의미상으로는 약간의 차이가 있으나 작가가 의도하고자 하는 뜻은 거의 같은 것으로 이해할 수 있다.

작품 제 1막에서 제자 료칸(良寛)과 지엔(慈円)과 함께 하룻밤 묵을 것을 청한 신란은 사에몬(左衛門)으로부터 눈이 내리는 혹독한 추위 속으로 내쫓긴다. 내쫓기는 신란에게 부인 오카네(お兼)는 남편을 저주하지 말아달라고 부탁하자 신란은 「안심하세요, 나는 도리어 그분을 마음이 순수한 사람으로 생각하고 있습니다」[25]라는 말을 남긴다. 신란은 자신을 추위 속으로 몰아낸 몹쓸 사에몬을 저주하기에 앞서 순수함을 먼저 간파하고 마음이 순수한 사람이라고 하며 오히려 안심시킨다. 사에몬은 뒤늦게 저주받을 것이라는 불안으로 후회하며 부인인 오카네에게 눈물지으며 「제발 좀 불러다 주오. 사죄하지 않고는 견딜 수가 없어.」라고 하며 다시 모셔 와서 그 저주를 풀어야겠다고 말하면서 자신이 저지른 죄를 뉘우치며 눈물을 흘린다.

추운 문밖에서 웅크리고 있는 신란과 그 제자들을 집안으로 다시 불러와서 용서를 비는 사에몬은 눈 위에 무릎을 꿇고 또 울며 용서를

---

25) 전게서 p.190

구하고, 그 모습을 본 신란의 제자 지엔(慈圓)도 같이 눈물짓는다. 자신도 모르게 억누르지 못한 힘에 저항할 수 없어 몹쓸 짓을 하고 말았다는 사에몬에게 신란은 「그것을 업(業)의 소행이라는 것입니다. 인간이 죄를 범하는 것은 모두 그 힘에 강요당하는 것입니다. 누구도 저항할 수가 없습니다. (사이) 나는 당신을 비열한 사람이라고 생각하지 않습니다. 오히려 순수한 사람이라고 생각했습니다.」라고 다시 한 번 순수를 거론한다. 그리고 사에몬은 그날 밤 신란에게 선(善)과 악(惡)에 대해 「여러 가지 더럽혀진 마음 작용 중이라도 우리들은 사랑을 알고 있습니다. 그리고 용서합니다. 그 때의 감사와 눈물을 알고 있습니다.」라고 하는 설법을 듣고 모처럼 마음의 평화를 되찾고 다시 눈물짓는다. 그리고 감동을 받고 출가(出家)하겠다는 의사를 밝히는 사에몬에 대하여 신란은 「당신의 마음은 이해합니다. 나로서는 눈물겹습니다.」라고 눈물어린 대답을 한다. 사에몬의 출가(出家)는 받아들여지지 않지만 이러한 인연으로 그의 아들은 신란의 제자로서 출가하게 된다. 그가 유이엔이다.

　이처럼 작품 속에는 1막 시작부터 순수함과 함께 눈물에 충만해 있다. 이 희곡의 등장인물들은 눈물을 글썽이며 잘 운다. 그것은 등장인물들이 어떤 단원에 국한하여 눈물을 흘리는 것이 아니고, 제1막 제1장의 하룻밤 묵기를 청하는 신란 일행을 눈 속으로 내쫓는 장면에서 신란의 제자들과 오카네가 눈물 흘리고 나중에 사에몬이 제 2장에서 자신이 행한 행동을 후회하고 신란 일행을 맞아들이면서 또 운다. 이 작품에서 눈물 흘리는 장면은 계속되는데 제2막에서 유이엔, 제3막에서 젠란(善鸞), 제4막에서 가에데(がえで)와 아사카(淺香), 제5막에서는 승려들도 운다. 그리고 마지막 6막에서는 죽어가는 신란도 포

함하여 등장인물 전원이 눈물을 흘린다. 마음이 순수한 사람들이라서 눈물을 흘리는 것일까. 여기서 이 작품의 첫머리인 제 1막부터 제시하고 있는 '순수한' 마음과 '눈물'을 흘리는 등장인물의 설정에 주의하고자 한다.

이 작품의 눈물에 대하여 「이 희곡에 있어서 과도한 눈물에 전후(戰後)의 관객이 공감대 형성을 하지 못한 것은 해학적인 것이 원인이 아닐까. 언젠가는 반드시 죽는 인간의 슬픔을 표현한 이 희곡의 과도한 눈물에 사람들의 슬픔이 함께 하지 못하고 만 것」[26] 이라고 가도와키 켄(門脇建)은 지적하고 있다. 그러나 이 희곡이 발표된 다이쇼 초기의 일본사회에서 과도하다고도 생각할 수 있는 눈물은 인간의 슬픔을 해방시키는 새로운 표현 방법이었을 것이다. 누구 할 것 없이 공공적인 면전에서 울 수가 있다고 하는 것은 감정을 억누르고 표현하지 않는 것을 덕목으로 여기던 분위기에서부터 해방된 완전히 새로운 발상이었다고 생각된다. 다시 말해 신란이 말하고 있는 순수한 인간이기 때문에 신분을 떠나 내면에 충실하여 전통과 윤리라는 틀에서 벗어나 사람들 앞에서 자유롭게 울 수 있음을 표현한 것이라고 생각되어진다.

4. 응보(應報)와 사랑의 진의(眞意)

작품이 무대에 공연되고 작품에 나타나 있는 과도한 눈물에 전후

---

26) 門脇建(1995) 『倉田百三と龜井勝一郎』岩波書店 p.299

(戰後)의 관객이 공감대 형성을 하지 못한 것은 해학적인 것이 원인이라고 가도와키 켄이 말한 것에 대하여 『출가와 그 제자』의 작품 해설자의 입장에서 가메이 카쓰이치로(龜井勝一郎)는 다음과 같이 말한다.

> 나는 이 희곡의 상연을 보았지만, 무대 위에서는 반드시 성공하지 못한다. 풍속이나 습관상에서 웃음을 자아낼 수 있는 장면도 있다. 머리를 빡빡 깎은 승복 차림의 청년이, 신시대의 감각으로 연애를 이야기하는 장면 등이 해학적이다. 이것은 어디까지나 읽는 희곡이다. 구라타씨의 모순, 고민하는 마음의 대화로서 읽는 편이 좋다고 생각한다.[27]

그리고 가메이 카쓰이치로는 가마쿠라시대와 현대 감각의 차이가 이 비통한 희곡에 웃음을 초래해 버린다고 말한다. 그러나 그것은 이 희곡의 발표 당시부터 지적된 점이다. 게다가 처음 발표 당시는 극으로서 다소 부족함은 있었지만 일단은 성공한 셈이다. 또 이 희곡을 읽는 희곡이라고 단정해도 역시 사랑(愛)을 이야기하는 신란이나 유이엔이 승려라는 신분이기에 희곡을 읽고 극을 감상하는 대중들에게 위화감을 주지 않을 수 없는 당시의 시대적 분위기도 생각해야 할 것이다. 사랑에 대한 이야기는 제 2막에서 바로 전개된다. 유이엔은 신란에게 「사랑은 어떤 것입니까? 사랑은 죄의 일종입니까?」라고 사랑에 대해 질문한다. 이에 대해 신란은 다음과 같이 대답한다.

---

27) 『現代日本文學全集』(1956) 筑摩書房 p.407

사랑은 신심(信心)으로 들어가는 통로지. 인간의 순수한 한 가닥 염원으로 깊이 들어가면 모든 종교적 의식과 일치하게 된다네. 사랑을 할 때 인간의 마음은 이상하게도 순수해지는 걸세. 인생의 슬픔을 알게 되거든. 지상(地上)의 운명에 닿게 되는 거지. 신심은 그 가까이에 있어. (중략)

사랑을 하겠다면 해도 좋아. 다만 성실하게 올곧게 하게.[28]

신란은 사랑을 하면 마음이 순수해진다고 제자에게 말하고 신란 자신이 경험한 사랑을 이야기하면서 하나의 틀에 박혀 있는 산중(山中) 수행(修行)이라는 사실이 엄청난 위선임을 느끼고 산에서 내려와 거짓말을 하지 않고 살아갈 방법을 강구했다고 덧붙여 말한다.

그러나 신란 자신은 순수한 사랑이 부족한 탓인지 자신의 아들 젠란(善鸞)에 대한 고민을 풀지 못하고 있다. 제3막 2장에서 신란의 아들에 대해 유이엔이 용서하고 만나주기를 청하는 장면에서 신란은 아들이 행한 나쁜 행동은 응보(應報)를 받고 있는 것이라고 하고 이어서 다음과 같이 말한다.

사회도 그 응보(應報)를 받고 있는 게야. 세상의 부조화는 그처럼 인간이 피차에 상처를 입고 입히고 하여 응보를 받게 되는 데서 생겨나는 게야. 그런 것이 멀고 먼 옛날부터 '악업(惡業)'으로 뒤엉켜서 쌓여온 거지. 그 뒤엉킴 속에 어쩌다 하나의 생명을 얻게 된 게 우리들이니까, 부조화의 운명은 태어날 때부터 짊어지고 있는 셈이지. 나아가 우리들이 짓는 죄나 과실의 응보가 소멸되지 않고 자손으로까지 그대

28) 전게서 『出家とその弟子』 p.205

로 이어져 가는 게야.[29]

　아들과 아버지가 서로 만나고 싶어 하면서도 쉽사리 만나지 못하고 있는 것은 서로에 대한 응보일 것이다. 그러나 아버지인 신란은 「나는 그 아이의 순수한 성격을 인정하고 사랑하고 있다. 나는 그 아이를 한 시도 잊지 않고 있다」라고 하여 아들의 순수함을 잊지 않고 있지만 아들 젠란(善鸞)은 유이엔을 보고 순결한 사람이라고 말하면서 아버지 역시 순수하고 깨끗한 분이라서 죄 많은 몸으로 만나는 것은 깨끗한 아버지와 그 주위 사람들에게 누를 끼치는 일이 되므로 만날 수 없다고 표현되고 있다.

　이렇게 악업의 응보를 안고 살아가는 인간이라는 존재가 그 온갖 얽힌 업(業)을 풀 수 있는 것은 염불(念佛) 즉 나무아미타불이라고 설하고 사랑 역시 염불로 이어져야 하며 「염불만이 참사랑에 이르는 길」[30]이라고 신란은 말하고 있다.

　순수한 마음으로 승려 신분임에도 불구하고 기생과 사랑을 하는 유이엔은 사랑은 올곧게 해야 한다는 스승 신란의 가르침대로 4막 1장에서 유이엔은 어린 기생 가에데에게 사랑을 고백한다.

　　승려는 사랑을 해서는 안 된다고 하는 것은 진종(眞宗)의 신심(信心)은 아닙니다. 또 기생이니까 경멸(輕蔑)한다는 것은 스승님의 가르침이 아닙니다. 설령 기생이라도 순수한 사랑을 하면 그 사랑은 무구(無垢)하고 깨끗한 것입니다. 세상에는 천하고 불결한 사랑을 하는

---

29) 전게서 p.225
30) 전게서 p.229

여성이 얼마나 많은지 모릅니다. 나는 당신을 기생으로서 만나고 있지 않습니다. 당신도 나를 손님으로서 만나고 있는 것은 아니라고 조금 전에 말했습니다. 실제 당신은 순결한 마음을 가지고 있는 사람인걸요. 나는 당신을 사랑합니다.[31]

기생이지만 순결한 마음을 가지고 있는 가에데를 사랑하는 유이엔에 대하여 다른 승려들은 걱정과 빈정거림으로 기생과의 사랑을 천박하다고 비난하면서 연애를 당장 중단할 것을 요구한다. 그러나 다른 승려들의 비웃음에 대해 유이엔은 어떠한 사람인 줄도 모르면서 무조건 나쁘게 단정하는 건 잘못이라고 반박하면서 가에데의 순수함과 깨끗함을 주장한다. 5막 1장의 한 장면이다.

그 여자가 자신은 더럽혀져 있다고 눈물을 흘리며 손을 모아 나에게 미안하다고 말하면서 빌었을 때에는 깨끗한 느낌이 어리었습니다. 요즈음 그 여자는 참으로 신심(信心)이 깊어졌습니다. 저는 때때로 그 여자로부터 순수한 종교적인 섬광을 보곤 하여 고마움마저 느끼고 있습니다. (중략)

한 소녀의 마음을 너무 짓밟고 계십니다. 승려니까 훌륭하고 기생이라고 해서 천하다는 사고방식은 너무 관념적(觀念的)이지 않습니까. 승려의 마음에도 더러움은 있고 기생의 마음에도 깨끗함이 있습니다. 순수한 사랑을 할 수가 있는 겁니다.[32]

---

31) 전게서 p.230
32) 전게서 p.243

몸을 더럽힌 기생이기 때문에 마음마저 깨끗하지 못할 것이라는 관념적인 생각은 너무나 통속적임을 표현하고 있다. 「기생이지만 마음은 순결한 여자」라고 말하고는 결혼까지 하겠다는 뜻을 밝히며 비록 기생과의 사랑이지만 순수한 사랑이라고 거듭하여 유이엔은 다른 승려들에게 설득과 항변도 해보지만 결국 자신의 순수함이 받아들여지지 않자 견딜 수 없는 서글픔에 눈물짓고 만다.

이러한 유이엔의 모습을 보고 승려들은 유이엔과 기생 가에데의 연애에 대해 승려로서 부당하다고 하며 신란에게 유이엔을 처벌하라고 항의를 하지만 신란은 유이엔을 처벌하기에 앞서 승려들을 이해시키고 설득시킨다. 결국 승려들도 스승 신란의 설득에 따라 유이엔을 너그럽게 용서하게 된다. 「종교란 인간이 인간으로서 지녀도 좋은 소원(所願)을 어떠한 현실적 장애에 부딪치더라도 포기하지 않고 지니는, 그래서 그 소원을 무덤 저쪽 세상에서 완성시키려고 하는 마음을 말하는 것」[33]이라는 신란의 말대로 가에데와의 사랑이 이루어지기를 소원으로 하고 있는 유이엔은 「인간의 소원과 운명(運命)과는 서로 모르는 사람처럼 무관계한 것인가요? 폭군과 희생자의 사이처럼 잔혹한 관계인가요?」라고 신란에게 질문한다. 이에 대해 신란은 다음과 같이 답한다.

소원(所願)과 정해진 운명(運命)과를 내면적으로 잇게 하는 건 기도일세. 깨끗한 사랑이란 불자에게 허용된 사랑을 이름이지. 일체의 것에 저주를 보내지 않는 사랑, 부처님을 비롯해서 사랑하는 사람에게도,

---

33) 전게서 p.245

사랑하는 사람 이외의 사람에게도, 그리고 자기 자신에게도.(중략)

인내(忍耐)와 희생(犠牲)에 의해 자기들의 사랑이 보다 귀하게 된
다고 여기면서 사랑하는 사람을 위해 기도한다면 깨끗한 사랑이라고
할 수 있지. (중략) 자신을 존경하고 자신의 영혼의 품위를 지키지 않
고는 깨끗한 사랑을 할 수 없는 거라네.[34]

이와 같이 유이엔에게 영혼의 품위를 지키는 깨끗한 사랑에 대한
참뜻을 말하고, 또 신란은 죽이고 죽음을 강요하고 상대의 운명을 흥
미로 삼는 사랑과 연애는 결코 상대의 운명을 행복하게 할 수 없다는
것도 강조한다. 그리고 깨끗한 사랑을 이룰 수 있는 것은 오직 기도뿐
이라는 말도 덧붙인다.

작품의 마지막 장면에 스승 신란의 임종(臨終) 앞에 그 제자들이
모여서 나누는 마지막 대화에서 제자 센신(専信)은 편안히 왕생(往
生)하실 것을 말하고는「스승님의 은혜는 영원토록 잊지 못할 것입
니다. 사제(師弟)의 인연(因緣)만큼 깊고도 순수한 것은 없을 것입니
다.」라고 한다. 그리고 신란은 이에 대한 답으로「두 번 다시 헤어지
는 일이 없는 곳」에서 다시 만나자고 말한다. 제자들은 모두 스승의
곁으로 따라 가겠노라고 운다. 신란은 정토(淨土)에서 만날 것을 한
번 더 말하고 마지막으로 용서를 비는 아들 젠란(善鸞)을 맞아 부처
님의 모습을 하고 태어난 불자라고 부르며 조용히 평화롭게 아름다운
얼굴로 눈을 감는다.

이 작품의 마지막까지 관철하고 있는 순수함, 그것은 이 세상의 많

---

34) 전게서 p.250

은 인연 중에서 불교에 귀의한 스승과 그 스승에게 출가하여 가르침을 받은 제자들 간의 인연이 가장 깨끗하고 순수한 것임을 설하고 있으며 사제의 인연만큼 깊고도 순수한 것은 없을 것이라는 말과 함께 등장인물 전원 눈물을 흘리며 작품의 대단원을 내리고 있다.

즉 인간들이 자신의 참된 내면을 성찰할 수 있고 순수하고 깨끗한 마음을 가질 수 있다면 진정한 눈물을 아끼지 않을 것이며, 그러한 순수한 마음으로 연결되는 인연이야말로 참된 인연임을 강조하고 있는 것이다.

이와 같이 구라타 하쿠조는 등장인물을 통하여 이 희곡의 첫머리부터 순수함과 깨끗한 마음에 중점을 두고 그러한 마음으로 사람을 대하고 사랑을 할 것을 표현하고 있다. 사람이 처해진 외면적 상황이나 이해타산에 의한 고정관념적인 견해보다 인간 내면의 진심과 깨끗하고 순수함을 더 소중히 할 줄 아는 태도를 시사하고 있는 것이다.

5. 맺음말

『출가와 그 제자』는 구니에다 칸지(邦枝完二)[35]의 감독으로 무라타 미노루(村田實)[36] 등에 의해 유라쿠좌(有樂座)에서 상연된 것이 최초의 상연(上演)이었다. 그리고는 무라타 미노루 자신이 감독하고

---

35) 邦枝完二(1892~1956) 도쿄(東京) 출신. 일본의 소설가. 희곡작가.
36) 村田實(1894~1937) 大正, 昭和 초기의 영화감독, 각본가, 배우. 일본영화감독협회 초대이사장

아오야마 스기사쿠(青山杉作)[37]에게 연기하게 하여 교토(京都)에서 상연되었다. 당시의 회상에서 구라타 햐쿠조는 「관객은 초만원이었지만 연극 그 자체는 성공이라고 말할 수는 없었다. 그러나 무대협회의 모든 사람들은 인간으로서 순정적(純情的)인 사람들뿐이어서 나도 정신적인 교감을 느꼈다. 사람들이 읽고, 특히 젊은 사람들이 읽고 나서 항상 나쁜 일 없이, 꼭 그 마음을 순수(純粹)하게 하고 윤택하게 하고 당장이라도 그것을 추구하는 감정을 가지게 될 것이라고 나는 생각하고 있다.」라고 「『출가와 그 제자』의 추억」에서 말하고 있다. 여기서 밝히고 있는 바와 같이 작가 구라타 햐쿠조는 희곡 첫 부분인 1막에서부터 순수함을 제시하고 있다. 서곡에서 먼저 이 사바세계에 대한 집착과 애욕과 그에 대한 번민, 그리고 병든 육체의 시달림, 죽음에 대한 두려움 등을 제시하고 그리고 나서 사랑의 본의와 순수함을 마지막까지 강하지도 않게 약하지도 않게 강조하고 있다. 이것은 작가 자신의 삶을 그대로 반영한 것이 아닐까라고 생각된다. 일생동안 폐결핵으로 시작된 병마와 생사, 애욕과 번민에 괴로워하면서도 청년시대의 순수함을 잊지 않고 되새기며 그 소중함을 자신의 작품에 투영한 것이다.

그는 『출가와 그 제자』 발표 이후, 이와 같은 작품을 쓰는 것을 주문하는 것은 무리라고 말하고 있다. 그 이유로서 이후의 그의 생활은 세진(世塵)에 물들고 빈곤 속에 살면서 현실을 알게 되었기 때문이라고 한다. 그러나 「『출가와 그 제자』의 추억」에서 「일생동안 순정(純情)

---

37) 青山杉作(1889~1956) 일본의 배우, 연출가, 영화감독. 신극(新劇)의 극단 「답로사(踏路社)」를 결성,

과 이상주의(理想主義)를 잃고 싶지 않다」고 말하고 있듯이 그가 작품 속에서 추구하고, 작품을 읽는 독자들에게 마음을 순수하게 하고 순정적인 내용을 전하는 것을 이상으로 하고 있다. 순수한 청년시대를 경험하지 않으면 순수한 노년기를 보낼 수 없다는 것을 피력하고 있는 것이다. 즉 『출가와 그 제자』의 등장인물에게 깨끗하고 순수한 마음을 부여한 것은 이 작품을 읽는 모든 사람들에게 이 작품을 읽고 나서 꼭 그 마음을 순수하게 하고 윤택하게 하고 당장이라도 그것을 추구하는 감정을 가지게 하는데 작가의 의도가 있을 것이다.

작가는 이 작품이 깨끗하고 순수한 마음을 가지게 하는 역할을 할 수 있는 매개체로서 존재하길 기대하고 있다. 단지 그 마음이 성실하게, 올곧게 전 생명을 다하여 어떠한 꾸밈도 없이, 속임도 없이, 외견이 아닌 내면의 힘으로 참되게 인간의 내면을 응시하는 역할자로서 신란을 표현하고 있다.

즉 구라타 햐쿠조는 자신이 추구한 순수한 마음으로 이 작품에서 일본의 전통과 함께 고전 속에 있는 인물이기에 앞서 그 틀을 벗어나서 근대라는 시대에 부응시켜 근대의 한 일원으로서 외면보다 인간 내면을 지향하는 신란을 설정하고 있다. 그리고 복잡한 현실에서 번민하며 살아가는 사람들에게 그러한 가르침을 설하는 근대적이고 새로운 신란상을 내세우고 있음에 주목된다.

제4장

다카하타 이사오(高畑勳)의
『반딧불의 묘(火垂るの墓)』

1. 들어가기

『반딧불의 묘(火垂るの墓)』[1]는 1988년 일본 스튜디오 지브리의 극장용 장편 애니메이션으로 감독 다카하타 이사오(高畑勳)에 의해 제작되었다. 다카하타 이사오 감독은 애니메이션 명작동화 시리즈『빨간머리 앤(赤毛のアン)』(1979년),『추억은 방울방울(おもいでぽろぽろ)』(1991년) 등으로 이름이 알려진 유명한 감독으로 제작사 지브리스튜디오의 수많은 작품에 참여했으며 이 작품은 스튜디오 지브리의 세번째 작품이다. 상영시간은 1시간 30분 정도의 분량으로 되어 있고 이 영화의 원작도 같은 제목인『반딧불의 묘』로 작가 노사카 아키유키(野坂照如)[2]의 단편소설이다. 책은 1967년에 출간되고 그 이듬해

---

1) 1967년 연합군 점령에서 비롯된 세태를 다룬『아메리카 녹미채』와 전쟁과 공습, 폐허의 체험을 소설화하여 발표한 작품. 다음 해인 1968년 나오키 문학상 수상작.
2) 野坂照如 1930년 10월 10일 가나가와현(神奈川縣) 가마쿠라(鎌倉)에서 태어남. 와세다대학(早稻田大學)에서 수학. 1963년 처녀작『에로사 스승들』을 발표하며 등단. 1967년, 연합군 점령에서 비롯된 세태를 다룬『아메리카 녹미채』와 전쟁과

1968년 제58회 일본의 유명한 문학상인 나오키(直木)상을 수상한다. 이 후 2008년 4월에는 실사(實寫) 드라마로도 만들어진 작품이기도 하다.

『반딧불의 묘』는 노사카 아키유키 자신의 실제 경험을 소설화한 것으로 그 경험은 전쟁을 겪으면서 1년 4개월 동안 돌보고 지키던 그의 여동생이 영양실조로 불쌍하게 먼저 세상을 떠나는 가슴 아픈 일을 그린 내용이다. 이러한 뼈저린 체험을 바탕으로 작가가 그려낸 전쟁과 그에 따른 아픔을 다카하타 이사오 감독은 애니메이션으로 연출하여 자신만의 표현으로 또 하나의 세계를 구축하고 있는 것이다. 따라서 이 작품에 대한 선행 연구의 다수가 전쟁을 논점의 주제로 하여 고찰하고 있다. 그러나 본 연구에서는 전쟁이라는 배경에서 자신들의 삶의 무게를 짊어지게 된 주인공인 두 아이에게 중점을 두고 영화를 중심으로 논하고자 한다.

다카하타 이사오 감독이 표현하고 있는 전쟁이라는 환경 속에서 14살 오빠 세이타(淸太)와 4살의 어린 여동생 세쓰코(節子)의 남매의 사랑, 전쟁이라는 비참한 현실 속에서도 두 어린 인물들이 엮어나가는 천진난만한 동심(童心)과 그들의 삶에 대한 양상에 초점을 맞추어 검토하고 고찰하고자 한다. 또한 본문은 영화의 스토리 전개를 중심으로 연구한 것이며 아울러 본문에 인용한 참고문헌의 일본 원서 번역은 필자의 번역임을 밝혀둔다.

공습, 폐허의 체험을 소설화한 『반딧불의 묘』을 발표. 다음 해, 이 두 작품으로 나오키 문학상 수상. 이 외에 가수, 방송작가 등 다양한 직업을 거쳐 소설가이자 칼럼니스트로 활동. 이후 고단샤(講談社)에세이상(1984), 요시카와 에이지 문학상(1997), 이즈미 쿄카 문학상(2002)을 수상.

2. 남매의 사랑

패전(敗戰)의 절망과 종전(終戰)의 활기가 혼재되어 있는 전후(戰後), 주인공인 14세 소년 세이타는 고베(神戶) 시의 한 역(驛)의 기둥에 힘없이 몸을 의지한 채 죽어간다. 그리고 「쇼와(昭和) 20년 9월 21일 밤에 나는 죽었다.」라는 세이타의 내레이션으로 영화의 이야기는 시작된다. 이미 죽은 혼령의 존재로서 한 내레이션이다. 이렇게 남매가 혼령으로 비춰지고 있는 영상에 관해서 단노 미쓰하루(團野光晴)는 「다카하타 이사오의 인터뷰(高畑勳のインタビュ-)」에서 「이사오 감독은 세이타와 세쓰코의 혼령이 '이 체험을 반복할 수밖에 없는 것입니다' 라고 하여, 영화 본편이 두 아이의 혼령의 회상으로 존재하고 있는 것을 시사하는 발언을 하고 있다」[3]라고 말하고 있는 바와 같이 회상의 형식으로 시작된다.

세이타가 죽기 3개월 전, 같은 해 6월 5일, 세이타와 여동생 세쓰코, 어머니가 살던 고베는 미국 폭격기 B29의 대공습을 당하면서 집들과 거리는 불바다가 된다. 세이타는 집이 불타 버릴 때를 대비해서 마당에 계란이랑 매실장아찌 등의 식량을 묻고 서둘러 집을 다 정리한 후에 심장이 약한 어머니와 세쓰코를 데리고 밖으로 나오면서 어머니와 다시 만날 것을 약속하고 세이타는 빗발치듯 쏟아지는 폭격을 피해 피신하면서 전쟁 피난민이 된다.

피난생활이 시작된 날 부터 두 어린 생명의 필사적인 생존의 사투가 시작된다. 그러나 14세라는 어린 나이임에도 불구하고 또 한 생명

---

3) 米村みゆき編(2003)『ジブリの森へ』団野光晴「高畑勳のインタビュ」森話社 p.159

인 어린 여동생을 책임지고 살아가는 세이타는 굶주림과 하루하루 삶의 고통을 참아가며 동생 세쓰코에 대한 사랑으로 희망과 웃음을 주려고 애를 쓴다. 전쟁이라는 고통 속에서도 동생 세쓰코의 동심은 나타나고 그 어린 동심을 소중이 여기는 오빠의 마음도 잘 투영되고 있다.

　공습을 피하기 위해 급하게 세쓰코를 등에 업고 집을 뛰어 나오는 장면에서, 「앙! 인형!」 이라고 하는 세쓰코의 목소리에 목숨이 걸린 갈림길임에도 불구하고 세이타는 뒤돌아 뛰어가서 땅에 떨어진 인형을 주워주고 연합함대의 함장으로 가 있는 아버지 사진도 서둘러 주머니에 넣고 문 밖으로 뛰어 나온다.

　세이타가 어머니가 계신 방공호까지 갈 수가 없어 불길에 쫓기듯이 달려 해안 쪽 돌담에 들어가 세쓰코를 내려놓는다. 오빠에게 꼭 매달린 채 부들부들 떨고 있는 세쓰코를 안심시키는 장면에서 세쓰코는 오빠가 나막신 한 짝을 잃어버린 걸 보고 안쓰럽다는 표정을 짓는다.

　　　세이타 : 몸 아무데도 다치지 않았니? 세쓰코.
　　　세쓰코 : 나막신 한 짝 없어졌어.'
　　　세이타 : 아... 오빠 괜찮아.
　　　세쓰코 : 나도 돈 가지고 있어. 이것 열어 줘
　　　세이타 : 세쓰코는 부자네 .
　　　세쓰코 : 우 히히.[4]

---

4) 清太 : 體なんともないか、節子?
　　節子 : げた一つあらんようになった。
　　清太 : へえ、兄ちゃんこおったるよ、もっとええの。
　　節子 : うちも金持ってるねん。これ開けて。

가슴팍 안에 간직하고 있던 지갑을 꺼내어 거꾸로 흔들어 돈을 내보여 주는 세쓰코. 지갑 속에는 동전 두세 개뿐이고 작은 공기와 여러 색깔의 유리구슬 등이 들어 있다. 그러나 세쓰코는 "부자네"라고 응해주는 자상한 오빠의 말에 기분 좋은 듯 웃는다. 세쓰코는 자신이 가지고 있는 돈으로 오빠의 나막신을 살 수 있다는 마음을 표현하고 있고 비록 그 돈으로 살 수 없는 나막신이지만 오빠는 그 마음의 고마움을 듬뿍 느끼고 세쓰코의 마음을 헤아려 준다. 이처럼 두 어린 남매는 참혹한 현실 앞이지만 감출 수 없는 동심의 세계에서 서로를 사랑하고 의지하며 잠시나마 웃고 행복해한다. 하지만 이 영상을 보는 관객에게는 마음이 아파오는 애잔한 장면으로 새겨진다.

단노 미쓰하루는 원작에서 볼 수 없는 이러한 사랑을 안은 채 죽어간 남매의 혼령에 대하여「영화의 휴머니즘(映畵のヒュ-マニズム)」에서 다음과 같이 적고 있다.

　　원작에서는 볼 수 없는 그들 혼령은, 그들을 잇는 남매의 사랑의 영원성을 증명하는 것이라고 말할 수 있다. 그 아름다움은 피어오르는 반딧불의 빛과 함께 출현한 세쓰코의 혼령이, 세이타의 혼령과 재회(再會)하며 만면에 미소를 띠우는 환상적인 장면에 잘 표현되어 있다. [5]

영화에서 남매의 혼령은 사랑의 영원성을 증명하는 것이라고 말하고 있는 것처럼 남매는 혼령이 되어서도 서로를 향한 사랑의 끈으로

淸太 : 節子は金持ちやな。

節子 : ウヒヒ

5) 団野光晴(2003)「国民的映画の成立」-「映画のヒュ-マニズム」森話社 p.162

바라보고 있다.

　이러한 상냥하고 따뜻한 오빠의 모습을 그린 원작가인 노사카 아키유키는 막상 자신은 동생을 지켜주지 못했음을 회고하며 작품에 대한 인터뷰에서 「나는 적어도 소설에 나오는 오빠만큼 동생을 예뻐해 주었어야 했다. 지금에서야 무참히 뼈와 가죽만 남아 죽어갔던 동생을 통탄하는 마음 가득하여, 소설 속의 세이타에게 그 마음을 담았다. 나는 그렇게 상냥하지 못했다.」[6]라고 회고하고 있다. 이와 같이 노사카 아키유키는 자신이 잘 돌보지 못해 아사한 여동생에 대한 죄책감에서 쓴 글임을 토로하고 있다고 생각한다. 이러한 아픔으로 맺혀 있는 요소를 다카하타 이사오 감독은 세이타에게 희생과 사랑으로 동생을 보살피는 역할을 부여하여 보상하고 있는 것은 아닐까. 자책하고 있는 원작가의 마음을 충분히 헤아려서 표현하고 있다고 생각한다.

　친척집을 나와 방공호 생활을 하는 장면에서 둘의 생활은 날이 갈수록 곤궁에 빠지고 먹을 것이 없어 심한 영양 부족 상태가 된다. 어느 날 저녁 해질 무렵에 「"오빠" "나, 나 말이야, 배가 이상해."」[7]라고 중얼거리듯 세쓰코가 말한다. 오빠에게 걱정 끼치지 않으려고 참다가 말한 것이다. 세이타는 그제서야 세쓰코가 병들어 있다는 것을 알게 되고 병든 세쓰코에게 무엇이든 먹여야겠다는 다급함으로 남의 밭에서 야채를 훔치다가 주인에게 잡힌다. 오빠를 부르며 따라오는 세쓰코를 뒤로 한 채, 밭 주인에게 심하게 매를 맞고 도둑이라는 죄목으로 잡혀서 파출소까지 넘겨지게 된다.

---

6) http/: windshoses. new21.org/fireflies02htm.2004.2.23
7) 節子 : 兄ちゃん. 節子 : うち,うちな,お腹おかしいねん

세이타 : 죄송합니다. 용서해 주세요. 이제 하지 않겠습니다.

주　인 : 죄송합니다로 끝난다면, 경찰은 왜 필요하나.

　　　　야, 빨리 걷지 못해?

세쓰코 : 오빠!

세이타 : 여동생이 정말로 아픕니다. 제가 없으면 아무것도 할 수 없
　　　　어요.

세쓰코 : 오빠! 오빠!...[8]

　파출소에 끌려 가면서도 세이타는 자신이 호되게 맞은 아픔도 뒤로
하고 어린 동생 생각으로 걱정이 앞선다. 오빠가 없으면 아무 것도 할
수 없는 병든 여동생, 밭주인에게 사정을 하고 빌어도 받아들여지지
않지만 오히려 파출소의 순경은 밭주인을 나무라며 불쌍한 세이타 편
을 들어준다. 남의 물건을 훔친 죄로 끌려온 세이타를 풀어 주는 순경
의 배려, 이 장면에서도 남매의 비참함과 절박함에 초점을 둔 연출자
의 의도가 보인다.

　그리고 세이타가 풀려나서 파출소를 힘없이 걸어 나올 때의 장면
에서, 어두운 밤 길 한 모퉁이에서 오빠가 나올 때까지 혼자 떨며 기
다리고 있는 세쓰코의 설정은 관객들의 눈물을 자아낼 수밖에 없을
것이다. 파출소에서 나오는 오빠를 보고 걱정과 안도의 마음으로 "오

---

8) 清太 : すんません。堪忍してください。もうしませんよってに。

　主人 : すんませんで済むのやったら、警察は 要らんわい。

　　　　えっ、さっさと歩かんかい？

　節子 : 兄ちゃん！

　清太 : 妹 ほんまに病気なんです。僕が おらんどうにもなりません。

　節子 : 兄ちゃん！ 兄ちゃん！...

빠!"라고 부르며 세이타에게 매달려 울기 시작하고 세이타도 세쓰코를 끌어안은 채 한없이 흐느껴 우는 모습은 너무나 감당하기 어려운 무거운 삶에 대한 통탄으로 표출된다.

이 장면에서 남매에 대한 관객의 마음은 울지 않을 수 없을 만큼 통절하다. 요네무라 미유키 편(米村みゆき 編)의 『지브리의 숲으로(ジブリの森へ)』에서 단노 미쓰하루는 다카하타 이사오 감독이 보고한 내용을 다음과 같이 들고 있다.

실제 이 영화가 많은 사람들의 눈물을 자아낸 것은, 다카하타 이사오 감독인 자신이, 「맨 앞줄에서 보고 있던 중학생인 남자아이들이 소리를 내어 울고 있었다. 보고 온 아이가 아버지에게 비디오를 빌려 함께 보면서 해설을 했지만 도중에서 눈물을 머금고 말을 못하고 말았다. 등, 어른도 아이도 울었던 사람이 상당히 많다.」[9]

다카하타 이사오 감독이 본 관객의 울음은 주인공 세이타와 같은 또래의 중학교 남학생의 울음이었고 어른과 아이의 울음이었다.

다시 화면을 보면 세쓰코는 울면서도 너무 맞아서 상처가 심한 오빠의 얼굴을 보고 의사 선생님에게 주사를 맞으라고 어린아이답지 않게 걱정을 표한다. 그리고는 또 한참을 울다가 세쓰코는 그제서야 「오빠, 변소 가고 싶어.」라고 말을 꺼내고 오빠는 「저 곳까지 참을 수 있겠니? 업자.」라고 말하고 얼른 업고 간다. 세쓰코는 변소에 가고 싶었지만 오빠가 나오길 기다리느라고 꾹 참고 견디고 있었던 것이다. 그

---

9) 米村みゆき編(2003)『ジブリの森へ』団野光晴「国民的映画の成立 -영화『반딧불의 묘』와 전쟁의 "기억"-』森話社 p.153

런 동생이 너무 가엽고 미안한 마음 때문에 울음을 그치지를 못하는 세이타는 더 더욱 괴로워한다. 아무 것도 먹지도 못하고 병들고 뼈만 남은 4세의 여자아이와 오빠로서 그 병든 동생을 잘 보살펴주지 못해 울부짖는 14세 소년의 울음은 화면 전체를 안타까움과 슬픔으로 가득 메우게 한다.

　이러한 남매의 관계를 감독은 영화의 마지막 부분까지 나타내고 있다. 세이타가 병든 세쓰코에게 먹이려고 저금을 찾아 계란이랑 수박 등 여러 가지 맛있는 음식들을 사와서 먹이는 장면이다. 「세쓰코, 늦어서 미안. 지금 흰 죽 끓일 테니까.」[10] 라고 세쓰코에게 말하고 다급하게 준비하여 권해보지만 먹을 것을 보고도 예전처럼 좋다고 일어나서 뛰어다니지도 못하고 크게 기뻐하지도 못하고 힘없이 자신을 겨우 지탱하고 있을 뿐인 세쓰코. 병든 동생에게 조금이라도 먹이겠다는 절박한 심정은 관객과 공감대를 형성하고 세쓰코의 미세한 움직임에도 집중하게 된다.

　세이타는 누운 채 일어나지도 못하는 세쓰코가 입안에 오물거리며 먹고 있는 것을 발견하고 이상하게 생각해서 무얼 먹고 있느냐고 물어 본다.

　　　세이타 : 응? 세쓰코! 뭘 빨아먹고 있니!
　　　　　　　이거 유리구슬이잖아. 드롭사탕이 아니야.
　　　　　　　오늘은 오빠가 훨씬 맛있는 거 가져왔어.
　　　　　　　세쓰코가 엄청 좋아하는 걸로.

---

10) 節子, 遅うなってごめん. 今白いおかゆさん炊いたるさかいな.

세쓰코 : 오빠, 먹어 봐.

세이타 : 뭐니, 세쓰코.

세쓰코 : 밥이야. 어서, 먹어. 안 먹어? [11]

세이타가 세쓰코의 입에서 유리구슬을 꺼내자 세쓰코는 세이타의 말이 귀에 들어오지 않는지 작은 돌을 내밀며 오빠에게 먹기를 권한다. 흙으로 만든 밥이다. 세쓰코는 자신의 몸과 정신이 희미해져 사라지고 있으면서도 흙으로 만든 밥이라도 오빠에게 주고 싶었던 것이다. 그동안 자기에게 정성을 쏟아 보살펴 준 따뜻한 오빠에 대한 사랑에 조금이라도 보답하고자 마지막으로 베푼 세쓰코의 정성어린 선물이었다. 세쓰코가 이미 힘을 잃어가고 있음을 알고 오빠는 먼저 무언가라도 먹여서 살려야 하겠다는 급한 마음으로, 그리고 세쓰코에게 먹일 수 있다는 기쁜 얼굴로 수박을 다급하게 꺼내 조금 잘라서 힘없이 누워있는 세쓰코의 입에 한 조각 넣어 주는 장면은 이미 회생(回生)할 수 없는 삶의 끝을 감지하게 한다.

세이타 : 세쓰코-! 자 수박이야. 대단하지? 훔친 것 아냐. 자, 수박이야.

세쓰코 : 맛있다....

세이타 : 기다리고 있어. 금방 계란 넣은 죽 끓여 줄테니까.

---

11) 清太 : うん?節子!なになめとるんや!
　　　これおはじきやろう。ドロップちゃうやんか。
　　　今日は兄ちゃんもっとええもんもろてきたんや。
　　　節子の大好きなもんやで。
　　節子 : 兄ちゃん、どうぞ。
　　清太 : なんや、節子。
　　節子 : ご飯や。どうぞ、おあがり。食べへんの?

　　수박 여기에 둘게, 알겠지.
　세쓰코 : 오빠, 고마워. [12]

　세쓰코는 힘들게 자신을 먹이기 위해 사온 오빠의 마음에 감사하며 겨우 수박 한 조각의 끝부분을 조금 받아먹는다. 그리고는 세쓰코는 힘이 없어 움직이기조차 힘든 상태인데도 최선을 다해 오빠를 향해 아주 조그만 미소를 지어 보인다. 세이타 역시 애달픈 마음 가눌 길 없지만 내색하지 않고 한숨을 삼키며 상냥한 얼굴로 누워 있는 세쓰코를 바라본다. 세쓰코는「오빠 고마워」라는 말을 마지막으로 남긴 채 조용히 소리 없이 눈을 감는다. 그리고는 더 이상 눈을 뜨지 않았다. 이 참혹한 현실로부터 떠나가고 만 것이다.

　다카하타 이사오 감독은 이렇게 이야기의 시작에서부터 끝까지 언제 죽을지도 모르는 위기 속에서도 세심하게 한 장면 한 순간을 놓치지 않고 순수한 동심과 천진성을 지닌 4세 여자아이와 14세 소년 세이타를 통해 나타내고 있다. 세이타의 자상함과 친절함, 그러한 오빠의 마음을 충분히 알고 배려하는 어린 여동생, 이 남매가 서로를 바라보며 사랑하고 행복해하는 순간들이 그려내고 있는 것이다. 절박한 상황 속에서도 애써 감추는 희생과 사랑으로 가득한 이러한 오빠의 마음과 함께 오빠를 믿고 따르는 세쓰코의 사랑에 초점을 맞추고 있

---

12) 清太 : 節子ー! ほら、すいかや。すごいやろう?盗んだんやないで。ほら、すいかや。
　　節子 : おいしい。
　　清太 : 待っててや。すぐたまご入りのおかゆさんつくるさかい。
　　　　すいかここへ置いとくさかいな、なー
　　節子 : 兄ちゃん、おおきに。

는 감독의 연출이 표출되어 있다.

3. 동심(童心)에 비친 미래의 부재(不在)와 현실

폭격 속에서 심한 화상을 입은 어머니가 숨을 거두게 되고 집은 이미 불타 버려서 오갈 데 없게 된 세이타는 어머니의 죽음을 세쓰코에게는 비밀로 한 채 화장한 어머니의 유골을 챙겨 친척집으로 가게 된다. 친척 아주머니는 처음에는 이들을 반기지만, 이들이 가져온 물건이 떨어지면서 시간이 갈수록 구박하기 시작한다. 결국 둘은 배급받은 쌀로 연명하며 배고픔을 참게되고 그럴 때마다 세쓰코는 드롭을 달라고 조르고 세이타는 타이르다가 드롭깡통을 열어 달그락 소리를 내며 사탕을 꺼내준다. 세 개 남은 사탕도 다 없어지자 사탕을 먹고 싶어 하는 세쓰코에게 빈 사탕깡통에 물을 넣고 흔들어 밥공기에 부어 주는 장면에서도 슬픈 현실을 자각하고 의연히 그리고 행복하게 대처하는 모습에서 남매의 동심이 그려지고 있다.

> 세이타 : 다니?
> 세쓰코 : 응, 여러 가지 맛이 나.
> 세이타 : 포도, 딸기, 메론, 박하 전부 들어 있지. 세쓰코, 다 마셔도
>   좋아~.
> 세쓰코 : 후우- 다 마셔버렸다![13]

---

13) 清太 : 甘いか?
　　節子 : はあ、味がいっぱいする。

아무 맛도 없는 맹물에 여러 가지 맛을 상상하게 하면서 동생을 달래고, 그에 맞장구치며 웃음을 보이는 동생. 그러나 밤만 되는 「엄마, 엄마」 부르며 엄마를 찾는 세쓰코를 보며 마음 아파하는 세이타. 시끄러워서 잠잘 수가 없다며 도쿄에 있는 친척에게 연락하고 나가라고 냉정하게 말하는 친척아주머니. 이러한 아주머니의 구박을 견디다 못해 세이타는 이 집을 나갈 것을 결심하고 세쓰코와 짐을 챙겨 무작정 집을 나오게 되지만 오히려 남매는 서로 웃으면서 리어카를 끌고 밀며 둘만의 자유로운 보금자리를 찾아 나온다.

세쓰코와 함께 인적이 없는 산 속의 연못가에 있는 방공호로 거처를 정한 세이타는 어머니가 남겨준 적은 돈으로 가난한 생활을 시작한다. 두 남매는 산 속 방공호에서 반딧불을 잡아 불을 밝히고, 물고기와 개구리를 잡아먹으며 겨우겨우 삶을 이어나간다. 이러한 힘들고 어려운 환경에서도 오빠 세이타는 세쓰코를 지키기 위해 있는 힘을 다해 견디어 나가고. 어린 세쓰코는 친척아주머니의 구박을 받지 않아도 된다는 해방감과 오빠와 단둘이서 재밌게 지낼 수 있다고 생각해서인지 아무것도 없는 텅 빈 방공호 안을 신나게 돌아다니며 집 구조를 정한다.

세쓰코 : 여기가 부엌, 이쪽이 현관, 변소는 어디에 할 거야?
세이타 : 어디든 좋아. 오빠는 곁에 있어 줄 테니까. [14]

淸太：ぶどう、いちご、メロン、はっか、全部入ってるもんな。
　　　節子、みんな飲んでええわ。
節子：ふう− 飲んでしもうた。
14) 節子：ここが台所、こっちが玄関、はばかりはどこにすんの?
　　　淸太：ええやんか、どこでも。兄ちゃんついてたるさかい。

　세쓰코가 뛰어다니는 동안 세쓰코에게 들키지 않으려고 몰래 어머니 유골함을 보이지 않는 곳에 넣어두는 세이타의 모습은 세쓰코에게 어머니를 잃은 슬픔을 주지 않기 위한 설정이겠지만 한편으로는 어머니와 함께 있다는 세이타의 마음을 나타내는 장면이라고도 해석된다.

　이렇게 소꿉장난 같은 둘만의 참혹한 생활의 시작이지만 전기도 없는 깜깜한 밤에 방공호 밖에 수없이 날고 있는 반딧불을 잡아 모기장 안에 넣기도 하고, 세쓰코의 머리에 얹어 주기도 하고, 얼굴에 비추어 보기도 하는 놀이들로 세쓰코를 즐겁게 해주는 장면은 관객들로 하여금 묘하게 안심감을 주기도 한다. 친척 아주머니의 구박이 없기 때문이다.

　다음날 아침 세쓰코는 지난 밤 오빠와 재미있게 같이 놀았던 반딧불이 모두 죽어있는 것을 발견하고 죽은 반딧불을 모아 땅에 묻으며 다음과 같이 말한다.

　　세쓰코 : 마음 아파, 오빠.
　　세이타 : 뭐하고 있는 거니?
　　세쓰코 : 묘지를 만들고 있어. 엄마도 묘지에 들어갔지?
　　나, 아주머니에게 들었어, 엄마도 죽어서, 묘지 안에 들어가 있다고.
　　세이타 : 언젠가 묘지에 가겠지?
　　세쓰코 : 어째서 반딧불은 빨리 죽어버리는 거야?[15]

---

15) 節子 : 苦しいんや、兄ちゃん。
　　清太 : なにしとんねん?
　　節子 : お墓作ってんねん。お母ちゃんも墓に入ってんねんやろ?
　　　　うち、おばちゃんに聞いて、お母ちゃんも死にはって、お墓の中にいってるねんて。

세이타는 세쓰코에게 비밀로 하고 있었던 엄마의 죽음을 세쓰코가 이미 알고 있다는 사실에 깜짝 놀라 바라보면서 지금까지 참고 있었던 슬픔에 북받쳐 눈물을 흘린다. 이 장면은『반딧불의 묘』라는 작품의 제목이 그대로 반영된 장면으로 매우 주요한 포인트로 주지하고자 한다.

엄마도 반딧불도 왜 빨리 죽을까? 죽음이 무엇인지도 모를 4세의 어린아이가 반딧불의 죽음을 통해 엄마의 죽음과 동일시한다.

이미 엄마가 죽었다는 사실을 알면서도 함부로 말하지 못하고 오빠의 마음을 헤아리고 있었던 어린 세쓰코, 그러한 동생이 더 가여워서 슬픔을 감추지 못하는 오빠, 이 두 아이의 서로에 대한 배려로 참고 견디고 있는 모습들은 안타까움과 슬픔을 고조시킨다. 즉, 이 두 아이의 미래에 대한 희망은 없어지고 잔혹한 현실만이 존재한다는 것을 부각시키는 부분이다.

미야자키 하야오(宮崎駿)[16]는 이 어린아이 두 명이 꾸려나가는 방공호 생활에 대해서 다음과 같이 언급하고 있다.

둘이 이주한 방공호는, 사막의 소굴이 그런 것처럼 둘은 살아 있는 채 선택한 묘지인 것이다. 오빠의 보람 없음을 지적하는 자도 있지만,

---

淸太 : いつかお墓行こうな?
節子 : なんで蛍すぐ死んでしまう?
16) 宮崎駿 1941년 1월 5일 동경에서 태어남. 일본의 대표적인 애니메이션 감독. 學習院大學에서 경제학 전공. 대학 재학 중에 청소년 신문에 만화를 기고하였으며, 1963년 졸업 후 도에이 애니메이션(東映動画)에 입사.『미래소년 코난』(1978년)부터 『벼랑 위의 포뇨』(2008년)까지 수많은 명작을 제작했음.1984년에 다카하타 이사오와 함께 스튜디오 지브리(Studio Ghibli)를 창단함.

그의 의지는 강고(強固)하다. 그 의지는 생명을 지키기 위해서가 아니라, 여동생의 순진무구함을 지키기 위해서 활동한 것이다. [17]

여기서 미야자키 하야오는 방공호를 묘지라고 지적하면서 오빠 세이타가 동생을 지키는 것은 생명이 아니라 여동생의 순진무구함이라고 말하고 있다. 먹을 것을 먹지 못해 배가 고파도, 친구 한 명 없이 혼자서 외롭게 있어도, 병들고 힘없어 뛰어 놀지도 못해도 세쓰코는 오빠만 바라보며 의지하고 있기 때문이다.

세상이 무엇인지 왜 전쟁이 일어난 건지 아무것도 모르는 두 아이는 그냥 미래의 부재와 동시에 놓여진 자신들의 현실에서 삶의 무게에 짓눌려 고통스러워하고 있을 뿐이다. 이러한 불쌍하고 비참한 현실에 던져진 두 어린 생명의 삶은 관객들의 아들딸로 전이되고 관객 개개인의 가상현실(假想現實)로 이입되면서 관객 자신의 삶과 죽음으로 연결되어 자신들의 가족과 자신들이 처해진 현 위치를 한 번 더 자성(自省)하게 되고 울음을 자아내게 된다.

어느 날 세이타가 먹을 것을 구하러 나갔다 들어왔을 때 수풀 속에 쓰러져 있는 세쓰코를 발견하고 병원에 데려가서 의사에게 보이는 장면에서 영양실조라는 참담한 현실이 제시된다.

> 의　사 : 영양실조로부터 오는 쇠약(衰弱)이구나. 설사도 그 때문이야. 예 다음 사람.
> 세이타 : 뭔가 약이나 주사라도.

---

17) 宮崎駿(2001)『出發點1979~1996』德間書店 p.270

세쓰코 : 주사 싫어.

세이타 : 어쨌든 뭐든지 치료해주세요. 부탁드립니다.

의 사 : 약도 이미... 그냥, 영양섭취를 하도록 해주는 일이야. 그것
밖에 없어.[18]

며칠 계속 설사를 하고 극도로 쇠약해진 것만 알았는데, 이 순간 세이타는 세쓰코의 몸 전체에 붉은 발진이 나 있는 것을 보고 매우 놀란다. 세쓰코가 계속 긁고 있었지만 몸 전체를 살펴보지 못한 자신의 잘못을 자책하는 표정이다. 너무나 어린 아이가 오빠에게 부담과 걱정을 끼치지 않으려고 혼자서 자신의 아픔과 고통을 참고 있었던 것이다.

의사의 영양실조라는 진단에 세이타는 절박한 마음으로 약이라도 좀 달라는 부탁을 해보지만 이미 모든 의약품이 떨어져 병원에서도 어쩔 수가 없는 현실이다. 영양섭취밖에 별 도리가 없음을 처방받지만 세이타는 비참한 현실에 놓여진 자체에 울분을 삼킨 채 가벼워진 세쓰코를 안고, 힘없는 발걸음을 옮기며 세쓰코에게 무언가라도 먹일 생각을 한다. 세쓰코에게 먹고 싶은 것을 물어 보자 튀김, 아이스크림 등을 말하고는 드롭사탕도 먹고 싶다고 말한다. 이 드롭사탕은 세쓰코가 가장 좋아하는 것으로 작품에서 세쓰코를 상징하는 것이기도 하다.

세이타 : 드롭이니? 좋아 저금 전부 찾아올게.

뭔가 맛있는 것 사올게.

---

18) 医師 : 栄養失調からくる衰弱ですな。下痢もそのせいだ。はい、次の人。
   清太 : なにか薬とか注射とか。
   節子 : 注射いやや。
   清太 : とにかくなにか手当てしてください。お願いします。
   医師 : 薬ももう。ま、滋養をつけることですな。それしかない。

세쓰코 : 나, 아무 것도 필요 없어. 내 옆에 있어, 오빠.

가지마. 가지마, 가지마!

세이타 : 걱정하지 않아도 돼. 세쓰코, 이번에 저금 찾아서 쌀이랑
영양이 많은 거 사오면, 더 이상 어디에도 안가. 앞으로 계
속 오빠 세쓰코 옆에 있을게. 약속해.[19]

극도로 쇠약해진 세쓰코는 자신의 죽음을 예견한 듯이 불안하게 세
이타에게 아무데도 가지 말라고 하며 완강하게 매달리면서 붙잡는다.
세이타는 겨우 달래고 저금한 돈을 찾으러 간 곳에서 일본이 패전하
고 전쟁이 끝난 것을 알게 된다. 그리고 아버지가 타고 있는 연합함대
의 전멸도, 아버지의 죽음도 확인하게 된다. 오직 아버지가 돌아오는
것을 마지막 희망으로 하고 있던 세이타는 절망에 빠진다.

이 장면들은 이 작품에서 세이타의 최대 위기를 알리는 것으로 세
쓰코의 위독함과 전쟁의 패배, 그리고 아버지의 사망 등 여러 가지 상
황이 겹쳐져 있다. 더 이상 견딜 수 없는 세이타의 한계를 제시하고
세상과의 결별을 암시하는 것으로 연출한 것일까.

마지막으로 오빠가 먹여주는 수박 한 조각 입에 머금고는 「오빠 고
마워」라는 말을 남긴 채 결국 세쓰코가 죽고 만다. 1945년 8월 22일
이었다.

---

19) 清太 : ドロップか。よしゃ、貯金全部下ろしてくるわ。
　　　なにかええもんこおてきたる。
　　節子 : うちなんもいらん。うちにおって, 兄ちゃん。
　　　いかんといて。いかんといて。いかんといて。
　　清太 : 心配せんでもええよ、節子。今度貯金下ろしてお米や滋養のあるものこお
　　　たらもうどこへも行かへん。ずっとずっと兄ちゃん、節子のそばにおる。約
　　　束や。

그렇게도 아끼고 돌보던 어린 여동생과 이별을 한 세이타는 차가워진 세쓰코를 밤새도록 부둥켜안고 있는 모습은 관객들로부터 슬픔의 절정을 자아낸다. 세쓰코와 지냈던 시간들을 기억하고 천진난만하게 웃고 있는 예쁘기만 했던 동생의 모습을 마음에 새기는 세이타, 다음 날, 세이타는 세쓰코와 둘이서 소꿉놀이 하듯 밥을 짓고 반찬을 만들고 뛰어 놀며 잠시만이라도 행복했던 시간이 어리어있는 방공호 앞에 세쓰코의 시신(屍身)을 눕힌다.

세쓰코가 죽은 반딧불을 모아 반딧불의 묘를 만들어 주던 그 자리이다. 세쓰코가 가지고 놀던 물건들을 하나하나 챙기면서 동생이 그렇게도 좋아하던 드롭사탕 깡통은 호주머니에 챙겨 넣는다.

그리고 세쓰코의 시신 주위에 나무들을 모아 불을 붙여 세쓰코를 태우게 된다. 그 불꽃은 마치 반딧불처럼 하늘로 흩날리고 그리고는 형체도 없이 사라진다. 14세 어린이가 감당하기에는 너무나 힘겨운 일인데도 세이타는 조용히 혼자만의 장례식을 치른다. 해가 지자, 주변 일대의 풀숲에서 반딧불이 날아오르고 그 반딧불을 바라보며 세이타는 방공호에서 나와 산을 내려온다.

이러한 내용 전개로 참혹했던 남매의 현실은 이별을 하게 된다.

「다음날 아침, 나는 보석 조각과 같은 세쓰코의 뼈를 드롭사탕 깡통에 담고 산을 내려와, 그대로 방공호에는 돌아가지 않았다.」[20]라는 세이타의 독백으로 영화는 끝난다.

이렇게 끝나는 영화의 마지막 장면에서는 현대사회의 번영의 상징

---

20) 「翌朝,僕は寶石の片のような節子の骨をドロップのかんに納めて山を降り,そのまま壕へはもどらなかった.」

으로서 고층빌딩들이 빛을 발하고 있고 그 화려한 도시의 모습을 병
들고 먹지 못해 굶어 죽은 세쓰코와 세이타의 혼령이 내려다보고 있
는 영상으로 비치고 있다. 기리도시 리사쿠는 이 마지막 정면을 「평화
롭고 향락적(享樂的)인 시대와, 암흑(暗黑)에서 죽음으로 점철된 시
대라고 하는 대비(對比)가 분명하게 나타나 있는 것처럼 보인다.」[21]
라고 언급하고 있다.

　이상에서 살펴본 바와 같이 미래의 부재와 전쟁에 의해 파괴된 현
실 속에 참혹한 남매의 생활은 관객과 하나가 되어 그 슬픔과 안타까
움이 더 고조된다는 결론에 이르게 된다. 이러한 점은 수많은 고아들
의 비참함과 더 없는 삶의 고통으로 한국전쟁을 겪은 한국인에게도
공감대를 형성할 수 있는 부분이라고 생각된다.

4. 맺음말

　영화『반딧불의 묘』는 「쇼와(昭和) 20년, 9월21일, 나는 죽었다.」라
고 하는 주인공 세이타의 혼령의 독백으로 시작되고, 「그대로 방공호
에는 돌아가지 않았다.」라고 하는 그의 혼령의 독백으로 막을 내리는
설정으로 세이타의 혼령의 시점으로서 회상의 형태로 전개된다. 전쟁
으로 인해 집과 부모를 잃은 14살 된 오빠 세이타와 4살밖에 되지 않
는 여동생 세쓰코의 삶을 투영하고 있는 작품이다.

　본 연구에서는 이야기의 시작에서부터 끝까지 언제 죽을지도 모르

---

21) 切通理作(2001)『宮崎駿の〈世界〉』ちくま新書 p.277

는 절체절명의 위기 속에서도 세심하게 순간을 놓치지 않고 순수한 동심과 천진성을 남매를 통해 나타내고 있는 점과 절박한 상황 속에서도 희생과 사랑으로 동생을 지켜나가는 오빠의 마음과 함께 그 오빠를 믿고 따르는 어린아이답지 않은 배려심 깊은 세쓰코, 이러한 남매의 믿음과 사랑에 초점을 맞추어 고찰하였다.

엄마도 반딧불도 왜 빨리 죽을까? 라고 말하면서 인생이라는 것이 무엇인지도 모른 채, 이 세상에 태어난 지 4년밖에 되지 않은 어린아이에게 반딧불의 죽음을 통해 죽음이라는 허망함이 주어지고 엄마의 죽음이 반조된다. 이미 엄마가 죽었다는 사실을 알면서도 함부로 말하지 못하고 오빠의 마음을 헤아리고 있었던 어린 동생, 이 동생이 더 가여워서 슬픔을 감추지 못하는 오빠, 이 두 아이의 서로에 대한 마음 씀씀이에 더 부각되는 안타까움과 슬픔에 주목된다.

스스로 반딧불의 묘를 만들어준 자리에서 자신의 장례식이 치루어진 세쓰코, 세쓰코를 대변하는 중요한 상징으로 드롭사탕 깡통을 간직한 채 뒤 따라 세상을 떠난 세이타, 이 두 어린 생명의 삶을 재조명하면서 인생을 다시 생각하게 하는 점도 이 작품의 훌륭한 제시점이라고 인식된다.

이상과 같이 미래에 대한 희망도 없는 전쟁이라는 참혹한 현실 속에서도 서로를 바라보고 있는 남매의 믿음과 사랑, 그리고 희생과 고난(苦難)은 사랑스럽고도 슬픈 추억임과 동시에 전쟁이 빚은 고통을 결코 간과해서는 안 된다는 점, 부모 및 가족의 소중함, 죽음이 무엇인지도 모른 채 죽어간 어린 생명에 대한 애절함과 안타까움을 통해 느낀 인간의 존엄성은 이 작품에 있어서 가장 중요한 시사점으로 주의하고자 한다.

제5장

나쓰메 소세키(夏目漱石)의
『점두록(點頭錄)』론

1. 들어가기

나쓰메 소세키(夏目漱石)는 1916년(大正 5年) 1월 1일에 『점두록(點頭錄)』이라는 제목으로 도쿄아사히신문(東京朝日新聞)과 오사카아사히신문(大阪朝日新聞)에 각각 발표한다. 도쿄아사히신문에는 1916년(大正 5年)1월 1일에 제1회를 발표하고 이어서 최종 제9회까지 10일, 12일, 13일 14일 17일 19일 20일 21일에 걸쳐 게재했다. 오사카아사히신문에는 동년(同年) 1월 1일에 발표하고 계속해서 12일부터 15일까지 연달아서 게재한다. 그리고 18일부터 21일까지 그 뒤를 이어서 게재함에 있어서 도쿄아사히신문과는 달리 기고(寄稿)일에 약간 차이를 두고 제9회분을 발표했다. 이렇게 두 신문에 게재한 발표내용을 보면 제1회는 소제목(小題目)을 붙이지 않고 기고한 다음, 제2회부터 제5회까지 '군국주의(軍國主義)'라는 제목으로 게재하고 있고, 제6회부터 제9회까지는 독일(獨逸)의 역사가인 '트라이치케'라는 제목으로 게재하고 있다. 소세키가 이와 같이 발표한 『점

두록』에서 군국주의에 대하여 신문에 연재한 1916년은 제1차세계대
전[1]이 발발하여 전쟁(戰爭)이 진행 중인 시기이다. 이 전쟁 시기에 맞
추어 군국주의라는 제목으로 연이어 4회에 걸쳐 발표한 것은 당시 세
계적인 대사건으로 감당할 수밖에 없는 문제이기 때문에 먼저 아사히
신문사로부터 기고 의뢰에 의한 것으로 생각된다. 따라서 본고에서는
이러한 환경에서 쓰게 된 군국주의라는 내용 중에서 전쟁과 관련한
소세키의 견해(見解)를 중심으로 논하고자 한다. 전쟁에 관하여 소세
키를 연구한 선행논문은 그다지 많지 않은 편이다. 아카이 케이코(赤
井惠子)(2001)는 '교제와 전쟁(交際と戰爭)'이라는 주제로 소세키에
게 있어서 전쟁이라는 것은 외전(外戰)보다 인간과 인간의 교제 속에
도 있다고 논하고 있고, 고이 마코토(五井 信)(2001)는 「〈태평한 일
민〉의 러일전쟁(「太平の逸民」の日露戰爭)」에서 소설 『나는 고양이
로소이다(吾輩は猫である)』의 인물을 중심으로 전쟁을 의식하기보
다 연초(煙草)에 관심을 가지고 있는 일민(逸民)과 전쟁의 상관관계
를 논하고 있다. 또 요시카와 야스히사(芳川泰久)(1999)는 「〈전쟁=

---

1) 제1차세계대전 : 1914년에서 1918년까지 유럽을 중심으로 벌어진 국제 전쟁. 19
　세기 말까지의 제국주의 열강에 의한 세계 분할에 대해 20세기 초 재분할을 둘러
　싸고 열강이 대립, 특히 후발국인 독일이 영국과 대립하였다. 독일 · 이탈리아 · 오
　스트리아는 3국 동맹, 영국 · 프랑스 · 러시아는 3국 협상으로 양 진영이 대립했다.
　발칸 민족 문제를 발단으로 1914년 6월 사라예보사건, 7월 오스트리아의 세르비
　아에 대한 선전포고, 8월에 연쇄적인 열강의 참전 등으로 서부 전선에서 대치했다.
　이는 오스트리아 · 독일 · 불가리아 등의 동맹군과 세르비아 · 러시아 · 프랑스 · 영
　국 · 일본 · 미국 · 중국 등 연합군 간의 세계 전쟁으로 확대되었으며, 1918년 11월
　독일의 항복으로 휴전되고, 1919년 베르사유조약 등으로 강화가 성립되었다. 제1
　차 세계대전이 발발하자, 일본은 영 · 일 동맹에 따라 연합국 측에 참전하여, 중국
　의 칭다오(靑島)와 태평양상의 독일 영토를 점령하였으며, 중국의 위안스카이 정
　부에 21개조 요구를 제시하여 산둥성과 만주, 몽고 등지의 이권을 얻어냈다. 『두산
　지식백과』 http://terms.naver.com

보도)로서의 『도련님』(「〈戰爭=報道〉としての『坊っちゃん』」)를 통하여 전쟁을 둘러싼 신문미디어와 소세키와의 관계 등에 관해서 고찰하고 있다. 이들 이외에도 소세키의 작품과 전쟁에 관해 제 연구자들이 언급한 문장들이 다소 있다. 이에 따라 본고에서는 『점두록』의 내용을 주로 하여 검토하는 것에 중점을 두고 소세키 자신은 어떠한 내용으로 전쟁에 대하여 기술하고 있을까, 군국주의라는 신문게재 내용에서 강조하고자 하는 점과 소세키의 견해는 어떠한 것일까, 그의 작품 속에는 이와 관련하여 어떻게 전쟁을 묘사되고 있을까 등에 대해 고찰해 보고자 한다. 본서에서 인용하고 있는 『점두록』 및 다른 원서의 한국어 번역은 필자의 번역임을 밝혀둔다.

2. 『점두록』 집필 동기

소세키는 1905년(명치 38년) 1월부터 다음 해 8월까지 「호토토기스(ホトトギス)」에 소설 『나는 고양이로소이다(吾輩は猫である)』를 10회에 걸쳐 연재하던 무렵인 1905년경부터 아사히신문사(朝日新聞社)의 제의를 받고 도쿄제국대학에서 계속 강의를 할 것인지 소설가로 전환할 것인지에 대해 많은 망설임을 가지고 있었다. 그러던 중에 1907년 『나는 고양이로소이다』의 하편 간행(刊行)을 마무리하면서 같은 해 4월 도쿄아사히신문사(東京朝日新聞社)에 입사 결정을 하게 된다. 이로서 소세키는 아사히신문사의 전속작가(專屬作家)로 활동하게 되면서 이후의 작품은 모두 아사히신문에 게재하는 조건으로 계약하게 된다. 소세키의 전집(全集)을 살펴보면 신문에 게재된 작품

의 범위가 소설뿐만이 아니라 당시의 시대상과 사회현상에 대해 쓴 문장도 다수 포함된 것을 볼 수 있다. 『점두록』과 같이 소설의 범주에서 벗어난 내용 특히 전쟁과 관련하여 일본국민을 상대로 글을 쓴다는 것은 단순한 일이 아니었다고 생각된다. 따라서 그 배경을 살펴볼 필요가 있을 것이다.

이시하라 치아키(石原千秋)의 말을 빌리면 '당시 신문(新聞)은 청일전쟁과 러일전쟁 때에는 부수를 늘렸지만, 얼마 지나지 않아 국가적 이벤트였던 전쟁이 끝나게 된다. 그래서 부수가 줄어들어서 대책이 필요하게 되었다. 그 대책이 도쿄제국대학 강사이면서 소설가였던 나쓰메 소세키를 전속작가로 영입하는 일이었다. 상인(商人)계급에서 중산(中産)계급으로 마케팅하려고 하고 있던 아사히신문사로서는 소세키의 지적(知的)인 소설이 적합한 것으로 들어맞았기 때문이었다.'[2] 라고 적고 있다. 소세키의 나이 41세가 되던 해이다. 이러한 이시하라 치아키의 견해와는 약간 다른 면에서 소세키가 대중매체인 신문 전속작가가 된 사건에 대하여 요시카와 야스히사(芳川泰久)는 「〈전쟁=보도〉로서의 『도련님』」(「〈戰爭=報道〉としての『坊っちゃん』」)에서 '전쟁을 통해서, 신문은 문자대로 한 집에 한 장이라는 접근 형태로, 국민적 미디어가 되었다. 국민으로서의 사상적(思想的)인 공동성(共同性)을 전쟁을 대신하여 유지하는 것이 필요하게 되었고, 그것이 '문학(文學)'이라는 것이었다.'[3]라고 기술하고 있다. 즉 독자들에게 전쟁이라는 사회적 사건을 대신하여 전쟁의 전후 이야기와 정보들

---

2) 石原千秋(2010)『漱石はどう讀まれてきたか』新潮選書 p.22
3) 芳川泰久(1999)「〈戰爭=報道としての『坊っちゃん』」『漱石研究』第12號 翰林書房
   p.42

을 접하게 할 수 있고 여러 사건들을 재조명할 수 있는 수단으로서 문
학을 택했다고 하는 것이 된다. 또한 요시카와 야스히사는 '그 전쟁이
라고 하는 공동(共同) 언설(言說)이 생산(生産) 기계(機械)를 대신
하는 것으로서 문학을 일컫고, 신문미디어는 그것을 '신문연재소설'
이라고 하는 형태로 실천한다. 소세키는 러일전쟁을 보도하는 신문
언설(言說)이 형성하는 정보의 공동체(共同體)와의 공시성(共時性)
과 공범성(共犯性) 속에서, 좋든 싫든 소설가로 되어 갔다.'[4]라고 말
하고 있다. 다시 말해 당시의 소세키는 신문 전속작가가 됨으로써 소
설가라는 입장에서 자신이 표현할 수 있는 것을 쓸 수 있게 된 것이
다. 또한 소세키 자신을 둘러싼 정보 공동체의 공시성(共時性)으로서
러일전쟁을 비롯하여 현 시대상을 자신의 작품에 그려 넣으면서 소세
키의 소설은 형성되어 갔다고 말하고 있다. 그러면 소세키의 작품 속
에 전쟁을 비롯하여 전쟁과 관련한 것에 관해 얼마나 표현되고 있을
까 어떻게 묘사되고 있을까에 대한 고찰도 요구된다. 실제 소세키의
작품을 보면 전쟁 등에 관해 직접적인 비판(批判)이나 견해(見解)를
가지고 표현한 부분은 의외로 적은 편이라는 것을 알 수 있다. 1915
년(大正 4年) 1월부터 2월까지 연재한『유리문 안(硝子戶の中)』에
는 '나는 마치 독일이 연합군(聯合軍)과 전쟁을 하고 있듯이, 병(病)
과 전쟁(戰爭)을 하고 있는 것이다.'[5]라고 하여 제1차세계대전을 운
운하면서 자신의 병과 싸우는 표현에서 전쟁을 하고 있다고 비유하여
말한다. 이 역시 전쟁에 대한 표현은 내용에 앞서 단어로서만 도입하

---

4) 전게서 p.42
5)『硝子戶の中』『漱石全集』(1994) 第12卷 岩波書店 p.591

고 있을 뿐이다.

소세키와 전쟁에 관련하여 히라오카 토시오(平岡敏夫)는 다음과
언급하고 있다.

청일, 러일이라고 하는 전쟁뿐만이 아니라 『마음(こころ)』최종회 무
렵에 발발(勃發)한 제1차세계대전은 마지막 해의 『점두록』도 포함하
여, 소세키의 만년(晩年)을 생각하는 데에 간과할 수 없는 문제이다.[6]

여기서 말하고 있는 전쟁 중에서 청일전쟁(淸日戰爭)[7]에 관한 내
용이나 단어는 당시의 서한(書翰)이나 일기(日記) 등을 비롯하여 그
의 문장에서 많이 찾아볼 수는 없으나 러일전쟁[8]에 관해서는 일기나
서한(書翰)에는 직접적인 표현은 쓰고 있지 않지만 소설 등에는 많이
표현되어 있다.

---

6) 平岡敏夫(1990)「戰爭」三好行雄編『別冊國文學·夏目漱石事典』學灯社 p.174
7) 청일 전쟁 : 1894년(고종 31) 7월부터 1895년 4월까지 조선에 대한 지배권을 두고
청나라와 일본이 벌인 전쟁. 일본은 메이지유신 이래 국력이 급속히 신장하여 정한
론(征韓論)이 대두되는 등, 조선에 대하여 세력을 넓히려는 움직임이 고조되고 있
었다. 한편 청나라는 종래부터 조선에 대한 종주권을 주장해왔고 조선 조정도 사대
(事大)의 예를 취해왔는데, 1876년 일본이 강화도조약으로 조선이 자주국임을 명
시하고 조선 침략을 꾀하자 청일 양국 사이에는 대립 상황이 조성되었다. 『두산지
식백과』http://terms.naver.com
8) 러일전쟁 : 1904년 2월 8일에 일본함대가 뤼순군항(旅順軍港)을 기습 공격함으
로써 시작되어 1905년 9월 5일에 강화를 하게 된 러시아와 일본 간의 전쟁이다. 한
국과 만주(중국 동북지방)의 분할을 둘러싸고 싸운 것이지만, 그 배후에는 영일동
맹(英日同盟)과 러시아프랑스 동맹이 있었고, 제1차세계대전의 전초전이었다. 러
시아는 패배의 결과로 혁명운동이 진행되었고, 전쟁에서 승리한 일본은 한국에 대
한 지배권을 확립하고 만주로 진출할 수 있게 되었으나 미국과 대립이 시작되었다.
『두산지식백과』http://terms.naver.com

그 연유로 생각할 수 있는 것은 소세키가 영국유학을 마치고 귀국한 후 1905년(明治 38년)에 쓴 소설『나는 고양이로소이다』와 그 시기가 비슷한 점을 들 수 있다. 첫 장편소설을 쓰면서 당시의 시대적 사회적 환경이 자연스럽게 반영된 것으로 이해된다. 히라오카 토시오가 말하고 있는 제1차세계대전이 소세키의 문장에서는 구주전쟁(歐洲戰爭)이라는 단어로도 표현되고 있다. 1914년부터 4년에 걸쳐 발발된 이 전쟁은 당시 아사히신문사(朝日新聞社)로서는 유럽 유학파이며 지식인의 한사람인 소세키를 통하여 대중에게 정보를 전달하는 역할을 하게 한 것으로 어쩌면 당연한 현상이었다고 생각된다.

1915년(大正 4年) 1월부터 2월까지 연재한『유리문 안(硝子戶の中)』에서 소세키는 이 제1차세계대전에 대해 다음과 같이 언급하고 있다.

> 작년부터 구주(歐洲)에서 큰 전쟁이 시작되었다. 그리고 그 전쟁이 언제 끝날지는 짐작할 수 없는 모양이다. 일본에서도 그 전쟁의 일부분을 떠맡았다. 내가 글을 쓰면 정치가(政治家)나 군인(軍人)이나 사업가(事業家)나 씨름광을 제외하고 쓰게 된다. 나 혼자만으로는 도저히 그 정도의 담력이 나오지 않는다. 단지 봄에 무엇이든지 써보라고 해서, 자신 이외에 그다지 관계가 없는 쓸데없는 것을 쓴 것이다. 그것이 언제까지 계속될지는 나의 붓의 형편과 지면의 편집 형편으로 정해지는 것이니까 확실한 짐작은 지금 하기 어렵다.[9]

이 문장에서도 알 수 있듯이 소세키는 전쟁과 관련하여 글을 쓰는

---

9)『硝子戶の中』『漱石全集』(1994) 第12卷 岩波書店 p.591

것에 대해 자신의 의지로는 쓰고 싶지 않음을 나타내고 있다. 그리고 정치가, 군인, 사업가 등은 자신의 문장에서 제외시키고 쓴다는 것을 전제하고 있다. 제1차세계대전이 1914년부터 발발한 것이니까 이 글을 쓴 시기는 전쟁 중이었고, 이미 신문사로부터 이 전쟁에 대해 기고해 달라는 언급이 있었을 것이고, 그래서 소세키는 결국 이 제1차세계대전에 대해 쓰게 된 것이라고 생각된다. 소세키는『유리문 안』에 위의 문장을 쓰고 난 뒤 같은 해,『점두록』을 신문에 게재하기 전인 1915년(大正 4年) 12월경의 「일기(日記) 및 단편(斷片)」에 제1차세계대전과 관련된 내용을 다음과 같이 명시하고 있다.

- 군국주의론(軍國主義論), 군국주의는 방편(方便), 목적이 없기 때문에 시세(時勢)에 뒤진다.
- 독일의 '힘'에 대한 생각과 프랑스의 '힘'에 대한 생각
- 과학적일원설(科學的一元說)
- 상징주의(象徵主義)의 정의
- 노인잡화(老人雜話). 프랑스의 포로(捕虜) 이야기
- 구주전쟁(歐洲戰爭) 종교(宗敎), 사회주의, 경제, 인도(人道), 모두 국가주의(國家主義)에 이길 수 없다.[10]

위의 내용에서 보는 바와 같이 1916년 1월 1일 게재해야할 제1차세계대전에 대한 신문 기고의 의뢰를 받고 소세키는 무엇을 쓸 것인지에 대해 사전에 메모한 것임을 알 수가 있다.

『점두록』을 쓰기 위한 이 메모에 대해 고미야 토요타카(小宮豊隆)는,

---

10)『漱石全集』(1995) 第13卷 岩波書店 p.799

이것은 소세키가 『점두록』 속에 모두 쓸 생각이었는지 어떠했는지
는 알 수 없으나, 설령 썼다고 하더라도 그것을 어떻게 썼을까하는 것
이 문제가 됨에 틀림없지만, 그러나 소세키가 유럽 대전(大戰)에 사상
적으로 흥미를 가진 것은 확실하고, 또 『점두록』을 시작한 것이 '군국
주의'이고 '트라이치케'[11]인 이상, 이것들과 관련한, 그러한 유럽의 대
전으로부터 얻어진, 소세키의 사상적(思想的) 고찰(考察)이었음에
틀림없다고 상상(想像)하는 일은 분명 엉뚱한 상상은 아니었을 것이
다.[12]

라고 말하고 있다. 또한 소세키가 『점두록』 게재를 중단한 일에 대
해서 고미야 토요타카는 '잠시 볼 수 있었던 사상가(思想家)로서의
소세키의 얼굴이 보였다고 생각하자 바로 그만 두게 되었던 일이 유
감'[13]이라고 하여 사상가로서의 한 면을 볼 수 있는 기회를 놓친 것에
대해 말하면서 소세키에 대한 사상가적인 면을 완전히 다 볼 수 없었
던 점에 아쉬움을 표하고 있다. 이것은 앞에서 언급한 바와 같이 히라
오카 토시오가 청일전쟁과 러일전쟁 그리고 제1차세계대전에 대해
쓴 『점두록』을 소세키의 만년(晩年)을 생각하는 데 있어서 간과(看
過)해서는 안 된다고 한 말과 그 뜻을 같이 한다고 이해할 수 있다.

---

11) 하인리히 본 트라이치케(Heinrich von Treitschke : 1834-1896) 독일의 역사가
　　이자 정치평론가. 하이델베르크대학교, 베를린대학교 등의 교수를 지냈고 소독일
　　주의를 주장하였다. 국민자유당에 속하여 군국주의 애국주의를 제창하고 강경외
　　교를 주장하였다. 『두산지식백과』http://terms.naver.com
12) 小宮豊隆 『「點頭錄」解說』『漱石全集』(1994) 第16卷 岩波書店 p.658
13) 전게서 p.659

3. 전쟁에 관한 견해(見解)

『점두록』이라는 제목에 관한 해설은 이 글을 쓰고 있던 당시의 소세키가 당뇨병 등의 사정으로 중단되었기 때문에 그 제목에 대한 의미는 밝히지 않은 채로 신문 게재를 마쳤다. 점두(點頭)는 수긍한다는 뜻으로 고개를 끄덕이는 것(うなずくこと)이라는 의미를 가지고 있다.『문예의 철학적 기초(文藝の哲學的基礎)』에서 '자기의 의식(意識)과 작가의 의식이 분리되기도 하고 합해지기도 하는 사이, 독서나 그림 감상에서 순일무잡(純一無雜)이라고 하는 경지에 달할 수는 없습니다. 사람에 따라서 생애(生涯)에 한 번도 무아(無我)의 경계에 점두(點頭)하여, 황홀경에 소요(逍遙)한 일이 없는 자도 있습니다.'[14]라고 하여 점두라는 단어를 사용하고 있다. 이 내용에서 미루어 보아 소세키가『점두록』이라는 제목을 채택하고 있는 점에 있어서 시사(示唆)하고자 하는 그 의도를 찾을 수 있다. 제1차세계대전이 일어난 현실에 있어서 당시의 한 인간으로서 어떠한 사고(思考)와 마음가짐으로 직시(直視)하고 수용해야 할 것인가에 대해서는『점두록』제1회에서 밝히고 있다.

『점두록』에는 문장 앞머리에 '과거(過去)는 꿈에서조차 존재하지 않게 된다. 완전한 무(無)가 되어버린다.'[15]라고 전제하고 있다. 그리고 '결국 과거는 하나의 가상(假想)에 지나지 않는 것이 된다. 금강경(金剛經)에 있는 '과거심(過去心)은 불가득(不可得)이다.(과거심은

---

14)『文藝の哲學的基礎』『漱石全集』(1995) 第16卷 岩波書店 p.132

15)『点頭錄』『漱石全集』(1994) 第16卷 岩波書店 p.627

얻을 수 없다)"[16]라고 하는 뜻과도 통할 지도 모른다. 찰나의 현재로부터 바로 과거로 흘러드는 것이기 때문에, 또한 순간의 현재로부터 어떠한 단락 없이 미래를 만들어 낸다고 하는 것이기 때문에, 과거에 관해 말할 수 있는 것은 현재에 있어서도 말해야하는 도리(道理)이다. 또한 미래에 있어서도 그러한 이치로 말한다면, 일생(一生)은 결국 꿈보다도 불확실한 것이 되어 버리는 것이다."[17]라고 불교철학적인 이치를 내세우고 있다. 아울러 소세키는 인간의 수명은 자신이 정할 수 없는 예측 불허한 것임을 주지하고 있다. 61세가 되어 비로소 도(道)에 뜻을 두어 깨달음을 이룬 당나라 승려인 조주화상(趙州和尚)의 조주고불만년발심(趙州古仏晚年發心)이란 문구(文句)를 예로 들어 '자신의 목숨이 다할 동안 힘껏 살아야 한다는 마음가짐으로, 쇠약하면 쇠약한 대로 현재 눈앞에 전개되는 세월에 대해, 모든 것에 감사한 마음을 가지고 자신이 할 수 있는 최선을 다해야 할 것'[18]을 언급하고 있다. 소세키는 이러한 철학적 의지를 염두에 두고 '나는 점두록(点頭錄)의 첫머리에 이것만큼은 말해두어야 마음이 놓일 것 같다.'[19]라고 강조하면서 불교의 깨달음에 대한 내용들을 명시하고 있다. 즉 시대에 따라 현재의 정황을 말해야 하는 도리로 당시의 지식층의 한 사람으로서 의무감이 작용되어 전쟁과 군국주의에 대해 언급하지 않으면 안 되는 입장을 표명하고 있는 것이다.

그러면 굳이 이러한 전제를 하면서까지 소세키가 말하고자 하는 전

---

16) 전게서 p.627
17) 전게서 p.628
18) 전게서 p.628
19) 전게서 p.630

쟁은 어떠한 것인가. 신문에 게재한 '군국주의(1)'에서는 당시 진행 중인 유럽의 제1차세계대전에 대해 파급될 영향이 어떠할 것인지에 대해서 쓰고 있다. 전쟁이란 것이 장래에 '어떤 영향이 파급될 것인지 알 수는 없지만 우리들이 이것은! 하고 놀랄만한 정도의 결과는 예기(豫期)하기 어려운 것'[20]이라고 말하고 있다. 세상의 일이라는 것이 원래 그 시작이 종교적(宗敎的)인 면에서나 도리적(道理的)인 면에서나 일반 인류에게 공통적으로 내재(內在)하고 있는 사상(思想)이나 감정(感情)이나 욕구(欲求)와 같은 문제로 야기되는 것이 아닌 이상은 '어느 쪽이 이긴다고 해서 선(善)이 번창해지는 것도 아니며, 또한 어느 쪽이 패배한다고 하여 참됨(眞)이 그 기세를 잃어버린 것도 아닌 것으로, 아름다움(美)이 빛을 잃게 되는 좋지 않는 지경에 빠지는 위험은 없을 것'이라고 소세키는 단언하면서 다음과 같이 전쟁에 대한 견해를 밝히고 있다.

　　실제로 이 전쟁에서 인간의 신앙(信仰)에 혁명을 일으킬 정도의 결과가 나올 것이라고는 생각하지 않는다. 또한 이제까지의 윤리관(倫理觀)을 일변(一變)할만한 단락이 생길 것이라고도 생각되지 않는다. 이것 때문에 미추(美醜)의 표준이 뒤집히게 될 것이라고는 더더욱 생각되지 않는다. 어떤 방면에서 보아도, 우리의 정신생활(精神生活)이 급격한 변화를 받아, 소위 문명(文明)이라고 하는 것의 본류(本流)에 심한 각도(角度)의 방향 전환이 일어날 염려는 없는 것이다.[21]

---

20) 전게서 p.630
21) 『点頭錄』전게서 p.631

이러한 생각과 함께 전쟁에서 사용되는 탄환, 화약, 독가스와 같은 무기들로 인한 엄청난 선혈(鮮血)과 희생(犧牲)이 과연 우리 인류의 미래 운명에 얼마만큼의 공헌을 할 수 있을까 하는 문제에 있어서 소세키는 전쟁이라는 자체가 염려스럽고 어리석은 일로서 슬픈 느낌마저 든다는 견해를 기술하고 있다.

그러면 소세키는 자신의 문학 속에서 전쟁에 대한 묘사(描寫)를 어떻게 하고 있을까. 러일전쟁 중인 1905년(明治 38년)에 쓴 소설『나는 고양이로소이다』에서 메테(迷亭)가 '시즈오카(靜岡)의 어머니로부터 온 편지'를 구샤미(苦沙弥)와 간케쓰(寒月)에게 소개하는 내용 중에,

> 자네 같은 사람은 실로 행복하다. 러시아와 전쟁이 시작되어 젊은 사람들은 심한 고생을 하고 조국을 위해 싸우고 있는데 편히 놀고 있다고 적혀있다.--나는 그래도 어머니가 생각하고 있는 것처럼 놀고 있는 것은 아니야--그 다음에는 나의 초등학교 친구로 이번 전쟁(戰爭)에 나가서 죽거나 부상당한 자들의 이름을 하나하나 열거해 놓은 거야. 그 이름을 하나하나 읽었을 때에는 왠지 세상이 허무하고 인간도 허망하다는 기분이 들었어.[22]

라고 하여 세상과 인간에 대한 허망함을 탄식하면서 러일 전쟁에 대해 언급하고 있으나 더 이상 전쟁 자체에 대한 기술은 하지 않고 있다. 전쟁 그 자체보다 전쟁으로 인한 파생적인 상황에 대해 언급하고 있을 뿐이다.

---

22)『吾輩は猫である』『漱石全集』(1994) 第1卷 岩波書店 p.58

이십세기의 오늘날 빈번한 교통, 연회(宴會)의 증가는 말 할 것도 없이, 군국다사정로(軍國多事征露)가 2년이나 되었다. 우리 전승국 (戰勝國)의 국민은 모두 로마사람에게 배워서 이 입욕((入浴) 구토 (嘔吐)의 기술을 연구하지 않을 수 없는 시기에 이르렀다. 그렇지 않으 면 가까운 장래에 있어서 전부 대형(大兄)처럼 위장병 환자가 될 것이 라고 은근히 걱정이 된다.……" 또 대형처럼인가, 비위에 거슬리는 사 나이라고 주인이 생각한다.[23]

하루에 연회를 두 세 번하고 그리고는 식사 후 반드시 입욕을 하고 구토를 하여 위를 청소하는 로마인들의 이야기에 비추어 러일전쟁을 염두에 두고 쓴 내용이지만 위장병 환자가 되는 것을 염려할 뿐, 전쟁 에 대해서는 관련 단어만 도입하고 구체적인 전쟁 묘사는 하지 않고 있음을 알 수 있다. 그 이해의 하나로 고이 마코토(五井 信)의 말을 들어보면 '1945년 8월 15일에 종결된 전쟁의 이미지가 강한 현재의 우리는 때로는 잊어버리기도 하지만 비전투원이 그 과정에서 죽음을 당하는 사태를 두고 〈전쟁〉 일반을 대표하는 것은 아니다. 그것은 비 행기가 전장(戰場)에 등장하기 이전의 중국대륙이나 조선반도를 무 대로 한 러일전쟁에서도 일본에 관해서는 기본적으로 마찬가지이다. 사람들은 『나는 고양이로소이다』에서도 몇 번이나 이야기되는 〈일본 (日本)〉이나 〈요미우리(讀書)〉라고 하는 신문(新聞)을 통해서 주로 전쟁을 체험하고 있어서, 일상적으로 전쟁에 의한 '죽음'과 직면하고 있었던 것이 아니다.'[24] 라고 말하고 있는 것처럼 눈앞에서 직접적으

---

23) 전게서 p.58
24) 五井 信(2001)"太平の逸民"の日露戰爭」『漱石硏究』第14號 翰林書房 p.84

로 전쟁의 참혹함을 직면하지 않았기 때문에 실감하지 못한다는 점도 고려된다.

소세키는 전쟁이라는 문제를 두고 앞서 말한바와 같이 문명이라고 일컫는 본류(本流)에 심한 각도의 방향 전환이 일어나지는 않는다는 견해를 표명하고 있다. 아무리 굉장한 광경이라 할지라도, 아무리 피비린내 나는 무대라 할지라도 그것에 상응(相應)하는 '내면적(內面的) 배경을 빼놓고는 존재할 수 없다'[25]라고 강조하고 있다. 소세키의 이러한 생각에 대해 아카이 게이코(赤井惠子)는 앞에서 말한바와 같이 '자신의 일의 범위를 신중하게 제한하고 있는 소세키는, 평론(評論)에 있어서도 외교(外交)나 군사(軍事) 등의 시사적 문제를 논하는 일이 적었다. 그러나『고양이(猫)(나는 고양이로소이다)』에서 주장하고자 한 것은 전쟁은 외전(外戰)뿐만 아니라 사람들의 교제(交際) 속에도 있는 것이라고 말한 것이다.'[26]라고 지적하고 있다. 전쟁으로 하여금 인간의 운명을 변화시키려고 해도 외적(外的)인 무력(武力)으로 행사하는 것은 그 때만의 일시적인 것으로, 영구(永久)히 우리 인간들의 내면(內面)까지 바꿀 수 있는 강력한 결과는 발생하지 않을뿐더러 기대하지도 말아야 한다는 것이다. 소세키는 자신의 문학 속에서는 인간의 내면의 문제에 관한 것을 중시하고 있으며, 인간의 정신까지 멍들게 하는 제1차세계대전은 유사 이래 대서특필할 만한 심각한 사실이고 허망한 사실이라고 기술하고 있다.

---

25)『点頭錄』전게서 p.631
26) 赤井惠子(2001)'交際と戰爭'漱石研究 第14號 翰林書房.p.121

4. 군국주의

소세키는 '군국주의(2)'에서 유럽의 전쟁이라는 엄청난 사건에 있어서 군국주의의 미래(未來)라고 하는 문제점에 주시하고 있다. 인도(人道)나 신앙(信仰)이나 문명을 위한 전쟁이 아님에도 불구하고 계속해서 터뜨리고 있는 포화의 울림은 바로 군국주의의 발현(發現)이라고 생각할 수밖에 없다는 것이다. 즉 유럽대란이라고 하는 복잡하기 그지없는 문제가 군국주의의 발현에 있다고 말하면서 다음과 같이 적고 있다.

> 개인(個人)으로서의 동정이나 반감(反感)을 도외시(度外視)하면, 독일이건 프랑스건 영국이건 그런 국명(國名)은, 나에게 있어서 더 이상 중요한 단어도 아무 것도 아닌 것이 되어버린다. 나는 군국주의(軍國主義)를 표방(標榜)하는 독일이 어느 정도로 연합국을 격파할 수 있을 것인가, 또한 얼마만큼 끈질기게 저항할 수 있을 것인가를 흥미에 찬 시선으로 지켜보기보다는, 보다 예리한 신경을 움직여서, 독일에 의해 대표된 군국주의가 다년간 프랑스와 영국에 있어서 배양(培養)된 개인(個人)의 자유(自由)를 파괴해 나갈 수 있는 것인가 하는 점을 관망(觀望)하고 있는 것이다. 국토나 영역이나 라틴민족이나 튜턴인종이나 하는 모든 구상적(具象的)인 사항은, 지금의 나에게 있어서 문제가 되지 않는다.[27]

이와 같이 소세키는 외적(外的)인 힘으로서 제압하는 군국주의에

---

27) 『点頭錄』전게서 p.632

의해 야기되는 문제들이 과연 다년간의 역사를 거쳐 형성된 개인의 자유를 파괴할 수 있을 것인가에 대해 관망할 뿐, 군국주의 자체에 대한 관심은 배제하고 있음을 표명하고 있다. 이에 대하여 고모리 요이치(小森陽一)는「『점두록』의 주해(注解)」에서 '소세키의 인식(認識)으로는 제1차세계대전은 국민 모두에게 징병(徵兵), 강제징병제(强制徵兵制)를 실시하는 독일과 그것을 실시하지 않는 '개인의 자유'를 보증하려고 하는 나라와의 대립이고, 국가 간의 전쟁이라고 하기 보다는, '군국주의' 대 '개인의 자유'의 전쟁이라고 파악하고 있다. 이러한 추상화(抽象化)를 통하여 제국주의의 시대에 있어서, 국가 간의 전쟁과 개인을 둘러싼 근본적인 모순이 밝혀지게 된다.'[28]라고 말하고 있다.

그러나 소세키는 당시의 전쟁 진행 상태는 독일이 당초의 예상보다 매우 강해서 소위 군국주의라고 하는 문제의 가치가 당시의 전황(戰況)으로는 무시할 수 없을 정도로 그 힘을 발휘하고 인정받고 있는 상태로 파악하여 적고 있다. 또 '이 가치는 향후 독일이 성공을 거두면 거둘수록 점점 높아질 것이라는 우려와 함께 영국과 같이 개인의 자유를 존중하는 나라가 강제징병안을 제안하여 그 의제가 과반수로 통과되었다고 하는 사태를 두고 영국 국민의 머릿속에서 엄청난 변화가 일어나고 있다는 증거가 된다.'고 소세키는 지적하고 있다. 이러한 변화는 이미 독일이 표방하고 있는 군국주의의 승리라고 볼 수밖에 없다는 것이다. 영국 국민들이 강제징병에 대한 혐오심이 있음에도 불구하고 전쟁이라는 상황 속에 무리하게 국민을 징병(徵兵)하는 것

28) 小森陽一(1994)'『点頭錄』注解'『漱石全集』第16卷 岩波書店 p.756

에는 엄청난 어려움이 수반되는 일임을 말하고 소세키는 '전쟁이 끝나지 않은 상황에서 이러한 영국의 변화는 정신적으로는 이미 독일에게 졌다고 평가해도 좋을 정도'[29]라는 말까지 하고 있다.

영국과 프랑스에 대해서는 「군국주의(3)」에 피력하고 있다. '프랑스인들은 전쟁이 일어난 초기부터 수도(首都)인 파리가 위협 당하게 된 것에 대하여 영국 사람들보다도 훨씬 더 심각하게 군국주의의 영향을 실감하였을 것'이라고 말하고 있다. 독일에 대해 어떻게 복수해야 할 것인가만 생각해 온 프랑스인들이지만 막상 전쟁이 벌어지고 독일에게 영토(領土)의 일부분을 유린당하고 정부마저 멀리 이전하지 않으면 안 되는 상황에 빠진 것은 그들에게 있어서 큰 충격이었을 것이라고 시사하고 있는 것이다. '전쟁이라는 참담한 현실을 눈앞에서 목격한 프랑스 사람들의 정신(情神)에 엄청난 변화를 초래한 결과이고 폭탄 투하 정도였던 영국과 비교하면 이 정신적 타격은 영국인에 비해 몇 배나 심각했을 것'[30]이라는 견해를 나타내고 있다.

소세키는 이 문제에 있어서 앞서 언급한 메모의 내용에서 볼 수 있었던 '힘(力)'에 대해서 프랑스의 사상가 파란트[31]의 말을 인용하고 있다. '프랑스에서는 과학적으로 소위 힘이라고 하는 것이 정의 권리의 관념과 충돌했다. 루터식, 독일식은 아니지만, 루소식, 톨스토이식, 사해동포(四海同胞)식, 평화식, 평등식, 인도(人道)식 등의 이 관념 때문에 본래의 힘이라고 하는 개념이 왜곡되어 부덕불인(不德不仁)

---

29) 『点頭錄』전게서 p.632
30) 전게서 p.632
31) Georges Palante, 1862年 11月 20日~1925年 8月 5日. 프랑스의 思想家『두산지식백과』http://terms.naver.com

의 속성을 나타내게 되어 버렸다. 그래서 정의와 도덕, 평화를 위해
이 힘이라고 하는 것을 경멸하고 부정하지 않으면 안 되게 되었다.[32]
라고 하는 내용을 빌어 소세키는 이러한 힘의 관점에서 니체의 견해
와 비교하면서 힘이라고 하는 관념을 일신(一新)할 필요가 있다고 말
하고 있다.

이『점두록』에서 소세키가 말하는 니체에 대한 이해로 '그가 역설
(力說)한 논의의 일면을, 그가 가장 탐탁해 하지 않은 독일인이 지금
정치적으로 또 국제적으로 실행하고 있다.'[33]라고 말하고 있듯이 니
체의 힘을 둘러싼 논의에 대해서는 국가에 의해서 타격되는 것이 아
니라 그것과 대항하는 개인(個人)의 것이라고 해석하고 있다. 전쟁으
로 인해 존중받지 못하는 개인의 자유와 인권에 대한 문제를 중시한
것으로 이러한 개인(個人)에 관한 소세키의 사상에 대해서 고미야 토
요타카는 다음과 같이 적고 있다.

소세키의 '자기본위(自己本位)'는 타인(他人)의 자기본위에 대한
충분한 배려를 조건으로 하고 있지만, 그 소세키 타인의 자기본위에
대한 충분한 배려가 이곳에서 극히 선명하게 나타나 있다고 하는 사실
이다. 소세키는 자기본위인 것을 잃어버리는 일 없이, 실로 정중하게
타인의 세계 속에 들어가, 그 곳에서 실로 자세(仔細)하고 치밀(緻密)
하게, 타인의 세계의 아름다움을 끌어 내오고 있다. 소세키의 특징은
어떠한 타인의 마음에도 충분히 그 자체가 되어 볼 수가 있다고 하는
점이다. 다시 말하면 어떠한 타인의 마음도 충분히 볼 수가 있을 정도

---

32)『点頭錄』전게서 p.637
33) 전게서 p.637

로 소세키의 안에는 여러 가지 마음이 있었다고 하는 점이다. 따라서 소세키의 자기본위는, 또 소세키의 개인주의(個人主義)는, 소위 보통의 자기본위, 또 소위 보통 개인주의와는 전혀 다른 내용을 가지고 있다는 것이다.[34]

여기서 보통 개인주의와는 다른 소세키의 개인주의를 말하면서 고미야 토요타카는 이러한 소세키의 특징을 들어 사상가(思想家)적인 면을 알 수 있었던『점두록』에서 "군국주의'와 '트라이치케'에 관해서 쓰고 난 뒤 또다시 이것에 관한 문제를 과연 취급하려고 생각했을까 하는 의문'[35]을 표하기도 하고 있다. 이것은 소세키가 정치, 전쟁 등의 문제보다 타인의 자기본위에 대한 충분한 배려로서 개인의 자유(自由)와 개인의 권리(權利)에 대한 개인주의 관념을 공고히 하는 의견으로서 제시하고 있다고 볼 수 있다.『취미의 유전(趣味の遺伝)』에는 전쟁에 나가는 군인(軍人)에 대해 '군인(軍人)을 개에게 잡아먹히러 전지(戰地)에 가게 하는 상상(想像)을 하는 것이 갑자기 마음 아팠다.'[36]라고 묘사하고 있다. 전쟁이라는 상황에서 이유 없이 죽음을 맞이해야만 하는 인간, 즉 개인의 자유와 선택이 없는 개인 부재(不在)로서의 군인일 수밖에 없는 상황을 생각하고 그 가엾고 딱한 감정을 표현하고 있다.

이처럼 '힘'이라는 것이 군국주의 등의 국가(國家)에 의해서 타격되는 것이 아니라, 그것과 대항하는 개인(個人)의 것으로서 피력하고

---

34) 小宮豊隆「『點頭錄』解說」『漱石全集』(1994) 第11卷 岩波書店 p.660
35) 전게서 p.657
36)『趣味の遺伝』『漱石全集』(1994) 第2卷 岩波書店 p.186

있는 소세키는 '자연 법칙의 표현이라고 하는 점에 있어서 힘은 과학적인 것이며, 승리를 바라는 인간의 정신을 나타낸다고 하는 점에 있어서 힘은 고상한 것이다. 우리는 이제 권리와 힘을 대립시키는 것을 그만두지 않으면 안 된다. 권리가 없어서 패배하는 것은 물론이거니와, 권리가 있으면서도 패배하는 것은 이중(二重)의 패배이다. 최대의 손해이다. 더 없는 불행이다.'[37] 라는 말대로 소세키는 힘이라고 하는 관념 안에 독일인이 순수한 프랑스의 관념도 뒤틀리게 혼합해버렸다는 것을 말하면서 힘과 권력에 의한 전쟁에 대해서 부정적(否定的) 관점을 시사하고 있다.

'군국주의(4)'에서는 독일에서 표방한 군국적(軍國的) 정신(情神)에 대한 강한 자극(刺戟)에 대해 서술하고 있다. 전쟁의 영향이라는 것이 전쟁이 끝나더라도 인간들의 뇌리에서 쉽게 지워지지 않을 것이며 단순히 과거의 아픈 경험으로서 끝나는 문제가 아닌 미래에도 계속될 것이라는 우려를 내포하고 있다. 군국적 정신에 강한 자극을 주는 독일, 소세키는 1916年 12月 9日 그가 죽음을 맞이하기 전까지 쓴 그의 유작(遺作)인『명암(明暗)』에는 이러한 독일을 배제해야하는 존재로서 설정하여 묘사하고 있다. 오노부(お延)와 요시카와부인(吉川夫人)과의 대화 장면에서 부인이 오카모토 쓰기코(岡本継子)의 결혼 맞선 상대이며 외국생활의 경험도 있는 미요시(三好)를 보며 쓰기코에게 재미있는 이야기를 해주라고 하는 내용에서이다.

"독일(獨逸)을 도망쳐 나온 이야기라도 하는 게 좋아"

---

37)『点頭錄』전게서 p.635

"설마 살해(殺害)당한다고 생각한 것은 아니겠지."

"어쨌건 매우 목숨을 아끼는 남자니까"

쓰기코는 아래를 향한 채 킥킥 웃었다. 전쟁(戰爭)전후(前後)에 독일에서 철수해 온 사람이라고 하는 사실만 오노부는 알았다.[38]

이와 같이 소세키는 전쟁전후에 독일에서 도망쳐 나온 남자를 묘사하고 있다. 소세키의 작품 속에서, 전쟁을 일으킨 독일, 군국주의의 독일로부터 도망을 쳐야 한다는 뜻을 나타낸 것으로 독일을 부정적으로 본 마지막 표현으로 생각된다.

소세키는 군국주의에 대한 마지막 게재에서 '현대의 소위 열강(列強)의 평화(平和)라고 하는 것은 결국 완력(腕力)의 평균(平均)에 지나지 않는다는 평범한 이론'[39]을 표명하면서 다음과 같이 기술하고 있다.

전쟁(戰爭)은 전쟁을 위한 전쟁이 아니라, 다른 무언가의 목적(目的)이 없어서는 안 된다. 결국은 하나의 수단(手段)에 지나지 않는다고 하는 사실에 귀착해버린다. 어느 면에서 보아도 수단은 목적 이하의 것이다. 목적보다도 저급(低級)한 것이다. 인간의 목적이 평화에 있든, 예술에 있든, 신앙에 있든 지식에 있든 그것을 지금 비판할 여유는 없지만, 어쨌든 전쟁이 수단이라고 하는 이상, 인간의 목적이 아닌 이상, 거기에 성공 효과의 실력을 부여하는 군국주의라고 하는 것도 또한 결코 활력평가표상(活力評価表上)에 있어서 절대로 상위(上位)를

---

38) 『明暗』『漱石全集』(1994) 第11卷 岩波書店 p.171
39) 『点頭録』전게서 p.634

차지할 수 없는 것은 명백하다.[40)

여기서 소세키는 전쟁이 수단이라고 하는 관점에서 군국주의는 절대로 상위를 차지할 수 없다는 점을 강조하고 있다. 그러나 이러한 군국주의가 지금도 또 앞으로도 그들에게 미칠 영향은 결코 적은 것이 아니며 또한 짧은 것도 아닐 것으로 염려하면서 전쟁이 수단이 되어서는 결코 안 된다고 역설하고 있는 것이다. 그렇지만 '장래에 인간이 생존하기 위해 완력의 발현으로서 전쟁을 일으킨다고 한다면, 그것을 해석하는 자는 완력의 발현 그 자체가 목적이 되어 인간이 전쟁을 하는 것으로, 목적은 달라도 그것을 수행하는 수단으로서 할 수 없이 전쟁을 택한 것이라고 말할 것이다.'[41)라는 견해로 그 우려도 표하고 있다. 소세키는 군국주의에 대해 4회에 걸쳐 신문에 기고하면서 마지막으로 '독일에 의해서 오늘날까지 고취된 군국적(軍國的) 정신(情神)이 적국인 영국과 프랑스에 커다란 영향을 준 것을 인정하는 동시에 시대착오적(時代錯誤的)인 정신이 자유와 평화를 사랑하는 그들에게 크나큰 영향을 준 것을 슬퍼한다.'[42)라고 매듭을 짓고 있다.

소세키는 이와 같이 인간의 내면(內面)을 소중히 하는 입장에서 그 어떤 목적을 위한 것이 아니고 단지 수단만을 위한 결과물로서의 군국주의에 대해서는 부정적으로 기술하고 있다. 이러한 군국주의가 전쟁에 대한 노골적인 완력에 의해 인간의 본능으로부터 행해지는 것이라고 하더라도 상대를 죽이거나 상처를 입히지 않을 정도이어야 한

---

40) 전게서 p.635
41) 전게서 p.635
42) 『点頭錄』전게서 p.638

다. 그리고 그 본능을 만족시키는 것이 인정(人情)임에도 불구하고 하루에 수많은 인명(人命)을 걸고 행해지는 전쟁은 인류 역사상 가장 바람직하지 않는 일이며 결코 인간의 내면적(內面的) 풍요(豐饒)와 평화를 가져올 수 없는 것이라고 시사(示唆)하고 있다.

5. 맺음말

소세키가 『점두록』의 첫머리에서 과거와 현재 그리고 미래 역시 같은 이치에서 말한다면 과거를 비롯하여 모두 꿈에서조차 존재하지 않는 완전한 무(無)가 되어버린다고 전제한 것처럼 소세키는 군국주의든 전쟁이든 역시 하나의 과거가 되면 무(無)가 되어버리는 것을 주지하고 있다.

소세키가 말하고 있는 전쟁에 대한 견해는 첫째 우리의 정신생활에 급격한 변화를 초래하여 문명의 본류에 심한 방향전환이 일어날 염려는 없다는 것, 둘째로 군국주의의 발현에 의해서 얼마만큼 개인의 자유를 파괴해 나갈 것인가 하는 것이 문제라는 점, 셋째로 전쟁으로 인해 일어난 엄청난 정신적 변화를 염려하며 권력과 힘의 대립은 그만두어야 한다는 것, 넷째로 전쟁이 목적이 아니고 수단에 지나지 않는다면 군국주의 역시 활력평가표에 있어서 절대로 상위를 차지할 수 없다는 것을 단언하고 있다.

이상에서 살펴본 소세키의 전쟁에 대한 견해에 있어서 부정적이고 비판적인 면이 내재되어 있다는 사실이 고찰되었다. 소세키의 시와 소설 그리고 많은 문장 속에서도 전쟁의 단어는 도입하고 있으나 직

접적인 전쟁의 개념이나 의의를 부여하고 있지는 않다. 즉 소세키는
그 어떤 전쟁도 인간의 내면(內面)을 변화 시킬 수가 없는 것이며 개
인의 자유와 평화는 유지되어야 하는 것을 강조하고 있는 것이다. 아
울러『점두록』을 통해 소설에서 표현하지 않은 자신의 철학과 사상을
피력하고 있는 점과 함께 그의 인생관과 내면의식을 표출하고 있는
점은 소세키 문학을 이해하는 또 하나의 관점으로 새길 수 있을 것이
다.

제6장

『출가와 그 제자(出家とその弟子)』에
나타나 있는「성결한 사랑(聖い恋)」

1. 들어가기

구라타 햐쿠조(倉田百三)는 21세가 되던 해 폐결핵에 걸려 제일고등학교를 중퇴하고 나서 23세에 병 요양을 시작하게 된다. 병원 입원과 요양을 위해 산과 바다 그리고 시골을 전전하면서 인생에 대해 심각하게 고민하고 복잡한 감정에 얽힌 삶 자체에 대한 사색을 하게 된다. 1916년(大正 5년) 25세에 쓴 『출가와 그 제자(出家とその弟子)』는 불교(佛敎) 서적 단니쇼(歎異抄)[1]를 바탕으로 한 내용이다. 가마쿠라(鎌倉)시대에 정토진종(淨土眞宗)을 창시한 신란(親鸞)과 그 제자 유이엔(唯円)과의 일화를 재창조하여 그린 희곡(戲曲)으로 구라타 햐쿠조의 대표적인 작품이다.

전술한 바와 같이 『근대와 일본불교(近代と日本佛敎)』에서 다마루

---

1) 『歎異抄』 가마쿠라시대(鎌倉時代) 후기의 불교서(佛敎書). 작자는 신란(親鸞)에게 사사받은 유이엔(唯円)으로 전해짐. 『歎異鈔』라고도 함.

노리요시(田丸德善)는 불교의 선(禪)에 대해서는 스즈키 다이세쓰(鈴木大拙)를, 신란과 그 신앙에 대해서는 구라타 햐쿠조를 그 대표적 인물로 거론[2]하고 있을 정도로 구라타 햐쿠조는 신란에 관한 관심을 가진 대표 작가로 손꼽히고 있다.

『출가와 그 제자』도 역사적 실존 인물상을 배제하고 신란을 재해석하여 등장인물로 설정한 한 작품으로 1916년(大正 5년)에 창간된 동인지 『생명의 강(生命の川)』[3]에 연재되었다. 그리고 다음 해인 1917년(大正 6년) 이와나미(岩波)서점 출판으로 베스트셀러가 되면서 일본 다이쇼기(大正期) 종교문학(宗敎文學)에 있어서 중요한 작품으로 평가되고 있다.

그의 문학 사상의 저변에는 앞에서 언급한 바와 같이 21세 때부터 40여세까지 투병생활이라는 괴로운 삶이 존재한다. 병마(病魔)에 시달리면서 겪는 생사(生死)에 대한 불안으로부터 벗어나는 하나의 방법으로 그는 종교에 의지하여 육신의 괴로움과 정신적 번민으로부터 초월하려고 성서(聖書)를 가까이하기도 하고 불교에 귀의하여 참선(參禪) 등의 수행에도 힘을 쏟게 된다. 이러한 과정을 거치면서 구라타 햐쿠조는 동양과 서양의 종교사상적(宗敎思想的)인 요소 모두를 자신의 작품에 표현하고 있다. 양면적인 성향을 띠고 있는 작가로 인식되고 있지만 본 연구에서는 신란의 신앙에 경도된 점에 주의하면서 불교적 성향으로서의 구라타 햐쿠조의 문학을 이해하고자 한다.

구라타 햐쿠조 자신이 '이 희곡은 나의 청춘시대의 기념탑이다' '내

---

2) 田丸德善(1995)『近代と日本佛敎』岩波書店 p.23
3) 『生命の川』 1916년에 이누카이 타케루(犬養健) 등과 함께 창간한 동인지.

청춘의 번민과 동경과 종교적 정서가 가득 그 속에 담겨 있다.' 라고 「『출가와 그 제자』의 추억[4]에서 밝히고 있듯이 작품에 청춘의 정감과 감상을 그려내고 있다. 따라서 본 논고에서는 이러한 구라타 햐쿠조가 그린 종교적 정서 중에서 성결한(聖い) 사랑의 모습에 주목하고 그가 말하고 있는 성결함이 어떠한 것인지에 중점을 두고 고찰하고자 한다.

2. 작가의 성결함에 대한 희구(希求)

『출가와 그 제자』가 책으로 된 것은 1916년이지만 그 해부터 구라타 햐쿠조는 1929년까지 무려 13년 동안 병상에서 지내게 된다. 그의 생애에 있어서 이 시기는 가장 중대한 시기로 이때의 시련을 통해서 희구하게 된 종교적 구도심(求道心)은 절대적이 된다. 또한 그에 따른 아픈 경험들은 삶에 대한 진실의 추구와 함께 그의 문학 속에 스며들어 있다. 구라타 햐쿠조가 병마에 시달리고 있던 시기에 대하여 가메이 가쓰이치로(龜井勝一郎)는 자기응시(自己凝視)의 시기로 보고 「구라타 햐쿠조-종교적 인간(倉田百三—宗敎的人間)」에서 "인간응시는 먼저 자기응시로 시작되어야 한다. 구라타씨가 청춘의 첫날부터 시작한 것은 이 자기응시이다. 말하자면 자기 자신을 인간 연구를 위한 실험대로 삼고 있다. 그 대가로 여러 가지 방황(彷徨)과 좌절(挫折)을 경험해야 했던 것이다. 30년대의 전 시기는 이러한 병들을

---

4) 倉田百三(1936)「『出家とその弟子』の追憶」「극장(劇場)」제 2권 제 1호 소재.

안은 상태로 지냈지만 종교적인 명저(名著)는 거의 이 시기를 중심으로 완성되었다고 하는 사실에 유의해야 할 것이다."[5]라고 말하고 있다. 병상에 누워 있었던 구라타 햐쿠조는 고통을 감내해야만 하는 자체가 그의 인생에 있어서 실험대가 된 것이다. 이러한 과정을 거쳐 그는 오랜 투병 생활 중에서 자신의 번민을 바탕으로 쓴『출가와 그 제자』를 세상에 발표하여 종교문학을 바탕으로 한 청춘문학으로서 독자적인 문학세계를 펼치게 되면서 많은 사람들의 공감과 명성을 얻게 된다. 이 후 근대 일본에 있어서 「종교적 인간의 대표적 인물」[6]로 거론되고 있을 정도로 종교문학적 위치는 확고해졌다고 볼 수 있다.

이처럼 일본근대문학에 있어서 가장 종교적인 작가로 꼽히는 이유로 생각할 수 있는 점은 구라타 햐쿠조가 자신의 작품에 불교와 기독교의 경계를 생각하지 않고 종교적인 진리를 추구함과 동시에 근대라는 시대에 봉착하여 고뇌하는 청년들의 갈등을 함축시켜 표현하였기 때문이라고 생각한다. 여기서는 그 청년들의 갈등 속에 내재되어 있는 문제로서 종교적인 문제와 종교문학적인 문제의 검토보다 작품 속에 주지(主旨)하고 있는 성결함에 초점을 맞추어 살펴보기로 한다.

종교에 입문하는 사람은 말할 필요도 없이 여러 의미에서의 구원을 얻기 위해서이다. 그러나 구원이 그렇게 쉽게 얻을 수 있는 것이 아니다. 종교적 인간이라고 불리는 구라타 햐쿠조 역시 병마로 인한 생(生)과 사(死)의 관문을 넘나들면서, 괴롭고 고통스러운 인생에 있어서 본래의 순수하고 성결한 자신을 찾기 위한 구원을 희구(希求)하

---

5) 龜井 勝一郎(1956)『倉田百三 宗敎的人間』筑摩書房 p.407
6) 전게서 p.410

게 되고 이 구원을 얻기 위해 고행(苦行)과 수행(修行)을 하게 된다. 생명에 대한 위기감과 병자로서 나약한 자신의 자각(自覺)으로, 과거 자신이 범한 죄에 대해 인식하게 되면서 인간은 구원 받기 어려운 존재라는 사실을 스스로 알게 된다. 구원은 예상하고 계산하여 구하는 것이 아니다. 구원을 얻고자하는 아집(我執)을 버리고 진정으로 번뇌(煩惱)와 욕심에 찬 자신을 방하(放下)한다면 진정한 구원을 얻을 수 있는 것이다. 그는 자신의 고통스러운 육신과 그 육신 때문에 번민하는 마음으로부터 해방되어 성결한 자신을 희구하며 수행을 단행했을 것으로 간주된다.

수행을 결심하기까지의 구라타 햐쿠조는 애욕(愛欲)과 세속(世俗)에 대한 집착, 죽음에 대한 두려움 등으로 시달리고 있었다. 이러한 자신의 모습을 『출가와 그 제자』의 서곡에 먼저 그려내고 그러한 자신의 모습으로부터 벗어나 성스럽고(聖なる) 순결한 모습을 추구하고 그에 대한 구원을 얻고자 하는 구도심을 작품의 마지막 부분까지 표현하고 있다.

『출가와 그 제자』에는 출가한 승려(僧侶)의 신분으로서의 자제의 힘을 잃은 채 계율(戒律)을 어기고 기생에게 사랑을 느껴 그 사랑에 집착하고 또 그 사랑을 인정받기 위해 스승 신란에게 호소하기까지 하는 주인공 유이엔의 모습이 그려져 있다. 이 모습에서 애욕을 떨치지 못한 구라타 햐쿠조의 모습이 비쳐지고 있지만 그는 기생과의 사랑에 대해서 단순히 욕정을 위한 사랑이 아닌 순결하고 성결한 사랑을 원하는 주인공임을 강조하고 있다.

이와 같은 전개는 구라타 햐쿠조가 『출가와 그 제자』에 이르기까지의 과거를 성찰(省察)하면서 세속에서 벗어나 그의 인생의 행로 전환

을 보여주는 구도심을 표현한 것으로 볼 수 있다. 그것은 한편으로는
이상(理想)에 대한 추구로서 나타나고 또 다른 한편에서는 순수함과
성결함을 찾아 그것을 지키고자 하는 욕구로 나타나기도 한다. 그러
한 구라타 햐쿠조의 심적(心的) 과정에 대해 가메이카쓰이치로는 '구
라타 햐쿠조는 이러한 지성(知性)에 의해서 그 내면의 깊이를 더하고
자 한다. 이상하리만치 초조해한 구도의식, 고행의식으로 이상(理想)
이라든가 선(善)이라든가 하는 진실을 위해 스스로 설정한 목표를 향
해서 자신을 채찍질해 간다. 단지 그 지성은 강한 구도적 성격을 띠고
순수와 성실의 표출로서 처음부터 종교적 고행(苦行)에 의해 자각하
게 된 것이다.[7]라고 지적하고 있다. 또한 이 고행의식에 대해서 '고행
은 항상 자기 계획적 고행이다. 이 고행은 끝없는 자력적(自力的) 향
상을 목표로 한다.'라고 덧붙여 말하고 있다.

　구라타 햐쿠조는 이와 같은 자신의 수행과 나란히 하여 34세(1925
년경)부터 43세(1934년)에 걸쳐 신란에게 깊이 경도됨과 동시에 구
도(求道)에 대해서도 강한 자의식(自意識)을 나타내게 된다. 이것은
젊었을 때 이미 연애와 성욕의 문제로 죄악감을 가지고 있었기에 그
죄의식으로부터 구원을 얻기 위한 자의식이라고 볼 수 있다. 그러한
죄악감에 대한 자의식과 성찰이 깊어질수록 순수함과 성결함에 대한
희구가 더해졌을 것이라고 유추된다.

　그는 『출가와 그 제자』에 대하여 1936年에 쓴 「『출가와 그 제자』
의 추억」에서 다음과 같이 밝히고 있다. '이 희곡은 순정이 어느 만큼
의 작품을 낳을 수 있을까에 대한 지표라고 해도 좋을 것이다. 그것을

---

7) 龜井 勝一郎(1956)『倉田百三 宗教的人間』筑摩書房 p.410

없애면 이 작품은 볼 품 없게 된다. 그러니까 반말이나, 풍자나 폭로가 조금도 없는 이 작품이 편안하게 보이는 것은 당연하다. 사람들이 읽고, 특히 젊은 사람들이 읽어도 나쁠 것이 없는, 반드시 그 마음을 순수하게 하고, 따뜻하게 하여 바로 그것을 추구하는 감정을 감염시킬 것이라고 지금도 나는 생각한다. 나는 세속에 시달린 진리(眞理)를 쫓고 있다. 세상에 시달리고 현실을 알고, 특히 지금은 빈곤 속에 살면서 국민운동도 하고 있다. 그러나 일생 순정과 이상주의(理想主義)를 잃고 싶지는 않다.[8] 라고 하여 『출가와 그 제자』가 순정을 품은 따뜻한 작품, 읽는 사람들의 마음을 순수하게 하는 작품이라고 자신하고 있는 내용이다.

즉, 구라타 햐쿠조 자신이 젊은 시절에 욕정으로 세월을 보낸 것에 대한 후회와 반성에서 기인된 생각과 자신이 미처 지키지 못했던 성결함에 대한 희구와 구원을 얻기 위한 심적 과정을 표현한 것으로서 주목된다. 세상의 고뇌로부터 구원을 얻어 성결한 사랑을 실현하는 자신의 참모습을 희구하는 일념을 자신의 작품에 표출하고 있다고 볼 수 있다.

3. 성결한 사랑(聖い恋)과 성스러운 사랑(聖なる恋)

「『출가와 그 제자』의 상연(上演)에 관해서」에서 '이 작품은 엄밀히

---

8) 倉田百三(1936)「『出家とその弟子』の追憶」「劇場」第2卷 第1號 青空文庫 P.936

말해서 신란상인(親鸞上人)의 사실(史實)에 의한 것은 아니다.'[9]라고 먼저 밝히고 있는 것처럼 사실적인 실존 인물인 승려 신란과 유이엔의 모습이 아닌 작품 속의 등장인물의 한 구성원으로서의 외면과 내면의 문제, 성결한 사랑의 참모습 등에 대한 작가의 재구성에 의해 자신의 문학으로 승화시켜 그려내고 있다.

『사랑과 인식의 출발(愛と認識の出發)』에서 '사랑이라는 것은 인격(人格)이 서로 합일(合一)하고자 하는 요구이다. 사랑은 생명의 근본적이고 실재적인 요구이다.'[10]라고 하면서 사랑의 원류는 인식(認識)이라고 말하고 있다. 이러한 인간의 인식을 통해서 승화된 사랑이야말로 생명의 진정한 힘이고 열정이고 빛이라는 것이다. 또한 '주관이 객관과 합일하여 생명의 원시 상태로 돌아가려고 하는 요구이다. 때문에 사랑과 인식은 다른 종류의 정신작용이 아니다. 인식의 궁극적인 목적은 단지 사랑의 최종 목적이다.'[11]라는 논리로 자타(自他) 합일(合一)의 마음이 사랑이라고 기술하고 있다. 이와 같은 사랑의 논리를 펴고 있는 작가는 성결하고 열정적인 사랑을 『출가와 그 제자』에 어떻게 묘사하고 있을까.

작품 속에서 신란은 사랑에 대해 폭넓은 의미로 많은 것을 이야기한다. 먼저 제 1막에서 사에몬(左衛門)이 눈이 내리는 추운 밤에 하룻밤 묵게 해달라는 신란과 그 제자들을 문밖으로 내쫓는 장면에서 처음 사랑이 거론된다. 사에몬은 추운 문밖에서 웅크리고 있는 그들에게 다시 용서를 빌며 집안으로 들어오게 하여 하룻밤 지내게 하면

---

9) 倉田百三(1956)「『出家とその弟子』の上演について」筑摩書房 p.390
10) 倉田百三(1956)『愛と認識の出發』筑摩書房 p.292
11) 전게서 p.292

서 신란과 대화하는 장면에서이다. 신란이 사에몬에게 여러 가지 더 럽혀진 마음 작용 속에서도 사랑은 존재한다고 말하지만 사에몬은 수 긍하지 못하고 지옥에 대한 두려움에서 빠져나올 수 있는 방도를 묻 는다. 이에 대한 대답으로 신란은 "그것은 사랑입니다. 용서입니다. 선, 악을 초월하여 작용하는 힘입니다. 그 힘은 선악(善惡)의 구별보 다 강해서 선악을 생기게 하는 것입니다."[12]라고 대답한다. 물론 여기 서 말하고 있는 사랑은 남녀의 사랑 정도로 국한된 것이 아닌 두루 원 만한 사랑을 말하고 있다. 이 사랑에 대해서 구라타 햐쿠조는 깨끗한 (淨い) 사랑, 순수한(純い) 사랑, 성결한(聖い) 사랑 등으로 이야기를 전개하고 있다(작가가 동음이자(同音異字)로 표현하고 있는 점에서 그 의도가 있다고 고려하여 고심한 나머지 이러한 해석을 함: 필자). 이와 같은 표현 중에서 본 연구에서 주목하고자 하는 성결함(聖い)의 양상이 어떠한 형태로 묘사되어 있는지에 대해서는 먼저 동음(同音) 으로 표기하고 있는 단어를 살펴보아야 할 것이다.

맑다, 깨끗하다, 정결하다, 청렴결백하다 등등의 뜻으로 해석되는 기요이(きよい)는 위에서 말한 바와 같이 '淸い', '淨い', '潔い' 등으로 쓰고 있으나 구라타 햐쿠조는 '聖い'로 쓰고도 기요이(きよい)라고 표 기하고 있다. 한자 선택을 淸(청), 淨(정), 潔(결)과는 다르게 성(聖) 이라는 한자를 선택하고 있는 점에 주의하게 된 것이다. 이 작품을 읽 으면서 점점 이 기요이(聖い)라는 글자를 선택한 것에 작가 나름의 특별한 이유가 있는 것이 아닐까하는 생각에서 그가 의도하고자 하는 뜻은 무엇일까에 대해 숙고가 요구된다. 기요이(聖い)는 맑다, 깨끗

---

12) 倉田百三(1956)『出家とその弟子』『現代日本文学全集』74. 筑摩書房 p.201

하다, 정결하다, 청렴결백하다 등등 여러 가지 의미를 내포하고 있지만 작품 전체에서 감지할 수 있는 것은 이와 같은 뜻과 더불어 성(聖)이라는 한자의 뜻에 기인하여 성스럽고(聖なる) 순결한(潔い) 의미의 복합체로서 기요이(聖い)라는 말로 전달하고 있을 것이라는 착안으로 이에 중점을 두고자 한다.

그 이유로서는 『출가와 그 제자』속에 등장하는 주인공 남녀의 사랑이 육욕과 탐심(貪心)을 표현한 것이 아닌 내면의 아름다움과 깨끗하고 성스러운 마음의 교감을 나타내기 위한 것이라고 이해되기 때문이다. 따라서 본론에서는 해석상 까다로움과 다소의 무리함을 감내하고 작품 전체의 내용을 감안하여 가능한 한 사전적 의미에 의거하여 이해의 편의상 '聖なる(せいなる)'는 '성스럽다'로, '聖い(きよい)'는 '성결함'으로 해석해 보았다.

작품 속에 나타나 있는 문장으로 제6막 2장의 신란의 대사에서 "일생에 한 번 있는 이 일대사를 가능한 한 수치스러움을 적게 하여 지내기 위해서 말이네. 나는 그 때문에 기도하고 있다네. 하늘을 밝게 비추는 달처럼 맑고 깨끗한(淸らかな) 마음으로 지내고 싶네. (중략) 성중(聖衆)의 무리는 그 음악에 맞추어 부처님을 칭송하는 노래를 부르셨어. 그러자 하늘에서 꽃이 내려오고 주위는 맑고 깨끗한(淨い) 향기가 가득했다네."[13]라고 하여 기요라카나(淸らかな)와 기요이(淨い)가 사용되고 있다. 그리고 작품의 마지막 부분인 제 6막 4장에서는 스승 신란의 임종(臨終) 앞에서 "스승님의 은혜는 영원토록 잊지 못할 것입니다. 사제(師弟)의 인연만큼 깊고도 순수한(純い) 것은 없을 것

---

13) 倉田百三(1956)『出家とその弟子』筑摩書房 p.256

입니다."14) 라고 하는 제자의 말을 통해서 기요이(純い)를 채택하여 동음이자(同音異字)로 사용하고 있음도 주목된다. 따라서 진실한 마음에서 우러나는 성결한(聖い: 기요이)과 더불어 같은 음으로 깨끗한 (淨い: 기요이), 순수한(純い: 기요이)의 의미로 구분하여 사용하고 있음에는 필시 작가의 의도가 분명 있을 것이라는 확신으로 작품의 내용을 고찰하기에 이른 것이다.

　순수한 마음으로 승려 신분임에도 불구하고 기생과 사랑을 하는 유이엔은, 기생이라는 이유로 경멸한다는 것은 스승 신란의 가르침이 아니라고 말한다. 그리고 유이엔은 4막 1장에서 어린 기생 가에데(かえで)에게 사랑을 고백하는 장면에서 '설령 기생이라도 순수한 사랑을 하면 그 사랑은 무구(無垢)하고 깨끗한 것'15) 이라고 말한다. 유이엔은 비록 기생의 신분이지만 순결한 마음의 소유자인 가에데를 만나고 사랑을 느끼며 그 사랑을 고백한다. 그러나 동료 승려들은 이와 같이 유이엔이 사랑하고 있는 가에데에 대하여 근본도 모르는 천한 기생이라고 하면서, 그러한 기생에게 빠져서 부처님에게 올리는 공양(供養)도 소홀히 할 뿐 아니라 기생을 두둔하기까지 하는 유이엔을 두고 사찰을 더럽힌다는 이유로 추방해야 한다고 핍박한다. 승려들은 유이엔에게 불만과 빈정거림으로 기생과의 사랑을 천박하다고 비난하면서 연애를 당장 중단할 것을 요구하기에 이른다. 하지만 유이엔은 인간은 모두 평등함에도 불구하고 직업의 귀천(貴賤)에 대한 선입견을 가지고 기생을 무조건 나쁘다고 단정하는 편견은 잘못이라고 반

---

14) 전게서 p.256
15) 전게서 p.229

박을 하며 자신을 처음부터 따뜻한 사랑으로 대해주지 않았기 때문에 순수한 자신의 사랑마저도 냉담하게 비판하는 것이라고 슬퍼한다. 그리고 제5막 1장에서 유이엔이 흥분하면서 '당신들은 나를 사랑해주지 않는 것입니다. 처음부터 냉담한 느낌으로 마음이 경직되는 것 같은 기분이 들었습니다. 사랑해주시지 않는 것입니다. (눈물을 머금는다) 당신의 입가에는 천하다는 표정이 감돌았습니다"[16] 라고 간절하게 말해도 오히려 승려들은 유이엔에게 부처님 대신에 기생을 섬기라고 냉혹하게 나무라기만 한다. 가에데는 기생으로서 더럽혀진 자신이기에 유이엔에게 미안하다고 빌면서 눈물을 흘린다. 이 작품에는 이같은 눈물의 장면을 많이 설정하고 있는 것 또한 다른 작품과 다른 점으로 꼽을 수 있다. 눈물에 대한 부분은 앞장에서 논한 바가 있으므로 구체적인 것은 약필하기로 한다. 단 구라타 햐쿠조의 작의에서 살펴본다면 순수하고 성결한 것을 작품 속에 담고자 하는 의도에서 눈물 흘리는 장면 설정을 많이 하고 있다고 말할 수 있다. 가도와키 켄(門脇 健)은 눈물에 대하여 "구라타 햐쿠조는 외면(外面)을 무시하고 인간의 내면(內面)을 지향하는 신란을 묘사하려고 한다. 그것은 '감사와 눈물' '온화한 마음'을 이끌어내기 위한 것이다. 그곳에는 다 말라버린 마음이 눈물로 따뜻해지는 행복한 순간이 있다."[17] 라고 하여 인간의 내면을 중시하는 신란의 사상을 그려내려고 하는 하나의 역할로 눈물의 존재를 이해하고 있다. 비록 몸은 더럽혀져 있지만 맑고 깨끗한 영혼의 소유자로서 가에데라는 인물을 설정하고 그녀의 내면에서

---

16) 전게서 p.244)
17) 門脇 建(1995)『倉田百三と龜井勝一郎』,岩波書店 P.304)

홀리는 눈물을 통하여 욕심과 분별에 사로잡혀 성결함을 잊어버리고 살아가는 중생들에게 진실과 함께 잊어버린 본연의 자신들을 되돌아 볼 수 있는 여유를 제시하고 있다.

구라타 햐쿠조는 이러한 가에데를 두고 더럽혀진 기생이라는 이유만으로 힐난하는, 인간의 내면을 보지 못하고 외면만으로 판단하고 비판하는 인간들에게 던지는 메시지처럼 전개해 나가고 있는 것이다. 유이엔은 비록 기생이긴 하지만 어린 소녀인데 그 마음을 너무 짓밟고 있는 승려들에게 야속하고 안타까운 마음을 가진다. 승려이니까 훌륭하고 기생이라서 천하다는 '개념적(槪念的)'인 사고방식에 항의하면서 다음과 같이 말한다.

　기생의 마음에도 성결함(聖さ)이 있습니다. 순수한(純な) 사랑을 할 수가 있는 겁니다. 어떠한 사람인지도 알지도 못하면서 처음부터 나쁜 사람이라고 의심하는 것은 안 된다고 생각합니다. 한 가지 일에 열중 할 때에 인간은 진실해지는 것입니다. 나는 처음부터 당신들이 하는 이야기를 듣고, 당신들이 여자에 대해서 진실한 생각을 가지고 있지 않다는 것을 느꼈습니다. 그와 같은 생각이 여자를 나쁘게 본 것은 아닙니까.[18]

승속(僧俗)을 달리 생각하지 않는 관점에서 승려라도 세속적일 수가 있을 수 있으며 속인(俗人)이라도 그 마음은 승려보다 더 깨끗할 수 있다는 말이다. 승려라는 신분이기 때문에 무조건 여자라는 존재 자체만으로 멀리해야하고 더욱이 기생이라는 신분은 용납될 수 없는

---

18) 전게서 『出家とその弟子』 筑摩書房 p.211

사고를 가지고 있는 승려들을 대상으로 유이엔은 "기생의 마음에도 성결함(聖さ)"이 있다는 것을 이해시키고 용서를 구하지만 용납되지 않는다.

이러한 유이엔의 모습을 보고 승려들은 스승인 신란에게 승려로서의 규율을 어기면서까지 기생을 사랑하는 유이엔을 엄벌에 처하도록 규탄하지만 신란은 자비심(慈悲心)으로 종교적인 입장에서 승려들을 타이르고 이해시킨다. 그리고 유이엔에게 종교란 인간이 인간으로서 지닐 수 있는 소원으로 어떠한 현실적 장애에 부딪치더라도 포기하지 않고 이루려고 하는 것이며 그 소원은 절실한 기도를 통해 이룰 수 있는 것이라고 일러준다. 즉 스승인 신란도 육체를 떠난 성결한 마음의 사랑을 인정함과 동시에 승려 역시 승려이기 전에 한 인간임을 주지하고 있다. 이러한 사상의 전개에서 구습과 고정관념을 벗어나고자 하는 작가의 의도가 보여진다.

제5막 2장의 신란과 유이엔이 나누는 대화 속에서는 인간의 운명과 함께 성결한 사랑에 관한 내용을 찾아 볼 수 있다.

> 유이엔 : 저는 간절히 기도합니다. 저는 마음을 담아서 빕니다. 기도로 운명을 불러 깨우겠습니다.
>
> 신　란 : 기도 속에는 깊은 실천적인 마음이 있다. 아니, 실행이 가장 깊은 것이 기도라네. 사랑을 위해 기도한다고 하는 것은, 진실로 사랑을 하는 것 이외에 다른 아무것도 없어. 자네는 지금 무엇보다도 자네의 기도를 성결한(聖い) 마음으로 하지 않으면 안 된다네. 다시 말하자면 오직 부처님에게 마음을 담아 자네의 사랑이 이루어지도록 정결하게 하지 않으

면(淨めなくては) 안 되는 것이라네.

유이엔 : 아아, 저는 부처님에게 진심으로 빌겠습니다. 성결한(聖
い) 사랑(戀)을 하고 싶습니다. 스승님 어떠한 사랑이 성결
한 사랑입니까?[19]

여기서 신란은 제자에게 성결한 마음 자세가 되어야한다는 것을 말
하고 부처님의 제자에게 허락된 사랑으로 일체의 모든 것에 저주를
보내지 않는 사랑이 성결한 사랑이라고 말한다. 또한 신란은 기도는
운명을 부르기도 하고 운명을 만들어 내기도 한다고 말한다. 부처님
에게 두 사람을 맺어달라고 기도하면 부처님의 귀에 들어가고 마음을
움직이면 바로 그것이 운명이 되는 것이며, 그렇게 될 때 비로소 기도
가 이루어졌다고 말할 수 있다고 설한다. 설령 이루어지지 않더라도
원망하지 않고 부처님에게 맡길 것, 사랑하는 사람 이외의 사람에게
저주를 보내지 말 것을 강조한다. 사랑하는 사람 때문에 타인에게 저
주를 보내고 원망하는 일이 없어야 할 것과 자신의 즐거움을 위해 타
인을 저주하는 일이 있어서는 안 되는 것이 진정한 의미에서 성결한
(聖い) 사랑이라고 말한다. 그리고 신란은 다시 성결한 사랑에 이어
제 5막 2장에서 다시 성스러운 사랑에 대해 이야기 한다.

유이엔 : 저는 그 사람의 일로 가슴이 벅차서 다른 사람의 일을 생각
할 여유가 없습니다. 또 그렇게 하지 않으면 사랑하고 있는
마음이 들지 않는 것 같습니다.
신　란 : 그 점에 사랑의 잘못이 있는 거네. 사랑의 작용에는 무한성

---

19) 전게서 『出家とその弟子』 筑摩書房 p.252

(無限性)이 있다네. 사랑은 백 명을 사랑하면 백분으로 되는 따위의 양적인 것이 아니라네. 갑을 사랑하고 있으니까 을을 사랑할 수 없다는 것은 진실된 사랑이 아닐세. 법장비구(法藏比丘)[20]가 물속에서, 불속에서 몇 만겁 고생을 한 것은 널리 중생(衆生) 한 사람 한 사람에 대한 사랑 때문이었던 것이라네. 성스러운(聖なる) 사랑은 타인을 사랑함에 따라 깊어져야 하네. [21]

신란이 말하고 있는 성스러운(聖なる) 사랑은 성결한(聖い) 사랑과 어떠한 차이가 있을까. 왜 굳이 달리 설명하고 있을까. 구라타 햐쿠조는 어떠한 의도로 구분하고 있을까. 작품의 내용 속에서 이해할 수 있는 것은 성스러운(聖なる) 사랑은 인내와 희생에 의해서 자기들의 사랑이 보다 존귀하게 되고 외로움을 참고, 울면서 사랑하는 사람을 위해 기도하는 것이라고 정의하고 있다. 즉 인내와 희생으로 타인을 배려함으로서 더 깊어질 수 있는 사랑으로 이해할 수 있다. 성결한(聖い) 사랑은 상대를 먼저 배려하고 애욕을 벗어난 순수하고 정결함이 우선시 되는 사랑을 일컫고 있다. 그러나 유이엔은 자신이 사랑이라고 믿고 행해온 것이 성스러운(聖なる) 사랑의 반대였었고 자신의 즐거움을 위해 타인에게 상처를 입혔다고 스승인 신란에게 울면서 고백한다. 신란은 유이엔을 꾸짖으며 다시 한 번 성스러운(聖なる) 사랑에 대해 설법한다.

---

20) 法藏: 643~712. 중국 당나라 승려. 화엄종(華嚴宗)의 제 3祖. 화엄교학의 대성자. 岩本裕(1988)『日本佛教語辭典』平凡社 P.726
21) 倉田百三(1956)『出家とその弟子』筑摩書房 p.252

신　란 : 그러한 말을 부끄러워하라. 너는 완전히 흐트러져 있다. 자
　　　　신을 존경하고 자신의 영혼의 품위를 유지하지 않는 것은
　　　　성스러운(聖なる) 사랑이 아니라네. 나와 나의 몸을 쥐어뜯
　　　　는 것은 이 세상의 축생도(畜生道)와 같은 거라네. 유화인
　　　　욕(柔和忍辱)[22]의 상(相)이 자연스럽게 갖추어져야 할 부
　　　　처님의 제자 상이 마치 광란의 모습 같구나.

유이엔 : 아.. 저는 어떡하지요? 저는 자신의 그림자를 놓칠 것 같아
　　　　요.(동란한다.)

신　란 : 자기 자신에게 저주를 보내지 않는다는 것은 자신의 영혼
　　　　의 안식을 흐트리지 않는 거라네. 이것이 가장 나쁜 것이
　　　　고, 그리고 가장 깨닫지 못하고 있는 것이라네.

신　란 : 자신을 존경하고, 자신의 영혼의 품위를 지키지 아니하면
　　　　성스러운(聖なる) 사랑이 아니라네.[23]

이와 같이 신란은 제자 유이엔에게 자신을 존경하고 자신의 영혼의
품위를 지키는 성스러운(聖なる) 사랑에 대해서도 이야기하면서 계
속 이어서 5막 2장에서 사랑에 대해 강조하고 있다.

신　란 : 사랑이 서로의 운명에 상처 입히지 않는 일은 드문 일이라
　　　　네. 사랑이 죄가 되는 것은 그 때문이다. 성스러운(聖なる)
　　　　사랑은 연인을 이웃으로서 사랑해야 한다네. 자비로 감싸
　　　　야 한다네. 부처님이 중생(衆生)을 보살피듯 연인을 대해

---

22) 柔和忍辱: 부처의 가르침에 귀의하고, 그 가르침을 지켜 유순、온화하며, 밖으로
　　부터의 치욕이나 위해(危害)를 잘 견디는 일.

23) 倉田百三(1956) 『出家とその弟子』 筑摩書房 p.252

야 하네. 자신의 소유라고 생각하지 말고, 한 사람의 부처
님 제자로서, 완전한 타인으로서——[24)]

여기서 알 수 있듯이 불교에서 말하는 자비와 함께 부처님이 중생
을 보살피듯 베푸는 사랑, 연인을 이웃으로서 하는 사랑, 완전한 타인
으로서의 사랑, 자신의 소유가 아닌 불자(佛子)로서의 사랑을 성스러
운(聖なる) 사랑이라고 말하고 있다. 이러한 성스러운 사랑은 작품의
마지막 부분 제6막에서 임종을 앞둔 신란이 제자들에게 마지막으로
한 번 더 강조하고 있다. "모두 사이좋게 지내주게. 절대로 싸우지 말
게. 아무리 괴롭고 불합리한 일이 있어도 부처님이나 남에게 저주를
보내지 말게. 슬픔을 참고 견디게. 인내는 곧 덕이 된다네. 이웃을 사
랑하게."[25)] 라고 마지막으로 성스러운(聖なる) 사랑의 실천을 당부한
다. 그리고 찾아 온 아들에 대해 평생 풀지 못하고 괴로워하고 고민하
고 있었던 신란 자신에게마저 성스러운 사랑을 베풀게 된다. 그리고
신란의 죽음과 함께 작품은 막을 내린다.

작품 속의 이러한 죽음은 작가 자신의 죽음과도 연관 지어서 살펴
볼 수 있다. 죽음을 앞두고 병상에 누워 있는 구라타 햐쿠조에게 가메
이 카쓰이치로가 병문안을 갔던 일의 회상에서 "병자 같은 모습은 조
금도 없었다. 그 풍모에는 분명히 성자(聖者)의 상(相)이 나타나 있
었다. 선생님은 잠깐 미소를 띠고 희미한 낮은 목소리로 "가메이, 정
토(浄土)는 있을까?" 라고 말씀하셨다. 나는 내심 약간 당황하면서
말없이 옆에 서 있었다. 선생님은 단적인 목소리로 "내가 보고자 하는

---

24) 전게서 p.253)
25) 전게서 p.262)

찰나, 장엄한 정토가 정말로 눈앞에 나타날까? 죽음과 함께 정토가 나타나서 나를 감싼다면..... 요즈음은 정토에 관한 것을 자주 생각한다네." 라고 말하고 손톱이 자란 여윈 손을 잠깐 가슴 위에 가져가서 허공(虛空)에 무언가 그리듯이 혹 앞에 무언가를 찾듯이 천천히 움직이면서 역시 미소를 띠고 계셨다."26) 라고 밝히고 있다. 죽음을 앞둔 구라타 햐쿠조의 모습은 성자의 모습이었다고 증언하고 있듯이 작품 속의 신란의 아름다운 죽음을 작가 자신의 바라는 죽음으로 미리 설정한 듯한 느낌마저 든다. 그는 자신이 얻고자 한 구원의 도(道)를 이루어 성자(聖者)로서 성스럽고 성결한 사랑의 실천을 통하여 정토에 들어갈 것을 바라며 조용히 미소를 띠면서 죽음을 맞이한 것이다.

이상과 같이 구라타 햐쿠조는 그가 희구한 성결함을 바탕으로 인내와 희생에 의한 성스러운(聖なる) 사랑과 타인을 배려하고 내면적 기도를 통해서 모든 것에 저주를 보내지 않는 성결한(聖い) 사랑에 대한 중요성을 그의 작품에서 강조하고 있음을 알 수 있다.

4. 맺음말

구라타 햐쿠조는 일생동안 병으로부터 해방될 수는 없을 것이라는 생각으로 죽음을 가까이 하며 삶을 산 사람이다. 병상에서 얼마 남지 않은 생의 위기감을 느끼며 인생에 있어서 가장 성스러운 도(道)의 경지를 이루는 구원을 희구했다. 그러한 구원의 도를 이루어 성결

---

26) 龜井勝一郎(1956)『倉田百三─宗敎的人間』筑摩書房 p.244

하고 성스러운 성자(聖者)가 되고자 한 것이다. 그가 말한 성결한(聖
い) 사랑은 자신이 얻고자 하는 소원과 정해진 운명을 내면적으로 잇
게 하는 기도를 통해서 부처님의 제자에게 허락된 사랑으로 일체의
모든 것에 저주를 보내지 않는 사랑이다. 그리고 성스러운(聖なる) 사
랑은 인내와 희생으로 타인을 배려함으로서 더 깊어져야 하고 자신
을 존경하고 자신의 영혼의 품위를 지키고 연인을 이웃으로서 사랑
하고 자비로 감싸야 하고 부처님이 중생(衆生)을 보살피듯 연인을 대
해야 하며 자신의 소유라고 생각하지 말고 한 사람의 부처님 제자로
서 완전한 타인으로서 하는 사랑이라고 정의하고 있다. 즉 작가가 기
요이(きよい)로 읽고 한자 성(聖)을 택한 것은 성스러운(聖なる) 사랑
을 함축시키기 위한 것으로 매듭짓게 된다. 따라서 기요이(聖よい:き
よい)를 성결함으로 해석한 것이다.

　일생동안 순정과 이상주의를 잃고 싶지 않다고 말한 바와 같이 이
작품 속에서 이상으로 하는 성결한 사랑을 여러 각도에서 조명하고
있다. 인간으로서 보편타당한 원만한 사랑, 스승과 제자의 사랑, 동성
동료 간의 사랑, 남녀 간의 사랑, 그리고 종교적인 사랑과 불자의 사
랑 등이다. 작품 속에서 신란이 "승려의 출가는 선행으로 극락에 갈
수 있다고 가르쳤습니다. 나는 일찍이 그것을 믿지 않습니다. 그러하
다면 나는 지옥입니다. 그러나 부처님은 우리들을 나쁜 그대로 거두
어 주십니다. 죄를 용서해주십니다. 그것이 부처님의 사랑입니다. 나
는 그것을 믿고 있습니다."[27] 라고 말한 대로 구라타 햐쿠조는 부처님
의 사랑을 믿고 성결한 사랑을 행하여야 할 것과 그러한 사랑에 의해

---

27) 倉田百三(1956)『出家とその弟子』筑摩書房 p.202

구원을 얻을 수 있음을 나타내고 있다. 이것은 신란 즉 정토진종의 교의이기도 하지만 죄와 악은 성결한 사랑에 의해 구원될 수 있고 따라서 삶의 희망을 가질 수 있다는 것을 시사하고 그것이 부처님의 사랑이라고 주지하고 있다. 삶에서 외면적인 요소보다 인간 내면적 진심을 소중히 할 것을 이상으로 하고 있는 작가의 시점에서 마음의 대화를 하는 매개체로서 그 역할을 할 수 있다는 점에 중점을 두고자 한다. 이러한 점에서 구라타 햐쿠조는 이 작품에서 강조하고자 하는 주안점으로 성결함의 소중함을 독자들에게 피력하고 있다고 감히 결론지어 본다.

제7장

『반딧불의 묘(火垂るの墓)』와
가정(家庭)의 재인식

1. 들어가기

노사카 아키유키(野坂 照如)의 소설『반딧불의 묘(火垂るの墓)』는 작가가 평생 잊지 못하는 동생에 대한 아픈 기억을 그려낸 것이다. 그가 태어난 1930년의 이듬해인 1931년에 일본은 만주사변을 일으키게 되고 그가 초등학교에 입학하던 1937년엔 노구교사건(盧構橋事件)[1]이 일어나고, 중학생 때인 1941년에는 태평양 전쟁이 일어난다. 이처럼 노사카 아키유키는 전쟁이라는 환경 속에서 자라고 또 직접 경험한 작가이다.『반딧불의 묘』는 그 경험 중에서 죽어간 여동생과 함께 지낸 전쟁의 경험을 그려낸 것이다.

이 작품이 대중에게 전해지고 더 많은 관심을 받게 된 것은 다카하타 이사오(高畑 勳) 감독에 의해 제작된 애니메이션이 그 계기가 된

---

1) 盧構橋事件 1937년 일본 중국 양국 군대가 노구교(盧構橋)에서 충돌하여 중 일전쟁의 발단이 된 사건.『한국근현대사사전』(2005) 가람기획.

다. 애니메이션에는 전쟁 발발로 일본의 한 마을이 폭격기의 대공습으로 화염에 휩싸여 소실되고 그로 인해 14살밖에 되지 않은 오빠 세이타(淸太)와 4살 된 어린 여동생 세쓰코(節子)가 겪어야 하는 불행한 삶을 전개하고 있다. 즉, 애니메이션으로 상연된 『반딧불의 묘』는 단순히 전쟁의 참혹한 모습을 나타내기에 앞서 전쟁으로 인해 주인공인 두 어린 남매가 전쟁 속에서 어머니를 잃고 떠돌며 생활해야만 하는 안타까운 모습에 시점을 맞추고 전쟁이라는 배경과 그 전쟁 속에서 비극적 죽음을 맞이하는 어린 생명들의 이야기에 중점을 두고 있기 때문이라고 생각된다.

『반딧불의 묘』의 선행연구에 대한 것은 앞에서 언급한 바와 같이 전쟁비극을 주제로 하여 전쟁희생자에 대한 문제, 일본 대중문화의 반전 및 애니메이션의 연출에 관한 문제, 리얼리즘 예술관의 특징과 의미 등에 중점을 두고 있다. 하지만 본 연구에서는 가정(家庭)이라는 문제에 주안점을 두고 다카하타 이사오(高畑 勳) 감독의 영화를 중심으로 하여 전쟁 속에서 가족을 잃고 가정의 붕괴로 인해 불행을 겪는 주인공 남매와 가정의 소중함과 가정의 재인식에 대해 고찰하고자 한다. 아울러 본 논문에 인용한 참고문헌 번역은 필자의 번역임을 밝혀둔다.

2. 전쟁(戰爭)의 비극

원작가 노사카 아키유키는 실제로 고베(神戶)에서 전쟁으로 인한 공습을 경험한 일과 공습으로 인해 살던 집이 불타 먼 친척집으로 피신하게 되면서 부모를 잃고 혼자만이 살아남았던 아픈 기억과는 달리, 애니메이션으로 만든 작품 속에는 동생을 위해 헌신하는 오빠의 책임감과 희생을 그리고 있다. 그리고 다카하타 이사오 감독은 오빠의 희생과 더불어 어린 남매의 삶에 초점을 두고 순수함을 더하고 있다.

전쟁이 끝난 고베의 거리에 오고 가는 수많은 사람들 속에서 세이타는 전쟁이라는 상처투성이 폐허 속에서 더럽고 남루한 차림으로 죽어간다. 역원이 죽은 세이타 옆에 떨어져 있는 네모난 드롭사탕 깡통을 주워 흔들자 달그락 하는 소리가 들린다. 이 영화에서 드롭사탕 깡통은 세쓰코를 연상하게 하는 중요한 상징물로 두 남매의 사랑을 잇고 있는 매개체 역할을 하고 있다고 본다. 세이타가 죽어가면서 끝까지 놓지 않고 있었던 드롭사탕 깡통 안에는 아사(餓死)한 여동생 세쓰코의 뼈가 들어 있다. 영화의 모두(冒頭)는 이렇게 전쟁으로 인해 고아가 되어 짧은 생을 마감한 어린 남매의 비참한 결말을 제시하면서 전쟁의 비극을 전개하고 있다.

이 남매의 통절한 비극에 대하여 「영화의 휴머니즘(映畵のヒューマニズム)」에서 단노 미쓰하루(團野光晴)는 다음과 같이 기술하고 있다.

그렇게 하여 세이타와 세쓰코 남매의 사랑은, 모두(冒頭)에서 이미 영원불멸의 아름다운 이상으로서 절대화 되어진다. 따라서 이 전쟁 중과 전쟁 후의 상황 속에서 파멸(破滅)해 가는 현실을 그리는 영화 본편은, 통절(痛切)한 전쟁의 비극(悲劇)이외에 아무것도 아니게 될 것이다. 이 영화가 많은 관객의 눈물을 자아낸 것은, 이 때문이라고 말할 수 있는 것은 아닐까.[2]

---

2) 団野光晴(2003)「国民的映画の成立」森話社 p.162.

그러나 이 영화의 주인공 세이타가 전쟁고아가 되고 결국 아사로 죽음을 맞이해야 하는 설정에 대해 미야자키 하야오는 「미야자키 하야오 vs 다카하타 이사오(宮崎駿vs高畑 勳)」에서 다음과 같이 말한다.

『반딧불의 묘』 주인공인 소년 세이타는 순양함(巡洋艦)의 함장의 아들로 설정되어 있는데, 그와 같은 존재가 굶어 죽을 리가 없다. 순양함 선장은 같은 해군사관 중에서도 톱클래스의 엘리트이니까, 고베가 공습을 받았다고 들으면 반드시 그 아이들을 살릴 것이다. 그러니까 『반딧불의 묘』는 거짓이다.[3]

라고 하여 죽지 않아도 될 아이들임에도 불구하고 죽음으로 이끌고 간 점에 대해 동의하지 않고 있다. 이렇게 상반된 의견을 보이는 두 사람에 대해 기리도시 리사쿠(切通理作)는 「지브리 스튜디오에서 쌍벽을 이루는 다카하타 이사오와 미야자키 하야오에 대해 스즈키 토시오(鈴木 敏夫)는 둘 사이를 「언뜻 보면 서로 미워하고 있나? 라고 생각할 순간도 있을 정도로 애증상반관계(愛憎相半關係)」라고 말한다.」[4]라고 언급하면서 다음과 같은 견해를 밝히고 있다.

영화라고 하는 것은 다소의 각색(脚色)도 하는 것으로, 전쟁고아가 많이 죽는다는 것을 생각하면 『반딧불의 묘』의 세계가 거짓이라고 단언(斷言)할 수 없다고 생각하지만, 미야자키가 왜 그런 미세한 설정에

---

3) 切通理作(2001)『宮崎駿の〈世界〉』ちくま新書 p.165.
4) 전게서 p.165.

주목을 하는 것인가 하면, 순양함의 함장의 아들은 죽지 않았지만, 일반 세상의 가난한 사람들의 자식은 죽었을지도 모른다고 하는 입장 차이를 애매하게 한 채, 단지 〈거대한 잘못〉으로서의 전쟁이 과거에 있었고, 〈전쟁은 나쁜 것이었다.〉라고 하는 인식만으로 영화를 만들어 가서는 전쟁에 대한 리얼리즘은 살아나지 않는다고 하는 문제 제기를 하고 있는 것이다. [5]

기리도시 리사쿠는 여기서 미세한 설정에 주목하는 미야자키 하야오에 대한 변설(辨說)을 하면서 전쟁에 대한 리얼리즘 문제 제기로 미야자키 하야오의 작품에 대한 시각을 이해할 수 있다는 의사를 표명하고 있다. 이 점은 영화 개봉 당시 어두운 내용의 「반딧불의 묘」와 밝은 미야자키 하야오의 작품 「이웃집 토토로(となりのトトロ)」가 동시 상영으로 개봉된 사실에 기인할 수도 있을 것이다. 두 작품이 너무 대조적인 점에서 감안해볼 때 미세한 설정에 주력하는 미야자키 하야오가 전쟁에 대한 리얼리즘의 여부와 관련하여 다카하타 이사오의 『반딧불의 묘』가 거짓이라는 입장 차이를 보이고 있다고 생각한다.

그러나 미야자키 하야오의 이러한 시각에 대하여 타카하타 이사오는 『에로스의 불꽃(エロスの火花)』에서 「미야자키 하야오는 매우 부지런하고 나는 매우 게으르다」라고 글 첫머리에 말하고는 「미야자키 하야오는 구체성(具體性)을 중시한다. 그는 일상(日常), 구체성이 없는 관념론에는 심하게 부정적인 한편, 무언가에 촉발(觸發)되면 영상적 상상력(想像力)으로 점점 상상을 부풀려 나가서 뚜렷한 환영(幻

影)을 보고 그 실현의 기대로 가슴을 두근거리며 더 기다리지 못한다.」[6]라고 미야자키 하야오의 가장 측근으로서 그의 성향과 작품에 대한 태도를 이해하고 있다.

또 미야자키 하야오는 세이타가 죽을 때의 추하고 남루한 모습이 아닌 일상적인 모습으로 먼 곳으로 향하고 있는 세이타의 혼령의 시선을 따라 회상 형태의 설정으로 장치한 점과 먼저 죽은 어머니를 만나지 못한 점에 대해서도 언급하고 있다. 『출발점 -1979~1996-』의 「돌아가야 할 곳이 없는 죽음(歸るべき所のない死)」이라는 소제(小題)에서 「『사막의 수도원』을 읽다가 갑자기 이해할 것 같은 기분이 들었다. 콥트(copt)교의 수도사에 관한 것은 아니다. 4월 이래 마음에 걸려 있는 애니메이션 『반딧불의 묘』에 관해서이다. 」[7]라고 전제하고 돌아가야 할 곳이 없는 죽음을 맞이한 남매의 혼령에 대한 의구심을 다음과 같이 풀고 있다.

　　공습(空襲)으로 집과 어머니를 잃고, 배고픔과 영양실조로 죽은 4세와 14세의 남매 두 명의 혼령이, 왜 어머니의 혼령과 만나지 않는 걸까. 어머니와 둘은 다른 세계에 간 걸까. 생(生)에 집착하고, 원한을 남기고 죽은 것이라면, 둘의 혼령은 죽기 직전의 기아(飢餓)의 모습일 텐데, 왜 육체적으로 아무것도 손상되지 않은 모습을 하고 있는 걸까. 콥트의 수도사들이, 이 세계와의 인연을 끊고 나일강을 서쪽으로 건넜던 것처럼, 이 둘은 살면서 다른 세계에 간 것이다.[8]

---

6) 宮崎駿(2001)『出發點1979~1996』德間書店 p.576.
7) 전게서 p.270.
8) 전게서 p.270.

세이타의 혼령이 왜 죽을 때와 모습이 다른지 그렇게 애타하는 어머니의 혼령과는 왜 만나는 설정을 하지 않았는지에 대해 다카하타 이사오 감독의 연출에 의구심을 가지고 있었으나 『사막의 수도원』을 읽는 도중 콥토 수도사들이 이 세계와 인연을 끊고 나일강 서쪽으로 건너간 내용에 기인하여 혼령의 세계에도 여러 다른 세계가 있기 때문이라고 이해하고 있다. 어머니의 혼령과 만나지 못하고 남매만의 세계에서 전개된 이야기임을 시사하고 있는 것이다. 『미야자키 하야오의 〈세계〉(宮崎 駿の〈世界〉)』를 쓴 기리도시 리사쿠에 의하면 「미야자키 하야오와 전쟁(宮崎 駿と戰爭)」편에서 미야자키 하야오는 「전쟁으로 부모님을 잃은 아이들과 전쟁 후에 같은 교실에서 만나면 그는 죄악감을 느꼈다.」[9]라는 말을 전하고 있다. 그런 이유에서인지 미야자키 하야오는 전쟁을 다룬 다카하타 이사오의 작품에서 전쟁 자체에 대한 시점보다 전쟁 피해자일 수밖에 없는 가련한 두 아이에 대한 관심을 피력하고 있다고 생각된다.

3. 어머니의 죽음 −가정(家庭)의 붕괴

『반딧불의 묘』의 시작 영상 이미지는 끊임없이 폭탄이 떨어지고 곳곳에서 일어난 화재로 사람이 죽어나가는 전쟁의 참혹상을 그리고 있다. 이러한 장면은 원작가 노사카 아키유키가 나오키상을 수상했을 때에 「소적암시(燒跡闇市)야말로 나의 고향이다.」[10]라고 말한 바대

---

9) 切通理作(2001)『宮崎駿の〈世界〉』ちくま新書 p.165.
10) 団野光晴(2003)「燒跡闇市」-原作のニリズム」「國民的映画の成立」森話社

로 불탄 흔적과 암울한 도시가 원작의 배경이 되어 있는 점에서 설정
되었을 것이다. 이 소적암시에 대해 단노 미쓰하루(團野 光晴)는「그
러나 영화에서는 소적암시를 소거(消去)하고, 인간의 휴머니즘을 적
나라하게 그리는 것을 피하고 있다.」고 말하면서「『반딧불의 묘』에
서 시도되고 있는 것은, 희생적 입장과 잃은 것들에 대한 만가조(挽
歌調)적인 이데올로기의 확립이고, 그것에 의해, 패전이 일본인의 마
음에 커다란 의미를 남기고 있다고 하는 국가로서의 아이덴티티가 성
립된다.」[11]라고 지적하고 있다. 이처럼 단노 미쓰하루가 언급한 바와
같이 영화는 소적암시의 소거로 원작가 노사카 아키유키가 말한 소
적암시에 초점을 두지 않고, 감독은 어린 남매가 겪어야만 하는 상황
에 초점을 두고 있는 것이다. 또 단노 미쓰하루는 영화는 비극 속에
죽고, 죽은 시점에서의 자기확인(自己確認)과 상황인식(狀況認識)
을 이미 돌이킬 수가 없는 세이타의 혼령의 회상에 의한 것임을 강조
하고「영화 본편의 비극성을 상대화하는 시점은, 영화에서 미리 봉해
져 있다. 예를 들면 원작에서 세이타의 시점의 바깥쪽에 서 있는 화자
(話者)가, 「전재고아등보호대책요령(戰災孤兒等保護對策要領)」이
결정된 다음 날에 세이타가 죽는다고 하는, 비극적인 그의 죽음을 비
웃는 것 같은 현실을 이야기하는 것은, 영화에서는 실행하지 않게 된
것」[12]이라고 말하고 있다. 즉 단노 미쓰하루는 원작의 니힐리즘이 소
실되고, 세이타와 세쓰코의 이야기를 완벽한 비극으로서 성립시키려

---

　　p.155.
11) 전게서.p.155. スザンJ.ネイビア/神山京子譯(2002)『現代日本のアニメ『AKIRA』か
　　ら『千と千尋の神隠し』まで』中央公論新社 第9章
12) 전게서 p..162

고 하는 휴머니즘이 이야기의 구축(構築)에 있어서 철저하게 연출되어 있다고 평하고 있다.

이와 같은 세이타와 세쓰코의 비극은 어머니의 죽음으로 시작된다. 폭격 속에서 세이타는 엄마를 찾는 세쓰코를 데리고 어머니가 있을 학교로 피난하는 사람들을 따라가는 도중에 이웃집 아주머니로부터 어머니가 부상을 당했다는 소식을 접하게 된다. 고통소리로 신음하는 수많은 부상자들이 수용되어 있는 학교로 뛰어가서 어머니를 찾아 헤매다가 만난 의사로부터 어머니의 상태가 위독하다는 사실을 듣게 된다.

세이타는 알아볼 수 없을 정도로 심하게 다친 어머니의 끔찍한 모습을 보고 놀라서 비통해 하지만 인근의 병원도 모두 폭격당해서 어머니의 치료가 불가능하다는 사실에 좌절한다. 어린 세이타로서는 감당하기 어려운 현실에 봉착하여 의사에게 애원도 해보지만 별다른 방도가 없이 어머니와 사별하기에 이른다. 이런 급박한 상황에서 의사는 보관하고 있던 어머니의 반지를 세이타에게 건네준다.

여기서 간과할 수 없는 문제로 주목하고자 하는 것은 반지의 이동에 관한 문제이다. 어머니의 반지가 세이타에게로 건네진다는 것은 두 자녀를 지키고 가정을 유지해온 가족의 주축이었던 어머니로부터 이제 세이타에게로 그 역할들이 이동된다는 하나의 시사점으로 생각할 수 있기 때문이다. 따라서 필자는 이 시점에서 가정의 부재와 붕괴를 예고하는 표증으로서 반지의 이동에 주목한다.

어머니의 사건은 세이타에게 가장 극심(極甚)한 위기와 좌절(挫折)을 가져오게 되지만 엄마를 찾고 있는 어린 동생을 먼저 걱정하며 가정이 없는 가장의 책임감으로 슬픔을 참고 참담한 현실을 극복하려고 노력한다. 갑자기 고아가 되어버린 세이타는 부모를 대신하여 어린동생을 책임져야 한다는 무거운 운명에 봉착하게 된 것이다.

그리고는 세이타는 다시 의사로부터 건네받은 어머니의 반지를 세쓰코에게 내밀며 "이 반지, 지갑 속에 넣어 둬. 잃어버리면 안 돼."라고 말하며 지갑 속에 넣어준다. 반지를 세쓰코에게 건네는 장면에서 유추할 수 있는 것은 어머니의 존재와 가정이 없어진 상태에서 동생 세쓰코의 지갑에 어머니의 반지를 넣어 둠으로서 어머니의 존재에 대한 연결과 세쓰코를 돌보고 지켜야만 되는 둘만의 가족형성을 의미하는 남매 사이의 연결고리로 생각할 수 있다.

어머니의 죽음과 함께 사라진 가정의 붕괴는 두 어린이에게 엄청난 불행과 슬픔을 초래한다. 친척아주머니 집에 잠깐 머물기는 하지만 두 어린이가 의지할 수 있는 가정은 결코 되지 못한다. 이 친척아주머니에 대해서는 다카하타이사오는 「반딧불의 묘와 현대의 아이들(「火垂るの墓と現代の子供たち」)」에 다음과 같이 묘사하고 있다.

> 세이타는 어머니를 잃고 불타버린 집에서 쫓겨나와 먼 친척인 미망인의 집에 몸을 의지한다. 남편의 종형(從兄)인 해군대위에게 비뚤어진 마음이라도 있었던지, 원래 정이 없는 건지, 미망인은 무조건 남매를 귀찮은 방해물로 취급하며 차갑게 대하게 된다. 미망인에게는 세이타가 전혀 불쌍하다는 생각이 들지 않은 아이였을 것이다.[13]

갈 곳 없는 처지가 되어버린 불쌍한 남매에게 먹을 것도 제대로 주

---

13) 高畑 勲(2013) 「火垂るの墓と現代の子供たち」『ジブリの教科書4 火垂るの墓』スタジオジブリ文春文庫編 文藝春秋 p.59.

지 않고 구박하면서 결국 남매가 소중히 간직하고 있던 남매 어머니
의 기모노까지 팔아버리는 친척아주머니의 태도는 남매가 놓지 않고
있는 따뜻한 가정의 한 끝을 냉혹하게 잘라버리는 과정이라고 볼 수
있다. 이 기모노는 세쓰코와 세이타가 아버지와 어머니와 함께 해안가
에 놀러갔을 때 어머니가 입고 있었던 기모노이다. 즉 부모님과 함께
단란하고 행복했던 가정의 상징(象徵)으로서 기억되고 있는 소중한
물건인 것이다. 세쓰코는 행복하고 즐거웠던 가족의 추억이 담긴 엄마
의 기모노를 붙잡고 팔지 말라며 울면서 매달렸지만 끝내는 뿌리치고
팔아버리는 친척아주머니에 의해 남매는 마지막 한 가닥의 끈이었던
가정의 해체를 맞이하게 된다. 이 사건은 남매에게 부모와 가정에 대
한 그리움을 더 증가시키면서 가정의 소중함을 부각시키고 있다.

　비축해둔 약간의 비상식량을 다 먹어버리고 어머니의 기모노까지
팔아 쓰고 난 뒤, 친척아주머니는 어린 남매를 노골적으로 냉대하고
심하게 구박을 한다. 이러한 상황에 대해 다카하타 이사오 감독은 '진
흙탕 같은 인간관계'라고 말하면서 「"그렇게 목숨이 아까우면 동굴에
가서 살면 좋을 텐데"라고 내뱉는 말도 그것을 말하는 마음도 분명 냉
혹 그 자체이지만, 미망인은 남매가 정말로 그런 일을 할 수 있다고는
생각하지 않았을지도 모른다」[14] 라고 언급하고 있다. 그러나 세이타는
구박과 멸시를 더 견딜 수가 없어 세쓰코를 데리고 친척집을 나와 아
주머니의 말대로 실제로 산 속에 있는 방공호에 가서 기거하게 된다.

---

14) 전게서 p.59.

4. 작은 가정(家庭) - 방공호

세이타는 냉대와 구박만 하던 친척아주머니와의 진흙탕 같은 인간 관계의 굴레에서 벗어나 동생 세쓰코와 방공호로 이주하여 둘만의 작은 가정을 이룬다. 다카하타 이사오 감독은 스스로 이들의 방공호를 둘만의 섬이라고 말하고 있다.

> 소화(昭和) 20년(1945년) 7월 6일부터 패전 후 8월 22일까지 한 달 반, 아버지는 출정(出征)중, 공습으로 어머니를 잃은 세이타와 세쓰코 남매는. 산중턱의 저수지 옆에 있는 방공호에 산다. 이 연안(沿岸)이 둘의 생활권, 둘의 섬이었다.[15]

감독이 말하고 있는 둘만의 섬은 둘만의 가정을 뜻할 것이다. 이 둘만이 생활한 기간은 불과 한 달 반밖에 지나지 않은 짧은 날들이었고 비참한 현실이지만 그들은 오순도순 소꿉장난 하듯 같이 먹고 같이 웃으며 둘만의 믿음과 행복을 찾는다.

전쟁이 빚어낸 참혹함에도 불구하고 세이타는 굴하지 않고 우뚝 서서 어머니를 대신하여 세쓰코를 돌보며 희생을 당연한 책임으로 여기고 씩씩하게 삶을 꾸려나간다.

> 14세의 남자아이가, 여자처럼 어머니처럼 늠름하게, 살아간다는 것의 근본인, 먹고 먹인다고 하는 일에 전력을 다한다.

---

15) 高畑 勳(2013)「火垂るの墓と現代の子供たち」『ジブリの教科書4 火垂るの墓』 スタジオジブリ文春文庫編 文藝春秋 p.57.

남에게 의지하지 않는 남매 둘만의 방공호에서의 생활이야말로 이 이야기의 중심이고 구원이다. 가혹한 운명을 짊어지게 된 둘에게 한 순간의 빛이 들어온다. 유아의 미소, 이노센스의 결정(結晶).[16]

여기서 다카하타 이사오 감독은 『반딧불의 묘』의 이야기 중심이 남매 둘만의 방공호 생활이라고 말하고 있는 것처럼 전쟁으로 인한 모든 재난보다 남매에게 초점을 맞추고 있는 것이다. 그가 의도한 바대로 방공호 생활에서 볼 수 있는 어린이들의 순수함은 관객들에게 눈물을 참지 못하게 할 정도로 섬세한 감정이입을 시도하고 있다고 생각된다.

울음을 참을 수 없는 영화라는 점에 대해 단노 미쓰하루는 원작과 영화를 비교하여 「눈물 나는 영화/ 눈물 나지 않는 원작(泣ける映畵/泣けない原作)」[17]이라고 명명하고 영화 공개 당시 원작은 영화만큼 울음을 자아내는 작품은 아니라는 평을 언급하고 있다. 또한 요미우리신문(讀賣新聞) 1988년 4월 15일의 영화평 「스크린」에는 「『반딧불의 묘』는, 노사카 아키유키의 원작을 알고 있기 때문에 각오는 하고 있었던 것이지만, 죽어서 편안함을 얻은 오빠와 동생을 품은 반딧불의 무리로부터 카메라가 멀어지고, 그것이 현대의 고층빌딩가의 불빛으로 변하는 라스트에서, 갑자기 눈물이 넘쳐흘러 나 스스로도 놀랐다.」라고 하여 원작에 비교해서 영화가 예상 이상으로 「눈물 난다(泣ける)」는 것에 놀라고, 오히려 원작이 의외로 「눈물 나지 않는다(泣け

---

16) 전게서 p.61
17) 団野光晴(2003) 「国民的映画の成立」 米村みゆき編 『ジブリの森へ』 森話社 p.153.

ない)」[18]라고 한 평을 들고 있다. 이러한 평은 감독이 영화에서 주지하고자 했던 어린 남매의 비참하고 애처로운 생활과 죽음에 초점을 두었기 때문이라고 말할 수 있다.

즉 영화 연출에 의해 전쟁 속에서 생활해야만 하는 세이타와 세쓰코의 처지는 영화가 상영된 당시에, 「전후의 일본인에게 있어서 노스탈지어를 느끼게 하고, 일체감을 생각하게 하는 '추억'과 같은 것으로서 그려졌다」[19]라는 말처럼 전쟁을 겪은 세대들에게 전쟁당시의 고생과 힘든 삶에 대한 기억이 세이타와 세쓰코로 이입되어 공감대를 형성할 수 있었던 점이 '눈물 나는 영화'로서의 역할을 했다고 필자는 주지하고자 한다.

한편 미야자키 하야오(宮崎駿)는 이 어린아이 두 명이 꾸려나가는 방공호 생활에 대해서 둘이 이주(移住)한 방공호는 살아 있는 채로 선택한 묘지라고 언급하면서 다음과 같이 말하고 있다.

> 둘의 최대의 비극은 생명을 잃은 것이 아니다. 콥트(copt)의 수도사처럼, 혼령이 돌아가야 할 천상(天上)을 가지고 있지 않다는 점에 있다. 혹은, 어머니처럼 재로 되어 흙으로 변해 갈 수도 없다는 점에 있다. 그러나 둘은 행복한 여정의 순간의 모습 그대로, 그곳에 있다. 오빠에게 있어서 여동생은 마리아인 걸까. 둘의 인연만으로 완결(完結)된 세계에, 일찍이 죽음의 고통도 없이, 서로 미소 지으며, 떠돌고 있다.[20]

---

18) 전게서 p.154.
19) 전게서 p.162.
20) 宮崎駿(2001) 『出發點1979~1996』德間書店 p.270.

여기서 돌아가야 할 천상도 땅도 가지고 있지 않지만 '행복한 여정의 순간의 모습'으로 있다고 말하고 있는 것처럼 부모와 같이 단란하게 지내던 가정을 잃고 어린 남매 둘만이 의지하면서 생활해야 하는 방공호의 비참한 현실이지만, 친척아주머니로부터 구박받지 않고 자유롭게 살아갈 수 있는 오빠와 동생의 보금자리로서 또 하나의 작은 가정을 이루었기 때문에 행복하다고 할 수 있을 것이다. 그러나 이 둘만의 작은 가정의 행복도 오래가지 못하고 끝나게 된다.

어느 날 세이타는 먹을 것을 구하러 나갔다 들어왔을 때 수풀 속에 쓰러져 있는 세쓰코를 발견한다. 깜짝 놀라 세쓰코를 병원에 데려가서 의사에게 보이게 된다.

세쓰코 : 아아- 오빠, 물.

의 사 : 숨 들여 마시고, 내쉬고,

세이타 : 그리고요, 벌써 며칠씩이나 설사가 멈추지를 않습니다.

(중략)

의 사 : 영양실조에서 오는 쇠약이구나. [21]

둘만의 작은 가정은, 굶주림으로 인해 세쓰코는 병들어 고통스러워하고 그러한 세쓰코의 병을 고칠 수 없어 괴로워 하는 세이타의 생활이 되고 만 것이다. 이러한 상황에 이어서 어느 날 세이타는 일본의

---

21) 節子 : ああ-兄ちゃん、お水.

医師 : 息吸って、吐いて、

清太 : それから、もう何日も下痢が止まらないんです.

(中略)

医師 : 営養失調からくる衰弱ですな.

패전과 함께 전쟁이 끝난 것을 알게 된다. 그리고 아버지가 타고 있는
연합함대의 전멸(全滅)과 함께 아버지의 죽음도 확인하게 된다.

> 세이타 : 뭐라고요? 그렇다면 아버지 순양함(巡洋艦)도 가라앉아
> 버렸단 말입니까? 그래서 답장도 오지 않았던 겁니까?
> 군　인 : 그런 거 내가 어찌 알겠나? 이상한 녀석이군.
> 세이타 : 아버지 바보!
> 배 고프다. 아버지. 아버지도 죽었다.
> 아버지도 죽었다. 아버지도, 아 아--[22]

세이타는 호주머니에 간직하고 있던 너덜해진 아버지의 사진을 보
며 그렇게 기다리고 있던 해군 대위였던 아버지의 죽음을 인정하지
않을 수 없는 황당함과 참담한 사실에 절규한다. 오직 아버지가 돌아
오는 것을 마지막 희망으로 하고 있던 세이타의 절망은 극에 달하고
이로 인해 남매의 가정은 완전히 파멸하게 된 것이다.

이렇게 비참하기만 한 두 아이의 삶을 보면서 그 이유가 전쟁이라
는데 초점을 두어 많은 관객들은 반전(反戰) 영화라는 점에 주의를
하고 있다. 그러나 다카하타 이사오 감독은 결코 반전영화가 아님을
『영화를 만들면서 생각한 것(映画を作りながら考えたこと)』에서 다음

---

22) 清太 : なんやて?そんならお父ちゃん巡洋艦も沈んでしもうたんか?
それで返事も来なんだんか?
　　軍人 : そんなことわしが知るかい?けったいな子やのう.
　　清太 : お父ちゃんのあほ!
腹減ったな, お父ちゃん.お父ちゃんも死んだ.
お父ちゃんも死んだ.お父ちゃんもああ-.

과 같이 밝히고 있다.

　　실은 나는 반전(反戰)의 메시지를 전하고자하여 이 영화를 만든 것
　은 아닌 것입니다. 나는 「반전영화」같은 어려운 것을 도저히 만들지 못
　한다고 생각하고 있었습니다. 그러나 『반딧불의 묘』를 보고 압도적 다
　수의 분들이 그 속에 「반전」의 메시지를 읽어 준 것 같습니다.[23]

　다카하타 이사오 감독 자신은 비록 반전영화로서 만들겠다는 의지
가 없었지만 관객의 대다수가 그렇게 인식을 한 것이라고 말하고 있
다. 이러한 다카하타 이사오 감독의 말을 두고 단노 미쓰하루는 「이
영화가 자신의 의도(意圖)를 넘어서 반전영화로서 받아들여졌다」[24]
라고 정리하고 있다. 미야자키 하야오 역시 다카하타 이사오 감독의
의견에 공감을 표시하여,

　　『반딧불의 묘』는 반전(反戰)영화는 아니다. 생명의 존엄(尊嚴)을
　호소한 영화도 아니다.
　　돌아가야 할 곳이 없는 죽음을 그린, 무서운 영화라고 생각한다.[25]

　라고 반전영화가 아니라는 점을 단언하면서 전쟁 자체에 초점을 두
지 않고 먹을 것도 없고 돌아가야 할 가족과 가정도 없는 어린 두 생

---

23) 『ジブリの教科書4 火垂るの墓』(2013)スタジオジブリ文春文庫編 高畑勳『映画を
　　作りながら考えたこと』文藝春秋 p.143
24) 米村みゆき編(2003)『ジブリの森へ』団野光晴「國民的映画の成立」森話社
　　p.153.
25) 宮崎駿(2001)『出發點1979~1996』2001. 德間書店 p.270.

명의 죽음에 관심을 두고 평하고 있다. 살아서도 돌아갈 가족과 가정
도 없이 떠돌았던 두 어린이가 돌아갈 곳이 없는 죽음을 맞이하고는
끝내 혼령으로 떠돌고 있음을 지적하고 있는 것이다.

　세이타는 방공호 안에서 어린 동생과 함께 둘만의 가족으로서 작은
가정을 유지해보려고 안간힘을 써 보았지만 끝내 불완전한 가정은 이
루어질 수 없었고 세쓰코는 결국 아사(餓死)하게 된다. 세이타는 어
머니와의 마지막 연결고리였던 어머니의 반지가 들어 있던 세쓰코의
지갑과 함께 세쓰코의 시신을 태우고 한 때 둘만의 가정이었던 방공
호를 떠난다. 세쓰코가 죽고 난 한 달 뒤에 세이타도 세쓰코가 좋아하
던 드롭사탕 대신에 그 통에 죽은 세쓰코의 뼈를 넣어 손에 쥔 채 종
전된 도시의 역(驛)의 한 모퉁이에서 짧은 생을 마치게 되고 그렇게
어린 남매 둘만의 가정도 완전히 사라지게 된다.

5. 맺음말

　세쓰코가 죽고 나서 펼쳐지는 영상은 가정과 가족의 소중함으로 삶
과 인생 그 자체를 다시 한 번 생각하게 한다. 가정의 파멸 속에서 오
직 오빠만 의지하고 있던 생전의 세쓰코가 혼자놀이에 재미있어 한
모습의 영상이 비친다. 공주의 망토인양 커다란 보자기를 어깨에 두
르고 혼자 연못가를 빙글 빙글 돌며 노는 모습, 놀아 줄 그 누구도 없
는 연못가에 앉아 물위에 비친 자신의 모습과 가위 바위 보를 하는 모
습들은 어머니와 가정을 잃은 4세밖에 되지 않은 어린 세쓰코의 외로
움을 가슴 저리도록 나타내고 있다.

이러한 모습들과 함께 마지막에 배경음악으로 음악이 잔잔하게 흐르게 되는데 이 영상은 불쌍하고 가여운 세쓰코에 대한 관객들의 애잔한 슬픔을 최고조로 달하게 한다. 그 음악의 제목은 영어판「Home, Sweet Home」을 일본어로 「埴生(はにゅう)の宿(흙벽의 초라한 집)」으로 번역한 노래이며 한국어로는 「즐거운 나의 집」으로 애창되고 있는 곡이다. 이 음악이 흘러나오는 영상은 가족과 함께 즐겁고 행복한 가정에서 생활을 하지 못하고 죽음이 무엇인지도 모른 채 죽어간 4세 여자아이의 생애, 그리고 그 동생을 돌본 14세 소년의 생애와 죽음을 상기시킨다. 짧은 생이지만 인간에게 있어서의 가정의 존재, 특히 어린아이에게는 흙벽의 초라한 가정이라도 반드시 존재해야 하는 가정의 중요성과 아울러 이에 따른 가정에 대한 재인식이 요구되는 작품으로서 본 논문에서는 가정을 잃고 죽어간 어린 두 생명의 마지막 묘사에서 「Home, Sweet Home」을 배경음악으로 설정한 점에 초점을 맞추어 가정의 소중함과 재인식을 고취한 작품임을 필자는 강조하고자 한다.

아무리 비참한 전쟁 속이라도 아버지와 어머니가 함께하는 가정이 있었다면 두 아이는 이토록 비통한 삶을 살지는 않았을 것이라는 가정(假定)을 해 본다. 전쟁으로 인해 붕괴 되어버린 가정, 그러한 가정의 소멸과 함께 희생된 어린생명을 통해, 비록 전쟁은 아니지만 가정이 해체되어가고 그 속에서 지금도 방황하고 있는 수많은 어린이가 떠돌고 있는 현대사회의 현대인들의 생활 양상에서도 역시 가정의 재인식에 대한 필요성이 있다는 점을 각성하게 하는 작품으로 그 중요성이 더해진다.

제8장

나쓰메 소세키(夏目漱石)의
『인생(人生)』

1. 들어가기

나쓰메 소세키(夏目漱石)의 많은 문장을 살펴보면 그는 청소년 시
절부터 인간이 이 세상에 태어나서 일생동안 살아가야 하는 인생, 그
자체에 관해서 일찍이 깊은 관심을 가지고 있었음을 엿볼 수 있다. 이
문제는 10代에 한문학교에 다니면서 접하게 된 동양철학 서적(書籍)
인 유교경전 불교경전 등을 통하여 이미 품고 있던 하나의 과제로, 20
代 초기에 친우 마사오카 시키(正岡子規)를 만나면서 인생과 깨달음
의 도(道)에 관해 한문 문장과 한시를 통하여 서로의 심경을 토로하
며 그 깊이를 더해간다. 이에 관해서는 졸저[1]에서 구체적으로 논한 바
가 있어 여기서는 생략하기로 하겠지만 소세키는 이러한 과정을 겪
으면서 27세가 되던 해에 인생이란 무엇인지 우리 인간이라는 존재
가 또 어디서 와서 어디로 가는지에 대한 문제를 해결하기 위하여 선

---

1) 陳明順(1997)『漱石漢詩と禪の思想』勉誠社(日本)

사(禪寺)를 찾아 참선을 실행하기도 한다. 이후 그는 만년(晩年)까지 자신의 문학과 그의 심경을 솔직하게 표현한 한시를 통하여 그의 인생이란 대 문제를 깨닫기 위한 과정을 차근차근 표출해나가고 있다. 그리하여 소세키는 이 세상을 떠나기 직전까지 남기고 있는 수많은 그의 작품에서 인생이란 문제에 대하여 여러 각도로 표현하고 있는 것이다. 유소년 시절부터 쓰기 시작하여 만년에 이르기까지 그는 문장 속에서 인생에 대하여 직접적으로 또는 간접적으로 다양한 묘사로 나타내고 있지만 위에서 언급한 바와 같이 일찍부터 품고 있었던 인생이란 문제에 대해서 29세가 되던 해 소세키는『인생』이라는 제목으로 쓴 짧은 문장 속에 인생에 대한 자신의 소견을 남기고 있다. 이것은 소세키가 본격적으로 소설을 쓰기 약 10년 전인 1986년(明治 29년) 10월 제5고등학교의『용남회잡지(龍南會雜誌)』에 실린 문장으로 인생에 대한 문제에 있어서 당시 자신이 생각하고 있는 견해를 피력한 내용인 것이다. 선행연구를 살펴보면『인생』이 널리 알려진 작품이 아닌 점과 극히 적은 분량의 문장이니 만큼 이 작품에 대한 연구자들의 관심과 연구는 찾아보기가 용이하지 않아서 향후로도 관계연구를 조사해 보고자 한다.

인생에 대한 묘사로는 초기의 소설인『나는 고양이로소이다(吾輩は猫である)』에서부터 찾아 볼 수 있다. 주인공 쿠샤미(苦沙弥)선생과 스즈키군(鈴木君)과 인생의 목적(目的)에 대하여 대화 한 내용 중에서 스즈키군이 졸업 후 성공하여 금시계를 착용하는 등, 모든 일들이 순조롭게 진척되는 것을 일컬어 극락주의(極樂主義)라고 말하고 물질적인 한 측면에서 '인생의 목적은 말로 하는 것이 아닌 실행(實行)에 있다. 자기가 생각하는 대로 순조롭게 사건이 진척된다면

그것으로 인생의 목적은 달성될 수 있는 것이다. 고생과 걱정과 싸움이 없이 사건이 진척되면 인생의 목적은 극락으로 가듯이 달성할 수 있는 것이다.'[2]라고 언급하고 있다. 그러나 그의 마지막 작품인『명암(明暗)』에서는 인생에 대한 묘사에 있어서 물질보다 정신적인 면에 중점을 두고 있음을 볼 수 있다.『명암』에서는 언제나 가난하게 살아온 후지이(藤井)가 형에게 돈이라도 빌려서 주택 한 칸 정도라도 마련해 볼까하는 생각도 하지만 쉽게 빌려줄 형도 아닐뿐더러 후지이도 빌릴 생각도 하지 않는다고 하는 내용에서 '완만(緩慢)한 인생의 여행자(旅行者)라고 형을 평한 그는, 사실 말하자면 물질적으로 불안한 인생의 여행자였다. 그래서 많은 사람들의 경우에 있어서 항상 거론되는 것처럼, 물질상의 불안은, 그에게 있어서 약간 정도의 정신적불안(精神的不安)에 지나지 않았다.'[3]라고 표현하고 있다.

물질적인 여유가 있다는 것만으로는 완만한 인생의 여행자인 것 같지만 사실상은 불안한 인생의 여행자인 것이다. 다시 말해서 소세키는 자신의 작품을 통하여 인생에 있어서 물질적인 여유보다 정신적인 여유의 중요성을 강조하고 있는 것이다. 이와 같이 첫 소설에서 마지막 소설까지 인생의 문제를 심도 있게 자신의 문학 경로에 나타내고 있는 것을 통해서 젊은 시절에 쓴 문장『인생』에는 일찍이 어떠한 견해를 피력하고 있는지에 대해 초점이 맞추어 진다.『인생』이란 작품에서 소세키는 인생에 있어서 심리적 해부로서 종결할 수 없는 불가사의한 것이 있다고 말하고 그 불가사의한 것을 서구(西歐)의 문학을

---

2)『吾輩は猫である』『漱石全集』(1994)第1券 p.179
3)『明暗』『漱石全集』第11券 p.63

예로 들어 이야기하기도 하고 동양적인 인과(因果)의 사상을 들어 이 야기하기도 한다.

따라서 본론에서는 이러한 『人生』에 담고 있는 그의 사상과, 어떠 한 것에 소세키는 관심을 가지고 있었는지, 그의 다른 작품과는 어떠 한 연관성을 가지고 있는지 그 내용에 중점을 둔다. 그리고 그 내용 을 통하여 그의 문학에서 소세키가 말하는 인생은 어떤 의미이며, 어 떠한 측면에서 인생을 논하고 있는지를 고찰하고자 한다. 본론에서의 원서에 대한 한국어 역은 필자에 의한 것임을 밝혀둔다.

2. 『인생』에 나타나 있는 인생의 의미

소세키는 인생을 표현하는데 있어서 여러 가지로 표현하고 있다. 1912년(明治 45年)에 쓴 소설 『행인(行人)』에서는 주인공 나가노 이치로(長野一郎)가 미사와(三澤)에게 엽서를 쓴 후 목욕탕에서 나 와 뺨에 면도칼을 대려고 생각하고 여동생 오시게(お重)에게 목욕탕 에서 뜨거운 물을 한 대접 가져다 달라고 부탁했으나 이에 응하지 않 는 오시게의 얼굴 표정을 두고 '엄숙(嚴肅)한 인생문제'[4]를 생각하는 듯 하다라고 표현하고 있다. 1913년(大正 2年) 6월 10일 「『전설의 시 대(傳說の時代)』(野上八重子著) 서(序)」에 쓴 내용에는 "인생에 절 실한 문학에 있어서, 먼 옛날의 고서(故事)나 고전(古典)은 아무래 도 상관없다고 말하는 것은 적절한 말이 아닌 것 같습니다. 당신도 그

---

4) 『行人』『漱石全集』(1994) 第8卷 p.230

것을 아시겠지요. 그래서 이러한 꿈같은 일을 8개월이나 걸려 번역한 것은 아마 너무나 절실한 인생을 참을 수 없어서, 먼 옛날 일로 실제로 있었던 이야기인지 그렇지 않은 이야기인지도 모를 이야기에, 현대의 너무나 피곤에 지친 마음을 쉬고자 한 것은 아닐까요, 만약 그러하다면 나도 완전 동감입니다."[5]라고 하여 '절실한 인생'이라는 표현을 하고 있다. 또 1914년(大正 3年) 9월에 발표한 소설 『마음(心)』의 '선생과 유서(遺書)'에서는 "나는 몇 천만 명이나 되는 일본인들 중에서, 단지 당신에게만 나의 과거를 이야기하고 싶은 것입니다. 당신은 진지하니까. 당신은 진지한 인생 그 자체에서 삶을 산 교훈(敎訓)을 얻고 싶다고 말했으니까."[6] 라고 하여 '진지한 인생'이라는 표현으로 인생을 말하고 있다.

　이와 같은 표현 등에서도 짐작할 수 있듯이 소세키에게 있어서의 인생에 대한 문제는 그에게 있어서 주요한 과제였던 것이다. 그는 그 해답을 찾고자 소설을 쓰고 시를 짓고 하는 등의 문학 활동과 여러 강연, 그의 지인들과의 교류 등, 그의 모든 일상생활을 통하여 끊임없이 참구한 것이다. 이러한 소세키가 젊은 시절에 쓴 『인생』의 모두(冒頭)에는 사(事)와 물(物)에 대하여 분명한 견해를 밝히면서 다음과 같이 인생에 대한 정의를 내리고 있다.

　　공간을 구획하고 있는 이것을 물(物)이라고 하고, 시간에 따라 일어나는 이것을 사(事)라고 한다. 사물을 떠나서 마음 없고 마음을 떠나서 사물 없다. 그러한 연고로 사물의 변천추이(変遷推移)를 이름하여 인

---

5) "『傳說の時代』(野上八重子)序"『漱石全集』(1994) 第16卷 p. 544
6) 『心』『漱石全集』(1994) 第9卷 p.156

생이라고 말한다. [7]

소세키는 이러한 변천 추이하는 인생이 어떠한 것인가에 대해 "노루의 몸, 소의 꼬리, 말의 말굽을 갖추어서 기린이라고 하는 것과 같이 이렇게 정의를 내리고자 하면 매우 어렵지만 이것을 쉽게 번역해 보면, 먼저 지진(地震) 천둥 화재(火災) 아버지의 공포를 깨닫고, 설탕과 소금의 구별을 알고, 사랑의 무거운 짐과 의리(義理)의 의미를 합점(合點)하여 순역(順逆)의 두 경계를 밟고 화복(禍福)의 두 문을 지나는 것에 지나지 않는다. 단지 그러한 것에 지나지 않는다고 보면 천차만별(千差萬別)하여 열 명에게는 열 명의 생활이 있고 백 명에게는 백 명의 생활이 있고 천백만 명 또한 천백만 명의 생애(生涯)를 가지며, 그러하기 때문에 무사(無事)하다고 하는 것은 정오에 울리는 오포(午砲)를 듣고 점심을 먹는 것"[8]이라고 덧붙여 말하고 있다.

여기서 말하고 있는 '사물(事物)을 떠나서 마음 없고 마음(心)을 떠나서 사물 없다'라고 하는 구절은 소세키가 가마쿠라(鎌倉)의 원각사에서 참선에 임하면서 선승 샤쿠소엔(釋宗演)[9]으로부터 제시받은 화두에 대한 답으로 '사물을 떠나 마음 없고 마음을 떠나 사물 없다. 그밖에 달리 말할 수 있는 말을 찾을 수 없다.'[10]라고 하여 샤쿠소엔에

---

7) 『人生』『漱石全集』第16券 p.11

8) 전게서 p.11

9) 中村元外編(1989)『佛敎辭典』岩波書店. 釋 宗演(しゃく そうえん,(1860-1919)은 明治・大正期의 臨濟宗의 僧. 若狹國(現・福井縣)大飯郡高浜村(現在의 高浜町)에서 출생. 出家前은 一瀾常次郎. 字는 洪嶽, 楞迦窟,不可往. 号는 洪嶽. 日本人의 승려로서 최초로 "禪"을 "ZEN"으로 歐米에 전한 禪師로 잘 알려져 있다.

10) 村岡勇『漱石資料—文学論ノート』(1968) 岩波書店 p.14

게 제시한 바 있는 내용이다. 이 대답이 당시 선리(禪理)를 터득하여
깨달음을 얻지 않고 이치에만 빠져 해석하고 있다고 하여 샤쿠소엔에
게 비록 화두의 적절한 답으로 인정은 받지 못하였지만 소세키는 자
신의 인생이라는 문제 해결에 대한 하나의 견해로서 마음속에 품어
굳히고 있었던 것이라고 생각된다. 그러하기 때문에 2년 뒤에 쓴 『인
생』의 모두에서도 명기하고 있는 것이 아닐까. 이처럼 『인생』에서는
청년시절인 27세일 때 선사를 찾아가서 참선을 경험하고 난 후, 스스
로 인생에 관한 깨달음의 한 소식을 정리하여 밝히고 있다. 그리하여
『인생』에서는 결코 인생은 심리적 해부로 종결하는 것이 아니라는 의
견을 적고 있다.

소설에는 경우를 표현하는 것이고, 품성을 그려내는 것이고, 심리상
의 해부를 시도하는 것이며 직각적으로 인세(人世)를 관파(觀破)하는
것이다. 그러나 인생은 심리적 해부로 종결하는 것이 아니며, 또 직각
(直覺)으로 관파할 수 있는 것도 아니다. 우리는 인생에 있어서 이것들
이외에 일종의 불가사의(不可思議)한 것이 있다고 믿는다.[11]

인간이 살고 있는 이 세상에서 일어나는 경우와 품성을 표현하고
심리상의 해부를 직각적으로 관파하는 것이 소설인데 반해, 인생은
심리적해부로서 종결(終結)되는 것이 아니라고 말하면서 소세키는
'인생은 인과에 의해 좌우되는 것'이라고 말하고 있다. 인간이 이 세
상을 살아가면서 부딪쳐야 하는 수많은 사건들을 두고 '어디를 향하

---

11) 『人生』 『漱石全集』 第16卷. p.11

여 손을 흔드는지 또 무엇 때문에 손을 흔드는지도 알지 못하고 인과의 대법(大法)을 중시하지 않고 얕보는 동안에 자기의 의사와 관계없이 갑자기 일어나 쏜살같이 다가오는 것[12]이라고 시사하고 있다. 소세키는 '세속에서 이것을 이름하여 광기(狂氣)라고 부른다.'[13]는 명시를 하면서 그의 문학 일생에 있어서 여기서 인과라고 하는 말을 처음으로 사용하고 있다. 소세키는 인생에 있어서 일종의 불가사의한 것이 인과이며 그 인과에 대한 믿음을 표명하고 있음을 알 수 있다. 또한 인생에 있어서 자신도 모르게 마주해야 하는 수많은 일들이 '모두 눈에 보이지 않는 인과에 의한 것이고 그것을 인정하는 것도 또한 인생'이라는 것을 주지하고 있다.

이와 같이 일찍이 『인생』에서 '인과의 대법'이란 표현으로 처음 그의 문장에서 사용하기 시작한 인과라는 단어는 그의 유작이 된 마지막 작품 『명암』까지 계속 그 의미와 사상을 전개하고 있다. 인생 자체가 인과로 결부되어 있음을 시사 하고자 하는 소세키의 불교적인 관점이 짐작되기도 한다. 인과와 더불어 『인생』에는 죽음에 대하여도 기술하고 있다. 다음은 찰나의 죽음에 대해 언급한 문장이다.

사람이 죽는다고 하는 것은 천하(天下)의 정법(定法)이다, 하지만 스스로 죽음을 정하고 사람을 죽이는 일은 적다. 숨이 차고 칼날이 번득이는 이 찰나(刹那) 이미 육체임을 알지 못하고, 누가 적(敵)인지를 알지 못한다. 전광영리(電光影裡)에 춘풍(春風)을 가르는 것은 인의(人

---

12) 전게서 p.11
13) 『人生』 『漱石全集』 第16卷 p.12

意)인가 천의(天意)인가.[14]

이 내용은 이후의 소설에서도 찾아 볼 수가 있는데, 이 생(生)과 사(死)의 찰나적인 상황을 겪어야 하는 인생에 대해서는 소설『산시로(三四郎)』에서도 묘사하고 있다. 인간들이 인의인지 천의인지도 모른 채 전광영리에 춘풍을 가르는 속도로 생(生)에 사(死)로 가야만 하는 것이 인생이다. 주인공 산시로(三四郎)를 통하여 방금 눈앞에서 분명하게 본 여자가 "아아 아아 …"라고 하는 힘없는 목소리와 함께 죽음을 맞이하는 장면에서 '인생이라고 하는 튼튼한 생명의 근원이, 자신도 모르는 사이에, 느슨해져서, 언제라도 어둠속으로 사라져 갈 것' 같이 생각된다고 표현하고 있다. 허망한 인생, 생명의 근원은 어둠속으로 사라져 도대체 어디로 가는 것일까?

소세키는 이와 관련하여 '망망한 천지 밖에 이끌려(縹緲玄黃外), 죽음과 삶이 서로 교체하려 할 때(生死交謝時), 어두운 저편에 자신을 맡길 수밖에 없어(寄託冥然去), 내 마음 어디를 향해 가는지(我心何所之), 명부에서 돌아와 생명의 근원을 찾아보건만(歸來覓命根), 다만 아득할 뿐 알기 어렵구나(杳窅竟難知)(後略)'[15] 라고 하여 1910년(明治 43年) 10월의 한시에도 그 심경을 나타내고 있다. 『산시로』에는 앞에서 언급한 인과의 문제도 죽음과 결부시켜 "석화(石火)와 같이 순간의 비명과 열차 소리가 일종의 인과로 결부되었다. 인과는 무서운 것이다."[16] 라고 이어서 부언하고 있다. 소세키는 『인

---

14)『人生』『漱石全集』第16卷 p.12
15)『漱石全集』第18卷 p.263
16)『三四郎』『漱石全集』第5卷 p.333

생』을 쓰기 훨씬 전인 1890년(明治 23년) 8월 9일, 대학시절 친우 마사오카 시키(正岡子規)에게 보낸 서신에서 '아무것도 알지 못한 채 태어나서 죽는다. 인간은 어디에서 와서 어디로 가는지 또한 알지 못한다. 잠깐 머물다 가는 이 세상 누구를 위해 마음(心)을 괴롭히고 무엇으로 인해 눈을 즐겁게 하는가, 라고 하는 쵸메(長明)의 깨달음의 한마디는 기억하지만 깨달음의 실체는 자취가 없다. 이것도 마음(心)이라고 하는 정체를 알지 못함이다.'[17]라고 이미 쓰고 있다. 인생이란 도대체 무엇인가, 어디에서 와서 어디로 가는가, 라고 하는 이 문제는 소세키의 마음이 경도되어 있던 양관선사(良寬禪師)의 시구 '나의 인생은 어디에서 와서(我生何處來), 사라져 어디로 가는가.(去而何處之)'[18]라는 내용과 같은 것으로 일찍부터 깨달음을 향한 열정을 품고 자신의 문장으로 표현하고 있는 것이다. 소세키는 또 병들고 차츰 나이 들어가는 자신, 늙어가야만 하는 인생에 대한 회한을 품으면서 1910년(明治 43년) 『생각나는 일 등(思ひ出す事など)』에서는 다음과 같이 적고 있다.

　병이 치유된 지금의 나는, 병중일 때의 나를 연장시키는 마음으로 살고 있는 것일까, 아니면 친구와 식탁에 앉았을 때였던 병들기 전의 젊음으로 되돌아 가 있는 것일까. 정말로 스티븐슨이 말한 대로 걸어 갈 생각일까, 혹은 중년에 죽은 그의 말을 부정하고 차츰 차츰 노경(老境)으로 나아갈 생각일까. ──백발(白髮)과 인생 사이에 헤매는 것은 젊은 사람들이 보면 틀림없이 이상할 것이다. 하지만 그들 젊은 사람

17) 『漱石全集』第14卷 p.20
18) 入矢義高(1978) 『良寬』 "日本の禪語錄" 20 講談社 p.281

에게도 결국은 무덤과 덧없는 세상 사이에 서서 거취(去就)를 결정하기가 어려운 시기가 다가올 것이다.[19]

백발과 인생 사이에서 헤매고 무덤과 덧없는 세상 사이에 서 있는 젊은 사람은 어쩌면 소세키 자신을 말하는 것은 아닐까. 50세가 된 소세키는 1916년(大正 5년) 11월의 초경에 소세키산방(漱石山房)의 목요회에 모인 제자들에게 인생에 있어서 가장 높은 태도가 어떠한 것인지에 대해 말한다. '인간이라고 하는 것은, 상당한 수행을 쌓으면, 정신적으로 그 경지까지 도달하는 것은 어느 정도 할 수 있지만, 그러나 육체의 법칙이 좀처럼 정신적 깨달음의 전부를 용이(容易)하게 표현해 주지 않는다네. 그냥 순리에 따라 그것을 자재로 컨트롤하는 것이라고 할까. 그러기 위해 즉 수행이 필요한 것이라네. 그렇게 하는 것 자체가 일견 도피적(逃避的)으로 보이는 것이겠지만 사실 인생에 있어서 가장 높은 태도일 것이라고 생각한다네.'[20]라고 하여, 인생에 있어서 도(道)를 알고 그 깨달음을 얻는 일이 가장 높은 태도라고 말하고 있는 소세키는 죽음에 대해서도 최상지고(最上至高)의 상태라고 하여 같은 표현을 하고 있다. 1915년(大正 4年)에 쓴 『유리문 안(硝子戶の中)』에서는 '불유쾌함으로 가득 찬 인생을 터벅터벅 더듬거리며 가고 있는 나는, 자신이 언젠가 한번은 도착해야 하는 죽음이라고 하는 경지에 대하여 항상 생각하고 있다. 그래서 그 죽음(死)이라고 하는 것을 삶(生)보다는 편한 것이라고만 믿고 있다. 어떤 때는 그것을 인간으로서 도달할 수 있는 최상지고의 상태라고도 생각하는

19) 『思ひ出す事など』『漱石全集』第12卷 岩波書店 p.446
20) 松岡讓(1934)『漱石先生』「宗教的問答」岩波文庫 p.102

일도 있다.'[21]라고 적고 있다. 여기서 죽음이 삶보다 편한 것이라고 말하지만 그것은 오히려 참된 삶에 대한 욕구로 생존에 대한 욕심으로부터 해방될 수 있어야 함을 나타내고 있다고 생각된다.

소설 『태풍(野分)』에서도 생존에 대하여 이야기하고 있다. 『태풍』의 등장인물 다카야나기군(高柳君)에 대하여, '욕심(慾心)을 찰나만큼도 버릴 수 없는 남자이며 주객(主客)을 조금도 일치시키기 어려운 남자'로 묘사하면서 소세키는 주(主)는 주(主), 객(客)은 객(客)으로서 차별을 할 때 인간들은 하나의 미로(迷路)에 들어간다고 말하는 장면에서 '생존(生存)은 인생의 목적이기 때문에, 생존에 알맞은 이 미로는 들어가는 것이 깊어서 나오는 것 또한 어려움을 느낀다. 혼자 생존하고자 하는 욕심을 한 시라도 없애버릴 때에 이 방황은 깨뜨릴 수가 있다.'[22]라고 서술하고 있다.

소세키는 이와 같은 생과 사에 대한 불안함, 생존에 대한 욕심, 여기에 얽힌 인과, 인간의 한 일생에서 야기되는 모든 것은 마치 꿈과 같다고 말한다. 이것은 이후 1908년(明治 41년)에 쓴 다카하마 쿄시(高浜虛子)가 쓴 『계두(鷄頭)』의 서(序)에서 "생사의 현상은 꿈과 같은 것이다"[23]라고 말하고 있지만, 이미 『인생』에서도 이와 같은 꿈과 인생의 관계에 대해서 다음과 같이 언급하고 있다.

인간은 꿈을 꾸는 자다, 생각지도 못한 꿈을 꾸는 것이다. 꿈에서 깨어난 후 등에 식은땀을 흘리고 망연자실(茫然自失)하는 일도 있다. 꿈

---

21) 『硝子戸の中』『漱石全集』第12卷 p.533
22) 『野分』『漱石全集』第3卷 p.402
23) 『"鷄頭"の序』『漱石全集』第16卷 p.150

이러니 하고 한 번 웃어 넘겨버리는 자는 하나를 알고 둘을 모르는 자이다. 꿈은 반드시 한 밤 중에 누워 있을 때만 찾아오는 것이 아니다. 푸른 하늘에도 빛나는 태양에도 찾아오고, 대도(大道) 속에도 찾아오지만 그 오는 곳을 알기 어렵고 가는 곳 또한 알기 어렵다. 또한 인생의 진상(眞相)은 반은 이 꿈 속에 있으며 이러한 자신의 진상을 발휘하는 것은 바로 명예를 얻는 첩경이다.[24]

인생의 목적이 생존이라고 하지만 그 인생의 진상, 즉 참모습의 반이 꿈속에 있다는 것과 그 꿈이 누워 있을 때만 찾아오는 것이 아니라는 것이다. 푸른 하늘 빛나는 태양은 물론 대도(大道)에도 꿈이 찾아오지만 그 오고 가는 곳을 알 수 없다는 점에 있어서는 인생과 같은 것이다. 20代의 청년시절에 이미 '인생은 꿈과 같다' 라고 말한 소세키의 지론이 나타나 있기도 하다. 자신도 모르게 꾸는 꿈에서 깨어나 꿈이라는 것을 확연하게 아는 것이 곧 깨닫는 것이므로 대도의 도리를 알아야 한다. 소세키는 일생동안 이 인생이란 꿈을 확실하게 깨닫기 위해 선(禪)에 의한 정진을 택한 것은 아닐까 생각된다.

소세키는 이러한 꿈을 1906년(明治 39年)에 쓴 단편 『일야(一夜)』에서 하나의 소재로 하여 전개시키고 있다. 『일야』의 결말 부분에 '백년은 일년(一年)과 같고, 일년은 일각(一刻)과 같다. 일각을 알면 확연하게 인생을 안다.'[25]라고 하여 확연하게 인생을 깨달아야만 하는 사명감을 시사하고 있다. 그 깨달음에는 시간의 장단(長短)이 없다. 인간의 일생이 백년이라고 해도 깨달음이 없는 인생 그 자체는 불확

---

24) 『人生』 『漱石全集』 第16卷 p.12
25) 『漱石全集』 第16卷 『一夜』 p.137

실할 뿐이다. 어디에서 와서 어디로 가는지도 모르는 인생이기 때문에 "생사의 현상은 꿈과 같은 것이다"라고 소세키는 주지하고 있다고 생각된다. 『일야』에서 꿈을 소재로 소설의 내용을 전개시키고 있으나 말미 부분에서 '인생을 적은 것으로 소설을 쓴 것은 아니니까 어쩔 수 없다.'[26]라고 매듭하면서 소설이기에 앞서 인생을 생각하며 이해해줄 것을 표명하고 있다.

　앞에서 언급한 인간의 죽음이 천하의 정법이지만 전광영리에 춘풍을 가르는 것은 인의인지 천의인지라고 한 구절에 대해서는 그의 만년인 1916년(大正 5년) 9월 9일의 한시의 첫 구에서 이와 관련된 것을 찾아 볼 수 있다. '옛날에는 인간을 보고 지금은 하늘을 본다(曾見人間今見天), 인생의 진실(석가의 심오한 가르침)은 색즉시공 공즉시색에 있거늘(醍醐上味色空邊), 백련은 아침을 열어 시승의 꿈을 깨우고(白蓮曉破詩僧夢), 푸른 버들은 법연을 잇는 듯 길게 흔들리니(翠柳長吹精舍緣), 도는 허명에 이르러 긴 말 끊어지고(道到虛明長語絶), 연기는 자욱하게 돌아와 묘한 향을 전한다(烟歸曖曃妙香伝), 문을 들어와 보니 별 다른 일이 없거늘(入門還愛無他事), 손수 꽃을 꺾어 불전에 공양드린다.(手折幽花供仏前)' 이 시는 인생의 일대사인 생사에 대한 두려움으로부터 해방되어 편안해진 만년의 소세키를 느낄 수 있는 시로 '변천 추이하는 날들 속에서 오포를 듣고 무사하게 점심을 먹는 것이 인생' 이라고 한 젊은 시절에『인생』에서 쓴 말을 실행한 것으로 생각된다.

---

26) 전게서 p.137

3. 인생과 문학의 관계

소세키는 인생이라는 문제와 함께 문학에 대하여 다양하게 이야기 하면서 인생과 문학의 관계에 있어서 그의 문장을 통하여 자신의 주 장을 나타내고 있다. 문학의 전반적인 입지에서 소설이 어떠한 것인 지를『인생』에서 다음과 같이 언급하고 있다.

그렇지만 표현의 경지에 들어갈 때 사물이 어지럽게 뒤얽힌 것을 종 합하면 하나의 철학적 이치를 충분히 헤아릴 수 있을 것이다. 단순하 지 않는 착잡한 인생의 모습을 그려내는 것이 소설이다.[27]

소세키는 어지럽게 뒤얽힌 사(事)와 물(物)의 변천 추이를 인생이 라고 모두에서 정의한 바와 같이『인생』에서 착잡한 인생의 여러 모 습에 대해서도 열거하고 있다.

바쁘다는 것은 공석묵돌(孔席墨突)[28]을 말함이고, 변화가 많다는 것은 새옹지마(塞翁之馬)를 일컫고, 완고(頑固)함을 말하자면 수양 산(首陽山)의 고사리로 남은 생명을 연명하는 것이고, 세상을 깔보고 상대하지 않는 것이라고 하는 것은 대나무 숲에서 수염을 비틀어 꼬고 있는 것이고, 대담하기로는 남선사(南禪寺)의 산문(山門)에 낮잠을 자면서 부처님의 법을 두려워하지 않는 것이러니. 하나하나 전부 세려

---

27)『人生』『漱石全集』第16卷 p.11
28) 孔席墨突: 墨子·집의 굴뚝엔 그을음이 낄 새가 없이 여기저기 몹시 바쁘게 돌아다 닌다는 뜻.

면 날이 모자랄 정도니 매우 착잡한 일이다.[29]

이처럼 복잡한 인생의 한 측면을 나타내면서 철학적 이치를 추량할 수 있는 것이 소설이라는 것이다. 즉 인생이라는 행로에서 다양하게 살아가는 방법을 맛보고 그 여러 가지 사건에 부딪치며 그러한 모든 것들을 문장으로 표현할 때 소설이 되고 시(詩)가 된다. 이러한 문학의 역할이 다시 많은 사회에 또 사람들의 인생에 영향을 끼친다는 것이다. 소세키는 「『계두』서」에서도 '세계가 한 줄기가 된다. 평면이 된다. 돌아누울 수도 없을 만큼 비좁고 갑갑하다. 그래도 상관없지만 그것만으로 소설이 된다고 하는 이슈가 형성된다.'[30]라고 하는 견해를 밝히고 인생과 관련하여 '세상은 넓다. 넓은 세상 속에 살아가는 방법도 여러 가지 있다. 그 다양한 살아가는 방법을 수연임기(隨緣臨機)로 즐기는 것도 여유다. 관찰하는 것도 여유다. 맛보는 것도 여유다. 이들의 여유를 가지고 비로소 발생하는 사건이나 사건에 대한 정서(情緒)는 역시 여전한 인생이다. 활발한 인생이다. 그림 그릴 가치도 있고, 읽을 가치도 있다. 읽은 소설과 같이 소설이 되는 것이다. 어떤 사람은 정도가 얕다고 말할지도 모른다. 얕다고 말하는 점에 있어서는 나도 동감이다. 그러나 가치가 없다고 하는 의미에 있어서 얕다고 말한다면 잘못이다. 이 경우에 있어서 깊다든가 얕다든가 말하는 것은 색이 짙다든가 옅다든가 하는 것과 같은 것으로, 짙으니까 좋고 옅으니까 좋지 않다고 하는 평가를 하는 것은 물론 아닌 것과 같이 조금

---

29) 『人生』『漱石全集』第16卷. p.11
30) 『鷄頭』(高浜虛子著) "序"『漱石全集』第16卷 p.152

도 작품의 높고 낮음을 말하는 색인(索引)은 되지 않는 것이다.'[31] 라고 적고 있다.

소세키는 또「『계두』서」에 입센[32]이 쓴 소설 등에서 느낀 감상을 적고 있다. 하나의 예로 '우리 인생의 행로에 있어서 가라앉거나 떠오르는 굴곡적인 삶에 관한 내용을 중요한 대 문제로서 거론하여 그 문제를 해결하는 것으로 구성되어 있다'고 기술하고 있다. 다만 그러한 구성에서 해결책을 찾아나가는 방법이 '보통 우리들이 해결할 수 있을 것 같은 평범한 것이 아니라, 아! 하고 놀랄 만한 해결점을 찾아 해결을 하게 하는 일'이라고 덧붙여 말하면서 사람들이 이러한 것을 일컬어 "제일의(第一義)의 도념(道念)에 접한다 라고도 하고, 인생의 근원(根源)을 꿰뚫는다."[33] 라고도 평한다는 것을 강조하고 있다. 이러한 관점에서 소세키는 소설을 구분하는데 있어서 '나는 소설을 구별하여 여유파와 비여유파로서 입센을 후자의 예로 들었다. 그래서 앞에서 말한 대로 이런 종류의 소설의 특색으로서는 인생의 사활문제(死活問題)를 끌고 와서 절실한 운명의 극치를 그리는 것을 특색으로 한다. 그러면 이들의 작품은 제일의의 도념으로 언급되어질지도

---

31) 전게서 p.152

32) 헨리크 입센(Henrik Ibsen;1828-1906)은 노르웨이의 시인으로서 베르겐 극장의 감독과 대학생 생활을 거치고 나서 자진하여 해외 추방자가 된 작가다. 입센은 이러한 생활을 바탕을 극작가로서의 활동 요소로 하여 문학의 형식에 있어 율어(律語)를 배격하고 산문극을 창시하여 근대 연극의 아버지라고 할 정도가 된다. 작품『인형의 집 Et Dukkehjem』(1879)등을 발표하여 부인문제와 사회 문제를 취급하여 세계적인 센세이션을 일으켜 여성 해방을 세계에 호소하기도 한 작가다. 소세키는 이러한 소재로 문학화한 입센을 인생의 死活問題와 절실한 運命의 극치를 그린 작가의 한사람으로 예로 들고 있다.

33)『鷄頭』(高浜虛子著)"序"『漱石全集』第16卷 p.153

모른다. 그러나 이 제일의라고 하는 것은 생사계중(生死界中)에 있어서의 제일의(第一義)다.'[34] 라고 표현하고 있다.

여기서 소세키는 여유의 문학과 관련하려 입센을 예를 들고 있다. 소세키의 전공이 영문학이니만큼 서구의 여러 문학작품에 깊은 관심과 충분한 지식을 쌓고 있었음은 가히 짐작할 수 있는 문제이다. 제일의라는 말은 불교에서 가장 깊은 묘리를 뜻하고 있는 말로 소세키는 도념과 연관시켜 언급하고 있다. 도념은 인생관 수립에 있어서 가장 중요시되는 문제인 것이다. 소세키는 위의 문장에 이어서 제일의에 관하여 "생사를 이탈할 수 없는 번뇌가 바닥에 있는 제일의다. 인생관이 이보다 더 올라갈 수 없다고 한다면 이것이 절대적으로 제일의일지도 모르겠지만, 만약 생사의 관문을 타파하여 다른 문제를 안중(眼中)에 두지 않는 인생관을 성립할 수 있다고 한다면 지금의 소위 말하는 제일의는 오히려 제이의(第二義)로 떨어질지도 모른다. 배미선미(俳味禪味)의 론(論)이 여기서 생긴다."[35]라고 하여 구체적인 설명을 덧붙이고 있다.

이 문제에 있어서 주목되는 것은 인생관의 성립에 있어서 생사의 관문을 타파하는 것과 문제를 해결하는 하나의 방법으로 배미선미의 론을 들고 있는 점이다. 그렇다고 해서 여기서 선미(禪味)같은 문제를 거론하는 것은 소세키 자신이 선(禪)을 터득하고 있는 상태에서 말하는 것은 아니다. '지견(智見)을 얻은 자로부터 깨달음이라고 하는 것은 이러한 것이다 라고 그 선미를 내보인다면 그 깨달음을 향한

---

34) 『鷄頭』(高浜虛子著) "序" 『漱石全集』第16卷 p.154
35) 전게서 p.155

인생관이 될 것이다. 이러한 인생관이 된다면 소설도 이러한 태도로 쓸 수 있을 것[36]이라고 의사를 밝히고 있을 뿐이다. 우리 인생에 있어서 반드시 깨우쳐야 하는 도리로서 인생의 근본적인 뜻을 알아야한다. 그것이 도념이고 도의인 것이다.

소설 『우미인초(虞美人草)』에서는 이러한 인생에 있어서 근본적인 뜻이 무엇인지에 대해 견해를 밝히고 있다.

비극은 희극보다 위대하다......인생의 근본적인 뜻은 도의(道義)에 있다고 하는 명제(命題)를 뇌리(腦裏)에 수립하기 때문에 위대한 것이다. 도의의 운행은 비극을 만났을 때 비로소 걸림이 없기 때문에 위대하다. 도의의 실천은 이것이 사람들이 바라는 절실한 일임에도 불구하고 우리에게 가장 어렵다고 하는 문제다.[37]

여기에서 말하고 있는 바와 같이 비극은 개인으로 하여금 도의의 실천을 하게하므로 위대하다. 도의의 실천은 타인에게 편의(便宜)하므로 자신에게는 더더욱 이익이 되지 못한다. 사람들이 힘을 여기에 기울일 때, 비록 가장 어려운 일이지만 일반적인 행복을 충족시키고 사회를 진정한 문명으로 이끌기 때문에 비극은 위대한 것이라고 역설하고 있다.

이처럼 소세키는 인생에 있어서 여유의 위치와 중요성을 거론하고 그 여유에서 발생하는 것이 소설임을 말하고 있다. 문학과 인생, 이 둘의 관계에 있어서 소설 『태풍』에서는 '문학은 인생 그 자체이다. 고

---

36) 전게서 p.155
37) 『虞美人草』第4卷 p.453

통스럽다든가, 곤궁에 빠진다든가 괴롭고 근심스러워도 모두 인생의 행로에 부딪히는 것은 바로 문학이며, 그러한 것들을 맛보고 얻는 자가 문학자다.'[38]라고 하여 문학과 인생의 관계와 문학자의 입지도 이야기하고 있다. 그러나 인생의 진실된 고충도 체험하지 않고 문학자가 된다는 것은 용납할 수 없다는 견해로 '고행(苦行)한 것은 예수나 공자(孔子)뿐이고 우리들 문학자는 그 고행을 한 예수나 공자를 펜 끝으로 칭찬하고 자신만큼은 편안하게 살아가면 되는 것이라고 생각하는 것은 위선(僞善) 문학자입니다. 그러한 자는 예수나 공자를 칭찬할 권리도 없는 것'[39]이라고 명시하고 있기도 하다. 소설 『산시로』에서도 히로타(廣田)선생을 위한 '위대(偉大)한 어둠'(暗闇')을 쓴 요지로(与次郎)가 말한 내용에서도 '새로운 우리들의 소위 문학이라는 것은 인생 그 자체의 대반사(大反射)다. 문학의 신기운은 일본사회 전체의 활동에 영향을 끼치지 않으면 안 된다.'[40] 라고 하여 인생그 자체가 문학이라는 점과 문학이 인생에 끼치는 영향을 시사하고있다.

　그러면 어떠한 인생관이 좋은 문학을 탄생시킬 수 있을까. 좋은 소설을 만들려면 어떠한 태도이어야 할까에 대해서는 『인생』을 집필한 이후 20년이 지난 1916년(大正 5年) 11월 6일 고미야 토요타카(小宮豊隆)에게 보낸 서신에서 찾아볼 수 있다. "내가 무사(無私)라고 하는 의미는 어려운 것도 아무것도 아닙니다. 그냥 태도에 무리가 없는 것입니다. 그러니까 좋은 소설은 모두 무사(無私)입니다.‥‥‥인간

---

38) 『野分』『漱石全集』第3卷 p.345
39) 전게서 p.345
40) 『三四郎』『漱石全集』第5卷 p.424

과 인간의 접촉에서 나오는 맛이 아니라 인생 경로의 윤곽입니다."[41] 라고 정의하고 있다. 이와 같이 소세키가 말하는 문학이란 복잡한 인생의 한 측면을 나타내면서 무사(無事)의 태도로 그 내면을 철학적 이치로 추량하여 무리함이 없이 표현되어야 되는 것이라고 정리하고 있다.

4.『인생』에 나타나 있는 서구문학과 인생의 이념

영문학을 전공하고 영국 유학을 다녀온 소세키의 문학적 지식 중에는 서구문학의 영역이 큰 비중을 차지할 것이다. 위의 예문에서도 입센을 거론하고 있지만『인생』에서는 많은 서구문학의 작가와 작품을 도입하고 있으므로 이하 이들에 대한 것을 고찰해 보고자 한다.

위의 문장에서 말하고 있는 운명에 대해서는 소세키의 작품에서 다수 볼 수 있지만 일찍이『인생』에서 엘리어트[42]의 소설을 예로 들어 말하고 있다.

우리는 '엘리어트'의 소설을 읽고 천성적으로 악인이 없다는 것을 알지 못한다. 또 죄를 저지른 자를 용서해야하는 동정심을 알지 못한다. 일거수일투족(一擧手一投足)이 우리의 운명과 관계있는 것을 알

---

41)『漱石全集』第15卷 p.601
42) 엘리어트 Eliot, George(1819-1880)로 본명은 Mary Ann Evans 이며 영국의 여성작가로서 심리해부에 관심을 두고 저작활동을 한 작가다.

지 못한다.[43)]

여기서 말하는 엘리어트는 영국의 여성작가로서 심리해부에 관심을 두고 저작활동을 한 작가이다. 그녀의 대표적인 작품『사일러스 마너(Silas Marner)』(1861)의 내용은 친구에게서 배신당한 사일러스 마너가 버려진 어린이에 대한 사랑으로부터 마음의 평온을 되찾게 된다는 우화적인 전원 소설이다. 천성과 동정심 그리고 운명을 거론한 소세키가 소설은 심리적 해부로 시도할 수 있지만 인생은 심리적 해부로 종결할 수 없다고 말하고 있는 내용을 통해서 보면 그녀의 작품을 읽은 흔적을 유추할 수가 있다. 엘리어트의 소설에 이어 새커리[44)]의 소설에 대해서도 다음과 같이 언급하고 있다.

'새커리'의 소설을 읽고 정직한 것이 바보스러움이라는 것을 알지 못한다. 교활하고 간사한 것이 이 세상에서 중요하게 생각되 는 것을 알지 못한다.[45)]

새커리는 사실주의(寫實主義)를 대표하는 영국의 소설가로 상류,

---

43)『人生』『漱石全集』第16권 p.12
44) 새커리는 Thackeray, William Makepeace(1811-1863)로 寫實主義를 대표하는 영국의 소설가다. 필명은 George Savage Fitz Boodle、Michael Angelo Titmarsh 이며 인도의 캘커타(Calcutta) 부근에서 태어난 작가다. 그의 대표작으로는 19세기 초의 사회생활을 그린『虛榮의 都市(Vanity Fair)』(1847-1848)이며 제2의 걸작이라 일컬어지는 작품으로 18세기 초의 사회생활을 그린『The History of Henry Esmond』(1852)등이 있다. 영국의 소설가(1811-63). 디킨스(Dickens, Charles)와 나란히 19세기의 대작가로 인정받고 있다.
45)『人生』『漱石全集』第16권 p.12

중류 계급의 허영에 찬 생활을 상세히 묘사하고 있으며, 인간의 약점
에 대하여는 극히 동정적이며 사실적인 필치에 지적이며 풍자적이라
고 평가되고 있다. 소세키는 이러한 사회 풍자적인 새커리의 작품을
통하여 허영에 차있고 교활하고 정직하지 않은 사회상에 질타를 하
고 있다. 이에 이어서『인생』에서 거론하고 있는 작가는 브론테다. '브
론테⁴⁶⁾의 소설을 읽고 사람들은 감응(感應)을 받고 있음을 알지 못한
다.'⁴⁷⁾라고 쓰고 있다. 이 문장을 통해 소세키가 당시 브론테의 소설
에 대해 깊은 감응을 받고 있었음을 알 수 있다. 요크셔의 황량한 벌
판을 배경으로 쓴『폭풍의 언덕』이라는 소설에서 소세키는 정열과 분
방한 상상력을 구사하여 박력 있는 필치로 전개하고 있는 인간과 인
간관계의 묘사에서 시적인 서정성과 함께 브론테의 작품을 통하여 한
인간으로서 인생의 진한 감응을 받았음이 틀림없을 것으로 유추된
다. 또한『제인 에어』에 대한 감동도 표현하고 있는데 이에 대해서는
소세키 자신이 쓴『문학론』제4편에서 기술하고 있다. 여주인공 제인
(Jane)에게 정인(情人)인 손필드 저택의 남자 로체스터(Rochester)
가 말하는 장면을 예를 들어 "여자가 듣는 것은 공리(空裏)의 환음
(幻音)도 아니며 남자가 받아들이는 것은 꿈속의 망답(妄答)이 아니
니 이군백리(離群百里)에서 상사(相思)의 생각, 영계(靈界)에 호응

---

46) 브론테는 샬럿 브론테(Charlotte Bronte; 1816~1855)와 에밀리 브론테(Emily
Bront ; 1818-1848)이다. 이 두 작가는 영국의 여류 소설가로서 영국을 대표하고
있다. 샬럿 브론테는 소녀 시절부터 글을 쓰는 습관을 들여 공상력과 상상력으로
뛰어난 표현기법을 터득하고 있었다. 그녀의 대표작으로는 너무나 유명한『제인
에어』등이 있다. 에밀리 브론테는 브론테의 동생으로 필명을 Ellis Bell로 하고 있
으며 그녀의 대표작으로는『폭풍의 언덕 Wuthering Heights』』(1848)을 들 수 있
다. 특히 시(詩)에 능숙한 작가이기도 하다.
47) 전게서 p.10

하여, 육단오관(肉團五官)의 제연(諸緣)으로부터 초절(超絶)한 것이다. 이 불가사의한 인연을 생각해볼 때, 우리는 현실의 속념(俗念)을 방하(放下)할 수 있다. 이 같은 낭만적인 방법을 사용하여 독자를 자연 이상의 정서를 느끼게 하여 감응을 주는 것이 '낭만파득의(浪漫派得意)의 흥취(興趣)'다.[48]라고 적고 있다. 소세키는 이러한 브론테의 소설을 통하여 낭만적인 면과 함께 불가사의한 인연에 대한 소견도 밝히고 있다.

이와 같이 소세키는 서구문학에서 느낀 감응과 함께 인간들의 인생사에서 세상의 모든 일들이 인연에 의해 일어나고 사라지고 있음을 작품 속에 그리면서 그 인연은 불가사의한 것이라고 인식하고 있다. 『인생』에서는 또 이러한 불가사의에 대해서도 이야기하면서 서구의 여러 작가의 작품을 거론하고 있다.

불가사의라고 하는 것은 '오트란트성'[49] 속의 사건이 아니고, '샌터의 탬'[50]을 쫓는 요괴도 아니며, '맥베스'의 눈앞에 나타나는 유령도 아니고, '호손'의 문장과 '콜리지'의 시 속에 있어야만 하는 인물을 말하는 것도 아니다.[51]

---

48) 『文學論』『漱石全集』第14卷 p.384

49) 『오트란트성(The Castle of otranto)』(1764)은 영국의 작가 호래스 월폴(Horace Walpole(1717-1797))의 소설로서 고딕소설로 일컬어진다. 고딕소설이라는 것은 호래스 월폴이 제2판에서 고딕이야기(Gothic Story)라는 부제를 붙인 후에 문학용어로 사용되었고 18세기 후반부터 19세기 초반에 성행했던 문학 장르다.

50) 『샌터의 탬(Tam o'Shanter)』(1791)은 번즈(Burns, Robert(1759-1796))의 詩다. 번즈는 스코틀랜드 농민시인이다.

51) 『人生』『漱石全集』第16卷 p.11

여기서 말하는 소설 『오트란트성』의 내용은 성주 맨프레드 (Manfred)와 그의 가족에 관한 이야기로 맨프레드가 그의 아들 콘래 드(Conrad)를 이사벨라(Isabella)와 결혼 시키려고 하지만, 결혼식 날 그의 아들이 큰 헬멧에 짓눌려 처참하게 죽자 적당한 후계자를 낳 아야 한다는 생각에 그는 부인 히포리타(Hippolita)와 이혼하고 이사 벨라와 결혼하기로 결심한다. 그러나 이사벨라는 성 안에 있는 지하 통로를 통해 도망가 버리고 후에 맨프레드는 여러 초자연적인 현상을 겪고, 자신의 잘못을 뉘우치고 수도원으로 들어가고, 탈출했던 이사 벨라는 왕자임이 밝혀진 티오도르(Theodore)와 결혼한다는 내용이 다. 이러한 이야기 전개 속에 혼령이 나타나고, 조각상에서 피가 흐르 는 등의 각종 초자연적(超自然的)인 현상과 중세의 성(城)의 지하통 로나 함정 등을 묘사하여 공포스러운 분위기를 조성하고 있다. 소세 키는 자신이 말하는 불가사의는 이 소설에서 일어나는 초자연적인 일 같은 것을 말하는 불가사의가 아니라고 말하고 있다.

또 번즈의 시 『샌터의 탬』은 18세기 잉글랜드 고전 취미의 영향에 서 벗어나 스코틀랜드 서민의 순수한 감정을 표현한 것으로 소세키가 말하는 불가사의 역시 이 시 속에 묘사되어 있는 요괴의 정체에서 느 낄 수 있는 종류의 불가사의가 아니라는 것이다.

『샌터의 탬』에 이어 세익스피어의 작품 『맥베스』[52]가 거론되고 있 는데 『맥베스』에 나타나는 유령의 존재를 두고 불가사의를 일컫는 것 도 또한 아니라고 한다. 이 세 종류 작품과는 작풍(作風)을 달리하고

---

52) 『맥베스(Macbeth)』) 유명한 영국의 극작가 W. 세익스피어(1564-1616)의 4대 비극작품 중 하나다.

있는 호손[53]과 콜리지[54]라는 인물 같은 불가사의를 말하는 것도 아니라고 말한다. 호손의 청교도적 엄격함과 죄인의 심리 추구, 긴밀한 세부구성과 정교한 상징주의를 나타내고 있는 점과 콜리지의 순수와 음악적인 미를 표현한 환상적인 점, 이 두 작가의 상징주의와 환상적인 묘사 역시 소세키가 말하고자 하는 불가사의를 의미하는 것이 아니라고 시사하고 있다. 『인생』에서 말하고 있는 바와 소세키가 말하는 불가사의는 '어디를 향하여 손을 흔드는지 또 무엇 때문에 손을 흔드는지도 알지 못하고 인과의 대법을 중시하지 않고 얕보는 동안에 자기의 의사와 관계없이 갑자기 일어나 쏜살같이 다가오는 것'[55]을 말한다. 그러나 인간들은 자신이 어떠한 존재인지 알지 못한다. 『인생』에는 자신을 알지 못하는 인간에 대하여 포(Poe)[56]의 말을 들고 있다.

세상에서 사람들이 자신을 아는 자가 적다고 하는 말은 자주하고 있다. 우리는 사람들에게 자신을 아는 자가 없다고 단언한다. 이 문제를 포에게 물으면, 말하기를 공명(功名)은 눈 앞에 있고 사람들은 바로 자기의 심중을 표현하고 생각나는 대로 말하지 않는다. 그렇지만 사람들

---

53) 호손(Hawthorne Nathaniel(1804-1864)『주홍글씨』(1850)를 쓴 미국의 소설가로 그의 문장은 청교도의 엄격함과 죄인의 심리 추구, 긴밀한 세부구성과 정교한 상징주의를 나타내고 있고,
54) 콜리지(Coleridge, Samuel Taylor(1772-1834) 영국의 시인(詩人)이자 비평가로 워즈워스(Wordsworth, William(1770-1850))와 함께 '서정 민요집' 을 발간하였고, 상징적인 '늙은 선원', 순수시(純粹詩)와 음악미가 풍부한 '쿠블라 칸(Kubla Khan)'등을 발표하여 영국 시사상(詩史上) 가장 환상적인 시인으로 알려져 있는 작가다.
55) 『人生』『漱石全集』第16券 p.12
56) 에드거 앨런 포 (Edgar Allan Poe(1809-1849)) 소설가 및 비평가이기도 한 미국의 시인이다.

은 생각나는 대로 쓰려고 하여 펜을 들면 갑자기 생각들이 사라져버리
고 종이를 펼치면 종이는 갑자기 줄어든다. 방성가예(芳聲嘉譽)의 일
을 착수해야 하는 것을 알면서도 누구나 주저하여 이루지 못하는 것은
이것이 참된 것이 아니기 때문이라는 것이다. 사람들은 어찌 스스로
알지 못할까, 포의 말을 반복하여 숙독하면 반 정도는 알 수 있지 않을
까.[57]

포는 19세기 최대의 독창가로 꼽히고 있는 소설가 및 비평가이
기도 한 시인 에드거 앨런 포를 말한다. 포가 창조한 오귀스트 뒤팽
(Auguste Dupin)은『모르그가의 살인사건』에서 처음 등장하는 소설
상의 탐정으로 뒤팽의 특이한 개성과 행동은 그 뒤 무수히 배출된 아
마추어 탐정의 원형이 될 정도로 에드거 앨런 포는 인간 심리를 꿰뚫
어보는 묘사를 하고 있다. 이러한 면에서 소세키는 자신을 잘 알지 못
하는 인간에게 인간심리를 잘 그려낸 에드거 앨런 포의 문장을 숙독
할 것을 권하고 있다.

에드거 앨런 포가 말하고 있는 자신이란 존재가 무엇인가를 알고자
하는 문제에 대해 앞에서도 언급한 바와 같이 소세키는 이 문제를 선
(禪)에 의해 해결하려고 하고 있다. '선승(禪僧)이 쓴 법어(法語)나
어록(語錄)에서 말하는 것을 보면 물고기가 나무에 올라가기도 하고
소가 물밑을 걸어가기도 하는 괴이한 일만 있어서 일관하여 이렇게
말하는 일이 있다. 착의끽반(着衣喫飯)의 주인공인 나는 무엇일까
하고 생각을 거듭하여 참구해보면 결국에는 자신과 세계와의 장벽이

---

57)『人生』『漱石全集』第16券 p.12

없어지고 천지가 한 장으로 된 것 같은 허령교결(虛靈皎潔)한 마음
이 된다. 그래도 상관하지 않고 원래 나는 무엇일까 하고 깊이 생각해
보면 절체절명한 상태가 되어 이러지도 저러지도 못하게 된다. 그러
한 것을 무리하게 꿋꿋이 생각하면 갑자기 폭발하여 자신을 분명하게
알게 된다. 알면 이렇게 된다. 자신은 원래 태어난 것도 아니었다. 또
죽는 것도 아니었다. 증가하지도 줄어들지도 않는 무엇인 것이다.'[58)]
라고 「『계두』서」에서 밝히고 있다.

원래 나는 무엇일까 라고 하는 문제는 선가(禪家)의 화두로 참선수
행에 있어서 기본 문제로 되어 있다. 본래의 나는 태어나지도 죽지도
않는 것이기에 『인생』을 쓴 시점에서는 에드거 앨런 포의 작품을 권
하고 있지만 이후 그는 세상을 떠날 때까지 참선에 의거하여 이 문제
를 타파하고자 했다. 이 문제에 대해서는 졸저[59)]에 논한 바 있어 줄이
기로 한다. 한편 인간의 선(善)과 악(惡)에 대하여는 『인생』에서 드퀸
시[60)]의 말을 빌리고 있다.

드퀸시가 말하기를, 세상에는 사람의 마음이 어떻게 선(善)하게 되
고 또 어떻게 악(惡)하게 되는지를 알지 못하고 살아가는 사람이 있다
고 한다. 타인의 입장은 말할 필요가 없는 일이다. 우리는 드퀸시에게
반문(反問)한다. 자네는 자네 자신이 어느 정도의 선인(善人)이며 또
어느 정도의 악인(惡人)인가를 알고 있는가라고. 어찌 단순히 선악(善

---

58) 「『鷄頭』(高浜虛子著) 序」『漱石全集』第16卷 p.156
59) 陳明順(1997)『漱石漢詩と禪の思想』勉誠社(日本) p.78
60) 드퀸시 de Quincey, Thomas(1785-1859)로 영국 비평가 겸 소설가이며 수필가
로서도 많은 저작을 남기고 있다. 그의 대표작은『아편쟁이의 고백(Confessions
of an English Opium-Eater)』(1822)이다.

惡)만 이야기하는가. [61]

드퀸시는 그의 대표작인 『아편쟁이의 고백』에서 옥스퍼드 대학시절부터 복용한 아편중독자인 자신의 경험을 엮어 초판에서 아편에 대한 위험성을 경고하기 위한 것이라고 쓰고 사회악을 내부인의 관점에서 폭로하는 한편 아편이 주는 몽환(夢幻)의 쾌락과 매력과 함께 남용에 따른 고통과 꿈의 공포를 이야기하고 있다. 이러한 내용에서 소세키는 인간의 선과 악, 선인과 악인에 대해 그 경계선과 그 실체에 있어서 생각해볼 여지를 제시하고 있다.

이상과 같이 소세키는 서구문학에서 시사하고 있는 여러 문학이념에서 자신의 인생에서 주시(注視)하고 있는 점과 문학적 감응을 대입시키면서 그 차이를 피력하고 있다. 우리의 인생에서 실현하고자 하는 이상에 있어서는 물론 악보다 선이 우위에 있을 것이다. 『문예의 철학적 기초(文藝の哲學的基礎)』에서 소세키는 우리가 인생을 접한다고 하는 의미는 비교적 간단하고 명료한 것으로 우리들은 의식의 연속을 희망한다고 말하고 있다. 이 연속의 방법과 의식의 내용 변화가 우리에게 선택의 범위를 부여하고 그 범위가 이상을 부여한다는 것이다. 그리고 이 이상을 실현하는 것이 인생에 접하는 것으로 이 것 이외에 인생을 접하고자 해도 접해질 수가 없다고 설명하고 있다. 소세키는 이러한 인생에 접할 수 있는 이상에 대해서 '이상(理想)은 진, 선, 미 장(壯)의 네 종류로 나누어지며 이 네 가지 종류의 이상을 실현할 수 있는 사람은 동등한 정도의 인생을 접한 사람입니다. 진(眞)

61) 『人生』『漱石全集』第16卷 p.12

의 이상을 나타낼 수 있는 사람은 미(美)의 이상을 나타내는 사람과 같은 권리와 무게를 가지고 인생을 접할 수가 있는 것입니다. 선(善) 의 이상을 나타낼 수 있는 사람은 장(壯)의 이상을 나타내는 사람과 같은 권리와 무게를 가지고 인생을 접하는 것입니다. 어느 쪽의 이상 을 나타내는 것이라도 같은 인생을 접한 것입니다. 어느 하나만을 접 하고 다른 것은 접하지 않는 것이라고 단언하는 것은 논리적으로 증 명한 바와 같이 성립되지 않는 것입니다.[62] 라고 적고 있다. 이와 같 이 진, 선, 미 장의 네 종류는 분화하고 다시 분화에 따른 변형을 하면 서 진보할 수 있는 기회를 앞당긴다고 설명하고 있다. 즉 변형하는 동 안에 새로운 이상을 실현하는 사람을 인생에 있어서 새로운 의의를 인식한 사람이라고 하며, 변형하는 동안 더 높은 이상을 실현하는 사 람을 진지하게 인생을 접한 사람이라고 말하고, 다시 변형하는 동안 에 더 넓은 이상을 실현하는 사람을 넓게 인생을 접한 사람이라고 말 하고 있다. 소세키는 이 세 가지를 겸하여 완전한 기교에 의해 이것을 실현하는 사람을 '이상적 문예가, 즉 문예의 성인(聖人)'[63]이라고 칭 하면서 성인의 이상이라고 해서 특별한 것도 아니며 다만 어떻게 해 서 생존해야 하는가의 문제를 해석할 뿐이라고 그 이상을 설명하고 있다.

　소세키는『인생』의 마지막 부분에서 개인의 평가에 대해서 다음과 같이 말하고 있다.

　개가 짓는다고 하여 정말 도둑일지 모른다, 라고 결론짓는 것은 상

---

62)『文藝の哲學的基礎』『漱石全集』第16券 p.130
63) 전게서 p.130

당한 바보이든가 매우 덜렁대는 자라고 생각할 수 있다.[64]

우리 인간세계에서 단지 눈앞에 보이는 단면적인 상황으로 인간 개개인을 함부로 평가해서는 안 되는 것을 강조하고 있는 내용으로 나타내고 있다. 어떤 한 사람을 보고 개가 짓는다고 해서 그 사람을 도둑 취급을 하는 바보 같은 경솔함을 삼가야 할 것이다. 개가 사람을 보고 짓는 여러 가지 이유가 있음을 우리는 인지하고 있어야 되는 것이다. 인생이란 문제가 복잡다난(複雜多難)할 뿐만 아니라 정해진 하나의 이치대로 진행되는 것이 아니기 때문일 것이다. 이에 대해 『인생』에는 다음과 같이 적고 있다.

> 인생은 하나의 이치로 결말지을 수 없고, 소설이 하나의 이치를 암시하는데 지나지 않는 이상은, '사인' '코사인'을 사용하여 삼각형의 높이를 측정하는 것과 같다. 우리의 마음속에 밑바닥이 없는 삼각형이 있고, 두 변이 병행하는 삼각형이 있음을 어찌하겠는가. 만약 인생이 수학적으로 설명할 수 있다면, 만약 주어진 재료로부터 X인 인생이 발견된다면, 만약 인간이 인간의 주재(主宰)함을 얻을 수 있다면, 만약 시인 문인(文人) 소설가가 기술하는 인생 이외에 인생이 없다면 인생은 매우 편리하고, 인간은 매우 훌륭한 존재가 될 것이다. 뜻하지 않는 마음은 마음의 밑바닥에서 나오는 것이며 사정없이 또 어지럽게 나올 것이다.[65]

---

64) 『人生』『漱石全集』第16券 p.12
65) 전게서 p. 12

세상에는 현명한 사람과 지자(智者)로서 주목받는 사람, 또는 그러하지 못한 어리석은 자들이 공존하고 있기 때문에 각 인생의 방향을 정하는 것은 용이한 것이 아닌 것이다. 따라서 『인생』에서 인생이 하나의 이치로 결말지을 수 없는 것임을 시사하고 있는 것처럼 소세키는 예측할 수 없는 것이 인생이라는 점에 대해 강조하고 있다.

이상과 같이 서구의 많은 작가와 그들의 문학을 예로 들어 자신의 문학 이념과 대입 또는 비교하면서 여러 각도의 인생을 조명하여 소설과 인생 그리고 이상을 이야기하고 있다. 그렇다면 소세키는 자신이 말하는 이상적인 문예가였을까, 이에 대한 명확성은 없지만 작품 『인생』과 그의 문학에 나타나 있는 인생의 묘사에 대해 우리는 그의 인생관을 유추할 수는 있을 것이고 그 인생관을 통해 그의 문학을 이해할 수 있다고 생각된다.

5. 맺음말

『인생』이라는 문장에서 살펴본 바와 같이 소세키에게 있어서의 인생에 대한 문제를 해득하는 것이 중요한 하나의 과제였음을 알 수 있다. 그는 그 해답을 찾고자 소설을 쓰고 시를 짓고 하는 등의 문학 활동과 여러 강연, 지인들과의 교류 등, 그의 모든 일상생활을 통하여 끊임없이 참구한 것이다. 이러한 소세키는 젊은 시절에 쓴 작품 『인생』의 모두에서 '사물을 떠나서 마음 없고 마음을 떠나서 사물 없다. 그러한 연고로 사물의 변천추이를 이름하여 인생이라고 말한다.' 라고 하는 정의를 내리고 있다. 절실한 인생, 진지한 인생, 엄숙한 인생

문제 등으로 그의 문학을 통해 여러 표현을 하고 있는 소세키는 인생이 어떠한 것인지 어떻게 행해야 할 것인지에 대한 문제를 문학 활동 이전에 쓴 『인생』에 잘 나타내고 있는 것이다. 『인생』에는 당시 자신의 견해와 더불어 그의 전공인 영문학 즉 입센, 엘리어트, 새커리, 브론테, 월폴, 번즈, 셰익스피어, 호손, 콜리지, 포, 드퀸시 등의 많은 서구문학자와 그들의 문학을 통하여 받은 감성과 느낌을 거론하고 자신의 인생문제를 표출하면서 문학에 대한 이념을 밝히고 있다. 또한 서양적 감성과 함께 동양적인 사상과 감성을 바탕으로 한 문학 이념을 시사하고 있으며 이러한 것은 30대 후반부터 본격적으로 쓴 소설 등에 잘 표현하여 그 맥을 잇고 있다.

　『인생』의 마지막 부분에서는 단지 눈앞에 보이는 단면적인 상황으로 인간 개개인을 함부로 평가해서는 안 되는 것을 강조하고 있다. 또한 각 인생의 방향을 정하는 것은 용이한 것이 아니므로 인생이 하나의 이치로 결말지을 수 없는 것임에 대하여도 언급하고 있다. 1907년(明治 40年)에 쓴 소설 『태풍』에서 주인공 도야(道也)선생을 빌어 청년들에게 말하는 강연 중에서 "제군들 중에는, 어디까지 걸어갈 생각이냐 라고 묻는 사람이 있을지도 모른다. 아니 있었을 것이다. 갈 수 있을 곳까지 가는 것이 인생이다. 어느 누구도 자신의 수명을 알고 있는 자는 없다. 자신도 모르는 수명은 타인에게는 더 더욱 알 수가 없는 것이다."[66]라고 말하고 있듯이 정해진 방향이 없고 어디까지 갈지 모르는 인생에 대하여 이미 20대에 쓴 『인생』에서 "사인' '코사인'을 사용하여 삼각형의 높이를 측정하는 것과 같다' 라고 하여 수학

---

66) 『野分』 『漱石全集』 第3券 p.433

적인 용어로 예를 들어 설명하고 있다. 이와 같이 소세키는 예측할 수 없는 것이 인생이라는 점에 대해서도 강조하고 있다. 가령 두 점을 구하여 이것을 통과하는 직선 방향을 안다고 하는 것은 기하학상의 일로 우리의 행위가 두 점을 알고 세 점을 알고, 나아가 백 개의 점에 이른다 하여도 인생의 방향을 정하는 데는 부족하다는 것을 나타내고 있다. 소세키는 이 부족함은 사상적으로 정신적으로 채워야 할 것임을 주지하고 인생에 있어서 취해야 될 가장 높은 태도는 깨달음을 얻는 것이라고 말하고 있다. 1916년(大正 5년) 9월 22일의 한시에는 '인생의 생계는 어려운 것이라고 듣고 있었지만, 그 궁색함 속의 도정이 실로 한적한 소식임을 알지도 못했다.(聞說人生活計艱, 曷知窮裡道情閑)' 라고 하여 50세가 된 지금에 도정(道情)을 알고 비로소 인생에 대해 여유롭게 생각할 수 있게 됨을 나타내고 있다. 소세키는 그 인생에 대한 깨달음의 과정을 죽음을 맞이하기 직전까지 그의 문학에 표명하고 있다.

소세키는 젊은 날에 쓴 『인생』에서 이미 인생에 대한 자신의 견해와 정의를 밝힌 것을 벗어나지 않고 이후의 작품에 그것과 연관하여 다양한 인생의 모습을 그려나가면서 자신의 인생 문제를 해득하고자 한 것이다. 따라서 본론에서는 소세키의 이러한 인생관을 알고 작품 『인생』에 대해 진정한 작의를 이해하고 고찰해야 함에 그 중요성을 두고자 한다.

참 / 고 / 문 / 헌 /

제1장

- 大正新脩大藏經刊行會(1928)『大正新脩大藏經』
- 中村元 , 紀野一義譯注(1968)『般若心經 · 金剛般若經』岩波 文庫
- 夏目漱石,『漱石全集』(1966)岩波書店
- 夏目漱石,『漱石全集』(1994)岩波書店
- 『四書五經』, 한국교육출판공사(1986) 전 13권
- 『日本文學研究資料叢書 · 夏目漱石』(1982)有精堂
- 松岡讓,(1966)『漱石の漢詩』朝日新聞社
- 村岡勇編(1976)『漱石資料—文學論ノート』岩波書店
- 吉川幸次郎(1967)『漱石詩集』岩波新書
- 鳥井正晴 · 藤井淑禎編(1991)『漱石作品論集成』全12卷 櫻楓 社
- 平岡敏夫編(1991)『夏目漱石研究資料集成』全11卷 日本図書 センタ
- 山田無文(1989)『碧巖錄全提唱』全10卷 禪文化研究所
- 三好行雄編(1990)『別冊國文學 · 夏目漱石事典』學灯社
- 金岡秀友 · 柳川啓一監修(1989)『仏教文化事典』佼成出版社
- 岩本裕(1988)『日本仏教語辭典』平凡社

- 中村元外編(1989),『仏教辞典』岩波書店
- 伊藤古鑑(1967)『六祖法宝壇経』其中堂
- 佐橋法龍(1980)『禪·公案と坐禪の世界』實業之日本社
- 司馬遷.著(1977) 洪錫寶譯,『史記列傳』삼성출판사
- 大正新脩大藏経刊行會(1928)『大智度論』『大正新脩大藏経』
- 大正新脩大藏経刊行會(1928)『碧巖錄』『大正新脩大藏経』
- 大正新脩大藏経刊行會(1928)『無門關』『大正新脩大藏経』

제2장

- 宮崎 駿(2001)『出發点 1979~1996』德間書院
- 切通理作(2001)『宮崎駿の〈世界〉』ちくま新書
- 養老孟司 宮崎 駿(2002)『虫眼とアニ眼』德間書院
- 米村みゆき 編(2003)『じぶりの森へ』森話社
- 跡上史郎 (2003)「ジブリ作品を「學文する」には?」
- 高畑勳(1999)『映畵を作りながら考えたこと』德間書院
- 今村太平(2005)『漫畵映畵論』德間書店
- 草薙聰志(2003)『アメリカで日本のアニメは,どう見られてきたか?』德間書店
- 清水正(2001)『宮崎はやおを讀む』島影社
- 日本近代文學館編(1997)『日本近代文學大事典』講談社
- 진명순 편저(2005)『耳をすませば(귀를 기울이면)』(주)제이엔씨
- 진명순 편저(2005)『魔女の宅急便(마녀배달부)』(주)제이엔씨

• 진명순 편저(2005)『天空の城ラピュタ(천공의 성 라퓨타)』(주)
제이엔씨

第3장

• 倉田百三(1956)『出家とその弟子』筑摩書房
• 中村元 外(1989)『仏教辭典』岩波書店
• 岩本裕(1988)『日本佛教語辭典』平凡社
• 現代日本文學全集(1956) 倉田百三集 筑摩書房
• 今野達外2人(1994)『日本文學と佛教』岩波書店
• 門脇建(1995)『倉田百三と龜井 勝一郎』岩波書店
• 龜井勝一郎(1956)「倉田百三 宗敎的人間-」筑摩書房
• 見理文周(1995)『近代日本の文學と佛教』岩波書店
• 杉崎俊夫(1991)『近代文學と宗敎』双文社出版
• 田丸德善(1995)『近代と日本佛教』岩波書店
• 大久保良順編(1986)『佛教文學を讀む』講談社

第4장

•『한국근현대사사전』(2005) 가람기획
• 切通理作(2001)『宮崎駿の〈世界〉』ちくま新書
• 淸水正(2001)『宮崎駿を讀む』鳥影社

- 高畑勲(1999)『映畵を作りながら考えたこと』德間書店
- 團野光晴(2003)『ジブリの森へ』米村みゆき編「國民的映畵の成立」森話社
- 山田洋次(ナービゲータ)(2013)『火垂るの墓』ジブリの敎科書4 株式會社 文藝春秋
- 宮崎駿(2001)『出發點1979~1996』德間書店
- 자료1(http/: windshoses. new21.org/fireflies02htm.) 검색일: 2014년 9월 10일

제5장

- 赤井惠子(2001)「交際と戰爭」漱石硏究 第14號 翰林書房
- 石原千秋(2010)『漱石はどう讀まれてきたか』新潮選書
- 五井 信(2001)「「太平の逸民」の日露戰爭」『漱石硏究』第14號 翰林書房
- 小宮豊隆(1995)「『點頭錄』解說」『漱石全集』第11卷 岩波書店
- 夏目漱石(1966)『漱石全集』岩波書店
　　　　(1994)『漱石全集』岩波書店
- 小森陽一外1編輯(2001)『漱石硏究』第14号 翰林書房
　　　　　　(1999)『漱石硏究』第12号 翰林書房
　　　　　　(1994)『漱石硏究』第2号 翰林書房
- 中村元外編(1989)『佛敎辭典』岩波書店
- 三好行雄編(1990)『別冊國文學・夏目漱石事典』學燈社

- 平岡敏夫(1990)「戰爭」『別冊國文學・夏目漱石事典』學灯社,
- 芳川泰久(1999)「〈戰爭=報道としての『坊っちゃん』」『漱石研究』第12號 翰林書房
- 『두산지식백과』http://terms.naver.com

제6장

- 門脇 建(1995)『倉田百三と龜井勝一郎』岩波書店
- 田丸德善(1995)『近代と日本佛教』岩波書店
- 今野 達外2人(1994)『日本文學と佛教』岩波書店
- 田中 實(1990)『『出家とその弟子』の念仏思想』『國文學解釋と鑑賞』12月号
- 中村 元 外(1989)『仏敎辭典』岩波書店
- 岩本裕(1988)『日本佛教語辭典』平凡社
- 龜井 勝一郎(1956)「倉田百三― 宗敎的人間」筑摩書房
- 倉田百三(1956)『出家とその弟子』筑摩書房
  _____ (1956)『愛と認識の出發』筑摩書房
  _____ (1936)「『出家とその弟子』の追憶」「劇場」第2卷 第1號 青空文庫
  _____ (1956)「『出家とその弟子』の上演について」筑摩書房
  現代日本文學全集(1956) 倉田百三集 筑摩書房

제7장

- 切通理作(2001)『宮崎駿の〈世界〉』ちくま新書
- 淸水正(2001)『宮崎駿を讀む』鳥影社
- 高畑勳(1999)『映畫を作りながら考えたこと』德間書店
- 団野光晴(2003)『ジブリの森へ』米村みゆき編「国民的映画の成立」森話社
- 山田洋次(ナービゲータ)(2013)『火垂るの墓』ジブリの教科書4 株式會社 文藝春秋
- 宮崎駿(2001)『出發點1979~1996』德間書店
- 자료1(http/: windshoses. new21.org/fireflies02htm.) 검색일: 2014년 9월 10일

제8장

- 入矢義高(1983)『良寬』"日本の禪語錄"20 講談社
- 岩本裕(1988)『日本佛敎語辭典』平凡社, 1988
- 小森陽一・石原千秋 編集(2001)『漱石研究』第14号, 翰林書房
- 小宮豊隆(1953)『夏目漱石』一 岩波書店
- 小宮豊隆(1953)『夏目漱石』二 岩波書店
- 小宮豊隆(1953)『夏目漱石』三 岩波書店
- 佐古純一郎(1990)『漱石論究』朝文社

- 陳明順(1997)『漱石漢詩と禪の思想』勉誠社(日本)
- 夏目漱石((1994)『漱石全集』岩波書店
- 中村元外編(1989)『佛教辭典』岩波書店
- 中村 宏(1983)『漱石漢詩の世界』第一書房
- 松岡讓(1934)『漱石先生』「宗教的問答」岩波文庫
- 松岡讓(1966)『漱石の漢詩』朝日新聞社
- 三好行雄編(1984)『鑑賞日本現代文學・夏目漱石』角川書店
- 村岡勇(1968)『漱石資料─文學論ノト』岩波書店
- 森田草平(1976)『夏目漱石』筑摩書房
- 平岡敏夫編(1991)『夏目漱石研究資料集成』全十一卷 日本図書センタ
- 吉川幸次郎(1967)『漱石詩注』岩波新書

찾 / 아 / 보 / 기 /

저자 | 진 명 순 (陳明順)

부산 동아대학교 일어일문학과를 졸업하고 일본동경대정대학 대학원 문학연구과에서 일본근대문학과 불교, 선(禪) 연구를 하여 석사학위와 박사학위를 취득한 후 현재 영산대학교 일본비즈니스학과 교수로 재직하고 있다. 영산대학교 국제학부 학부장, 한국일본근대학회 회장, 대한일어일문학회 편집위원장, 동아시아불교문화학회 이사 등 각 학회의 이사를 역임하고 있으며, 수상으로는 일본일한불교문화학술위원의 일한불교문화학술상을 비롯하여 국내학회 학술상, 일본에서의 서도(書道) 작품 수상 및 서도교범자격증을 취득했다. 이후 부산대학교 미술대학원에서 한국화전공으로 석사학위를 취득하고 다수 작품 수상과 미술협회 회원으로서 현재 미술전시와 작품 활동을 하고 있다. 불교관련으로는 「거사불교운동의 내용과 의미」외 불교문학 관련논문 연구를 비롯하여 불교방송국 등에서 방송활동을 하고 있다. 주요 저서로는 『나쓰메 소세키(夏目漱石)의 선(禪)과 그림(畵)』(대한민국 학술원 우수학술도서 선정),『漱石漢詩と禪の思想』(일한불교문화 학술상),『漱石詩の文學思想』『夏目漱石の小說世界』이외 애니메이션 편저서 등 다수이며, 논문으로는 「夏目漱石と禪」(1993)에서 현재(2016)에 이르까지 40여 편에 달한다. 현재도 일본문학, 불교, 선, 애니메이션, 그림 등에 관해 연구를 계속하고 있다.

일본 근현대문학과 애니메이션

초판 인쇄 | 2016년 12월 29일
초판 발행 | 2016년 12월 29일

저   자 진명순

책임편집 윤수경

발 행 처 도서출판 지식과교양
등록번호 제 2010-19호
주   소 서울시 도봉구 쌍문1동 423-43 백상 102호
전   화 (02) 900-4520 (대표) / 편집부 (02) 996-0041
팩   스 (02) 996-0043
전자우편 kncbook@hanmail.net

© 진명순 2016 All rights reserved. Printed in KOREA

ISBN 978-89-6764-068-2   93830   정가 19,000원